U0078168

好時候

田佳霖　著

一

每當進入六月，隨著夏天正式到來，我都會不由自主地變得樂觀起來，我不再覺得這個世界很糟，動物很醜，植物很傻，人類很壞，一切似乎漸漸變得可以容忍。對我來說，夏天是一年當中最好的季節。在其它三個季節裡，我總是日日夜夜思念著夏天的一切：無情的太陽、不顧一切的暴風雨、寂寞的蟬鳴、夜晚裡孤獨飄蕩的微風……

夏天才是我年復一年的起點，一年當中的其它時間於我而言，只是苦苦等待夏天到來的一個過程，我只在夏天復甦。而當夏天行將結束，我便會伴隨著一些焦慮，早早地開始企盼來年的夏天，我會在心中無數次對著夏天的方向舉頭張望，就像一艘急於在深夜中靠岸的船向著燈塔的方向張望。夏天就在前方，而我就是那艘船，穿越了漫長而寒冷的海峽，在黑夜中朝著燈塔的方向無聲地航行，直到看見那一點亮光出現。

夏天比燈塔更加可靠，它甚至不需要你去尋找，只要你不離開，它便會如約而至。至於我到底喜歡夏天什麼？我說不清楚，很多時候我也會問自己這個問題，但是卻無法給出一個清晰的回答。

「也許是喜歡夏天的生命力？」我終於說出了這樣一句聽起來比較體面的答案，用來回答丁子再一次的質問。但是卻得到了她迎面而來的嘲笑。丁子的嘲笑讓我非常後悔，後悔用了一種認真的態度來回答她這個問題，進而後悔在這樣一個天氣裡出門來找她。

整個城市又悶又熱，就像是被裹在一個巨大的塑料袋裡，嚴重污染的空氣使周圍的一切看起來都灰濛濛的。我乘坐的那輛出租車裡收音機開著，播報著城市交通信息，收音機裡的主持人細數了一遍當前堵車的路段，然後又抱怨了一番今天糟糕的天氣。出租車司機專心地聽著收音機，偶爾附和主持人說的內容，自言自語地發著牢騷。我下車前，收音機裡的聲音又充滿期待地對聽眾們說，天氣預報顯示這個週末會有一場大雨，能把悶熱暫時趕走，或許還有一些風，可以把髒空氣吹散。

我從出租車裡出來，朝丁子家所在的那棟樓走去，在這段不長的距離中，我身上的汗水已經像剩菜盤子裡的菜湯一樣往下淌，衣服都貼在了皮膚上，在這種油膩中，每走一步都令人心煩意亂。然而，即使是這樣，我還是喜歡夏天，至少它好過冷得像一塊凍肉般的冬天，以及不溫不火的春天和半死不活的秋天，在其它三個季節裡，我壓根就不想邁出家門一步。

等我到了丁子家，首先從門裡出來的是一個男人，他衝我笑了一下，然後擦身而過。他肯定是個嫖客，看他那種試圖對我做出會心一笑的樣子就知道他一定是個嫖客。丁子跟在這個嫖客身後走出來，經過我身邊把他送進了電梯。丁子回過頭來衝我揚了一下手臂，示意我進門。她已經喝醉了，很可能還用了點毒品，她神志不清但是精神亢奮。她總是在接客的時候還在不停地喝酒或是吸毒，我根本就沒見過她真正清醒的樣子，也許她從來就沒有讓自己清醒過。

她一把關上屋門，然後抓住我的胳膊，密不透風地說：「你今天必須跟我講清楚，你到底喜歡夏天什麼？你知道有多他媽熱嗎，熱得我已經好幾天沒辦法出門了，只要一出門我就感覺自己正在被夏天強奸似的。你跟我說你到底喜歡夏天什麼？要是你的理由能說服我，我就原諒夏天了。」

於是我就那樣回答了她。

丁子耐心地等我說完「喜歡夏天的生命力」這幾個字後，便迫不及待地放聲大笑起來。從她嘴裡迸發出的笑聲就像高速公路上過熱的輪胎突然炸得皮開肉綻，就像一顆腦袋被子彈打得鮮血飛濺。就好像在他媽的整個夏天裡，她都在等待著這樣一個時機出現，以便用這樣一種笑聲給我當頭一棒。

丁子氣喘吁吁地坐到沙發上，忍住笑聲，端起一杯酒一口喝完，然後指著我再次大笑著說，「真的，你變得幽默了，會講笑話了啊，你一個靠殺人為生的人還他媽喜歡什麼生命力啊。」

房間裡空調的冷氣開得非常足，我身上髒油一般的汗水很快變得冰涼，衣服仍然黏在皮膚上，這種濕漉漉的冰涼讓我非常不舒服，我恨不得把衣服連同皮膚一起從身上撕下來。我咬著牙走到窗前拉開窗簾，讓屋子裡亮一些，就連窗簾也被空調吹得冰涼，我真不情願去碰它。

我習慣了看著一雙眼睛瞬間失去光芒，但一直不習慣冰涼，我寧可選擇身處高溫，也不願意在一個冷颼颼的環境中，更別說我現在的整個身體都又涼又濕，此刻哪怕讓用我開水沖個澡大概我也不會拒絕。剛才丁子問我為什麼喜歡夏天時，我應該說我喜歡夏天的高溫，我覺得這個回答應該差不多可以把她氣瘋，至少可以使她沒有機會嘲笑我。

丁子又給自己倒了一杯酒，她還在不停地對我說著：「你喜歡夏天還不如喜歡我呢，我才有生命力呢，你喜歡我吧我求求你了，你來感受一下我的生命力。」丁子一邊說著一邊拉過我的手放在她的乳房上，前言不搭後語地問我：「摸到心跳了嗎，跳得很快吧，太他媽快了，時速能有一百八了吧，我是不是超速了呀，服務區在哪啊，有沒有衛生間啊，我要撒尿我快憋不住了。」

我意識到了我可以到衛生間去洗個澡，於是甩開了她的胳膊，搶在她前面衝進衛生間，打開淋浴沖澡。

等我沖完澡從淋浴間出來時，看見丁子坐在馬桶上睡著了，睡得身體扭曲、無聲無息。我在旁邊看了一會兒她，她的樣子看起來就像剛剛被我勒死了似的。

我殺過一些人，只是我從來沒有勒死過任何人。我是一個靠殺人為生的人，就是人們通常所說的職業殺手。但是我討厭被稱為職業殺手，因為我既沒把這個看作職業，也不喜歡殺手這個稱呼，職業和殺手這兩個詞明顯在表達一種專業性和功利性，可是我對專業和功利並沒有什麼興趣，甚至對此有些反感，因為追求這兩樣東西的人很難不讓人反感，更何況這個稱呼聽起來還有一些擺脫不了的造作。

事實上，並沒有人管我叫職業殺手，這只不過是我自己的想當然。首先沒有幾個人認識我，認識我的人當中，除了丁子沒人知道我是幹什麼的，而丁子管我叫劊子手。我更喜歡劊子手這個稱呼，在這個稱呼裡暗含了一種簡單粗暴的人生態度。

我不喜歡把人勒死，倒不是因為這麼做有些殘忍，而是這個過程太複雜也太漫長，我不願意採用這種方式。人們在自己的人生中原本就忍受著各種複雜以及各種漫長，既然我選擇了這樣一個不計後果的工作，那麼我也會儘量讓這個工作過程痛快點兒。我有點兒鄙視某些自殺者，他們出於事後想保留一具乾淨全屍的心理，刻意選擇一些溫和的、慢吞吞的自殺手段。這些人在主動尋死時還在瞻前顧後，不僅沒有讓一切去他媽見鬼的氣魄，甚至在人生最後一刻仍舊患得患失，更談不上用一種粉身碎骨，或是鮮血四濺的酣暢方式來安慰自己痛苦和屈辱的一生。

我喜歡用槍，這種方式具有很強的衝擊力，非常痛快，能達到簡單粗暴的效果，這非常符合我對人生狀態的期望。只是有時我也會懷疑這可能並非是一種期望，而只是一種被動的心理需要，這種心理需要在被滿足之後，恰巧可以緩解人生帶給我的種種不適。這就像得了皮膚病讓你身上發癢，你非常需要痛快地抓撓一番，只有抓撓之後你才會有一種放鬆的感覺，只是這種放鬆的感覺既可憐又可悲，因為正常情況下它壓根就不應該存在。

我有一把手槍，一把半自動手槍，彈匣容量大，殺傷力強。這把槍對於我來說就像一個孩子隨時帶在身邊的玩具，和它在一起，就會覺得溫暖和踏實。當然，總是用槍來解決問題確實有點兒草率，甚至是魯莽。可是只要我的委託人無所謂的話，我就會首選用槍去幹掉目標。我通常不會主動去精心設計一場意外致死的假象，我不願為此絞盡腦汁。我覺得受雇殺人這種工作最寶貴的特質正是不計後果，這也正是我醉心並最為珍視的一點，我要儘量保全這個特質。

另外，我之所以不喜歡過於處心積慮地追求這項工作理應高度看重的嚴謹、巧妙和安全等職業特點，是因為我實在沒有心情顧及太多這些東西。我的人生就像一堆狗屎，攤在路上又被人踩過幾腳。這樣的人生實在找不到精打細算的理由，你所擁有的只是失望和沮喪，在這種心情下還怎麼講究工作方法，還如何顧及合情合理。這就好比一個心煩意亂的警察不再關心調查取證，只管嚴刑拷打，好比一個發了瘋的外科醫生先把病人的肚子打開，然後再想想到底應該切除點什麼。

丁子也認為我缺乏職業操守，她說她作為一個酒鬼、一個吸毒者、甚至一個妓女，也知道總是用槍殺人是一種多麼愚蠢和不負責任的行為方式。我反問丁子，妳的人生不也是這樣麼，妳多少有一點喜歡我，不就是因為我多少有一點像妳麼。

幸運的是，我人生中缺失的所有運氣，似乎都在我的工作上得到了補償。在這方面，我的運氣好的驚人，不僅從未失手，而且也沒有引起過警察對我的懷疑。這種好運在認識丁子之後，似乎得到了某種加強，每次工作都是順風順水。我覺得丁子帶給了我一種神祕的力量，這種力量作用在我身上，讓我感覺哪怕身在擁擠的菜市場裡，對著目標開一槍也可以順利脫身，並且還能夠在事後安然無恙。

當然，我的大多數客戶還是會堅決反對採用這種高風險的方式，其實在他們心裡往往早就替我預設好了各種方案，他們會積極地給我一些建議，例如車禍、溺水、高空失足、吃錯藥甚至酒精中毒什麼的。而我為了能說服客戶接受我用槍，我會主動提出在酬金上打折。

有的雇主確實接受了這種折扣。曾經有個傢伙委託我幹掉一個人，動手的地方是在一個偏遠的農村。他在電話裡跟我談到報酬時把價格壓得很低，低到哪怕他允許我用衝鋒槍掃射我都不願意去做的地步。我很少碰到這樣的客戶，那些最終能夠達成合作的客戶都是對價格不敏感的人，他們大多數都很有錢，不怎麼在討價還價上浪費上時間，他們只關心能不能把活兒做得乾淨漂亮。而那個傢伙執著地想讓我接受他提出的價格，他向我發誓他並不是因為吝嗇，而是因為他是一個既沒錢也無權的農民。

我聽完他發誓後很生氣，我質問他：「都是有權有錢的人才需要殺人，你一個窮光蛋起什麼鬨。」他認真地回答我說：「可是，窮光蛋才更有理由殺人。」

他媽的，我就是被他最後這句話說服的，儘管我比他有些錢，可還是有種同病相憐的感覺。我告訴他，如果他能讓我用槍的話，我同意他的價格。他猶豫了一下對我說：「你可以用槍，但是你在開槍前要當面對那個人說一句話。」

我問他什麼話。他說：「你就說，欺負劉二喜不得好死。」

我們一拍即合。

那天晚上下著雨，我在一條兩邊都是玉米地的鄉間馬路上攔下一輛小汽車，開車回家的是本地的村主任，還是鎮上一家企業的老闆，他的身分早在我事前踩點時就已經得知。這個村主任就是劉二喜委託我幹掉的人。村主任剛從鎮上的朋友家裡打牌回來，他差不多每天都在那裡打牌。

我拿槍頂著他的腦袋，非常鄭重地說了那句「欺負劉二喜不得好死」。他嚇壞了，他說我要是不殺他的話，馬上給我六十萬塊錢，現金就在家裡。我又對他說，為了讓你不得好死我決定先打爆你的蛋。我對他褲襠開了一槍，然後我又對他說，你有兩個蛋，所以我還要再開一槍。於是我又對著他的褲襠開了第二槍。這兩槍是我送給劉二喜的小禮物。村主任的慘叫聲在大雨中格外淒厲，驚醒了附近村子裡的一些狗，狗們不停地狂吠，為了讓那些狗趕緊閉嘴，我又衝他慘叫的嘴裡開了一槍。

二

我到丁子家是來給她送錢的，更準確地說是付給她報酬，然後從她這兒領取一些客戶信息。我們是合作者，丁子負責為我尋找客戶，她以我的名義通過網路發布一些拿人錢財替人消災的廣告，然後在網上接受很多人的諮詢或騷擾，最後從中篩選出一些有誠意的客戶，把客戶信息整理好交給我，我再來進行更具體的溝通。

認識丁子之前，發布這些信息的工作都是我自己來幹的。你想像不到會有那麼多的人來跟你談這種交易，各種各樣、真真假假的電話和網上諮詢，弄得我不勝其煩、疲於應付。這些令人惱火的工作內容曾經一度使我產生了放棄這個行當的念頭，就在我差不多因此要放棄的時候，我接到了丁子打來的電話。

丁子當時在電話裡直言不諱地說自己是一個通過網路賣淫的妓女，她在網上發布自己的廣告時，看到了我的廣告，所以打電話過來。

那天丁子在電話裡同樣是醉酒狀態，她打電話的目的是希望付給我一筆錢，請我殺了她。她說她會寫一封遺書留給警察，告訴大家她是自殺。遺書上會這樣說：她有一個男朋友，要跟她分手，她無法接受這種打擊，所以決定跳樓。

而我需要做的就是等她喝醉之後爬到陽臺上，輕輕地推她一把。

我問她，妳自己想死為什麼不自殺。她解釋說她之所以無法對自己下手，是因為她是這個世界上唯一對自己還有一些憐憫之心的人，她不忍心辜負自己。她向我保證不會給我留下任何麻煩，她是這樣對我說的：「假如你被警察找到，你就說自己是一個嫖客，剛上門和我幹完，正在提褲子的時候，就看到我從陽臺上跳了出去。或者，如果你願意，你也可以冒充那封遺書上的男朋友，就說我是當著你的面兒跳樓的。」

說了幾句之後她在電話裡有點兒不耐煩了，她直接告訴我說：「隨你怎麼說吧，我只想讓你殺了我，哪怕你不按遺書上說的辦，非要把我先奸後殺我也不在乎。」

我接受了她的條件，推一把比開一槍還要簡單。只是略微有點兒遺憾的是，這一推只有簡單而並不粗暴，我覺得粗暴所帶來的那種衝擊力對我來說還是很重要的。我當時曾向丁子建議了一下，我說我也可以一槍把妳從陽臺上打下去，如果妳不介意的話。

丁子說她不太情願這樣，因為她想在落地之前保留一點意識，希望能在空中飛一會兒，而不是在落地前就已經失去了知覺。

我沒有堅持自己的建議，我想在某種程度上就當是為了幫助她完成一個心願吧，有點兒樂於助人的成分在其中，這裡面不需要夾雜太多我個人的意願，就當是舉手之勞成人之美了。

那天我到她家時敲了很長時間的門，等了半天才聽見她在屋裡答應了一聲，又等了一會兒門才被打開。在她打開房門的一瞬間她就癱軟在地，她完全喝醉了，這種情況下你根本不可能指望她自己站到陽臺上。

我轉身要走，她卻趴在地上把我的腳緊緊地摟在她胸前，使我無法掙脫，我有點兒惱羞成怒，於是使勁掰她的胳膊，可是她的胳膊就像被淹死的人一樣僵硬。我想我要是帶著槍的話，我會直接衝她開槍的。

我和她就這樣在門口僵持著，房門都沒辦法關上。就在這個時候，對門有一個女鄰居從家裡出來，她手裡提著好幾個塑料袋，裡邊裝滿了垃圾，大概是要到樓下扔垃圾去。女鄰居裡看到這個場面，眉頭緊皺，嘴角向下撇著，那種厭惡的表情就好像我們倆才是應該被扔掉的垃圾。

我不想等女鄰居回來後看到我們這兩個垃圾還在這兒扔著。我把屋外的半個身子挪進屋裡，然後把門關上。丁子摟著我的腳又睡了幾分鐘，這期間我非常擔心她會吐到我鞋上。我心裡盤算著，假如她真的吐到我的鞋上，我就是專程回一趟家去取槍也要回來崩了她。還好，在幾次乾嘔之後她並沒有吐出來實質性的東西，只有一些口水蹭到了我襪子上，大概在我來之前她早就已經吐乾淨了。最後丁子終於恢復了些意識，不過對於跳樓一事，她卻有些退卻了。

她說：「這樓我今天先不跳了，等改天想跳的時候再找你。今天也不能讓你白跑一趟，我可以給你點兒錢作為下次需要你來推我時的訂金。」

我剛才的怒氣也漸漸平息了，「算了吧，下次等妳在陽臺上站穩了再給我打電話。」我一邊說著一邊走出了她家。

又過了幾天，丁子果然打來了電話。她在電話裡對我說她沒錢了，她本來把所有錢都取出來放在家裡，以便她在某一天死之前能夠及時付給我，但是那天她被一個上門的嫖客打劫了，搶光了她所有的錢，走之前還痛打了她一頓。她告訴我說，她現在無法支付我助她一臂之力，她很誠懇地跟我商量：「我有兩個建議，要麼，我把跳樓這事往後推一推，可是我真的不想等太久了；要麼，我用別的方式來代替現金，比如我讓你從週一開始每天跟我上床，連續操我一個星期，等到星期天時你再把我推下去。」

她還補充說：「聽說星期天是上帝休息的日子，正好那天可以去見見祂。」說到這裡她突然號啕大哭起來，她說她需要錢，需要用錢來買酒和一點兒可卡因，要不然根本無法堅持到星期天。她說她現在的身體狀態和精神狀態已經沒辦法再接待男人了。

我對她說：「如果妳願意為我工作，我可以付妳錢。」

她止住哭聲問：「替你殺人？」

我說：「不用，妳在網上發妳自己廣告的同時，也發一下我的廣告，順便替我整理一下客戶的諮詢信息。我按每週給妳計算工資，每個星期天結帳，每幹完一個活兒之後，再給妳按比例提成。這樣妳可以隨時買酒、買毒品，甚至買自己的命去見上帝。」

丁子當即就答應了，她問我能不能現在就送一點兒錢和一些酒過來，正好也順便談談為我工作的事情。我那天心情還不錯，就帶著錢和酒去了丁子家。她先把酒放在桌子上，又接過我的錢，讓我等她一會兒，她說要出門去買點兒東西，說著轉身就走了。我猜她一定是出去買毒品了。

半小時後丁子回來了。她打開挎包取出一些粉沫和藥丸之類的東西，借助一些工具吸食了一些。又過了一會兒，她的狀態看起來有所恢復，接著我們喝了一些酒，還聊了一會兒天。她問我為什麼會相信她，請她來幫我打理這種生意。我告訴她並沒什麼特別的原因，我只是更願意相信絕望的人。

她問我：「你是好人還是壞人？」

「誰知道呢。」我回答說：「我對我是一個什麼樣的人早已經不關心了。」

她問我：「那你有家人嗎？」

「沒有。」我回答她。

「那你有朋友嗎？」她又問我

「上學的時候有幾個同學。妳呢，妳有家人和朋友嗎？。」我不想讓她再繼續問我了，於是就反問了她。

丁子說：「酒和毒品就是我的家人和朋友。」

在來丁子家之前我曾告訴過自己，除了給她送一些錢，最多聊聊天就回家，不再幹其它事了。我確實只想聊聊天，在此之前，我已經大概有二十年沒和人真正聊過天了。聊到最後丁子說：「我現在還沒正式開始為你工作，所以也不想白拿你的錢，但是這錢我也需要留下，就讓我給你服務一次吧，全套的。」

我說：「不用，這錢算是預支給妳的。」

她說：「那這樣吧，你就讓我多掙點兒，今天這錢就算是你到我這兒來消費的，等星期天你可以再付給我為你發廣告的工資。」

「妳滿腦子生意，看不出來妳是想死的人。」

「死之前不想欠任何人情。」

我又想起了丁子說的希望星期天去見上帝的話，就問她：「妳相信有上帝嗎？」

她說：「可能會有吧。你相信有上帝嗎？」

我說：「我相信有。」

「你是一個信徒？」丁子問道。

「我不是。」我告訴丁子，「我之所以願意相信有這麼一個傢伙存在，那是因為除了祂，我不知道應該去恨誰。」

「你對上帝瞭解的多嗎？」丁子問。

我說：「瞭解的不多，不需要再多了，瞭解這麼一點兒就足以讓我憎惡祂了。」

我曾經看過一些聖經，所以對上帝有所瞭解。之前我在一個目標人的家附近踩點時，在馬路上碰到了一個傳教的基督徒，他說他在傳福音，還送給了我一本聖經。

那天我坐在路邊的一個花壇上，正在暗中觀察周圍的環境，這個傢伙幾乎沒經過我同意就在我身邊坐了下來，然後不由分說就開始跟我攀談，弄得我還以為他是賣保險或者傳銷組織的。他先是寒暄了幾句，接下來又問了我幾個私人問題，試圖圍繞我的個人生活和工作情況展開一些話題，我並沒有在這些問題上配合他，直接拒絕回答。結果他很唐突地就扯到上帝身上去了，等一直聊到什麼原罪與救贖之類的時候，我實在聽不下去了，我對他說我是警察，我在這兒盯睄呢，正在打擊犯罪，警告他不要影響我的工作。

他聽我說是警察嚇得幾乎是從花壇上跳起來的，連聲道歉，點頭哈腰的，那樣子就像自己是個小偷，在銷贓時不小心把贓物兜售給警察一樣。我理解傳教者通常跟警察的關係都不太好，他們往往是警方需要關注和防範的對象。不過他還算是膽兒挺大的，臨走前還鼓起勇氣給我留下了一本聖經。那本聖經是精裝的，又大又厚。當時他打開自己的背包，從一堆不起眼的平裝聖經裡專門挑出來的這一本。最後他還對我說，希望你們警察同志也可以讀讀聖經，其實咱們都是兄弟姐妹，本來無怨無仇。

那本聖經我還真看了一部分。在外出執行客戶交給的工作時，我有時會把聖經放包裡背在身上，在路上坐車的時候會隨手翻翻，蹲守目標人時可以墊在屁股下邊坐著，累了可以放在公園的椅子上當個枕頭躺一會兒。不過這本聖經對我來說也確實過於厚重和艱澀，它就跟上帝創造出的萬事萬物一樣讓人感到困惑，直到今天，我硬著頭皮才看到摩西十戒。聖經裡的上帝並沒有給我留下好印象，而祂管理的這個現實世界更加讓人失望。

那天在和丁子說完上帝這個話題後，我還是接受了丁子的性服務。因為我也確實想不出有什麼理由拒絕這件事，幹或者不幹，對我來說都不重要，幾乎所有的事對我來說都不重要。在我降生到這個世界上時身邊就一無所有，然後我又踉蹌地走過了四十年的人生，在這四十年的過程中，我得到過一些，又很快失去了一切。我孑然一身，無所牽掛，我可以隨時離開家門走進狂風暴雨之中，也可以帶著一身的泥水在電閃雷鳴中安然入睡。這麼長時間以來，我逐漸感覺到了一種類似於無所畏懼的狀態，但我並不認為那屬於勇氣，更多的是一種漠不關心。

儘管我對什麼事都不太在乎，但是我一直都在儘量避免變成一個成癮者，就像丁子那樣的。酒精、毒品、賭博、嫖娼，以及電子遊戲等等，我不想對任何事上癮，但凡產生一些依賴就會失去一些自由，假如要是對這些爛事上癮，被它們綁架了我可憐的自由，我會沮喪得發瘋的。然而丁子並不認可我關於成癮與自由互為矛盾的觀點，她說她只有在喝酒和吸毒時才能感到片刻自由。

不過，丁子雖然酗酒吸毒，但她在為我工作這件事上做得還不錯。這一年來，她幫我篩選出不少可靠而優質的客戶，都是一些給錢大方，不拖不欠的客戶。這就是我為什麼還願意到她家來找她的原因，哪怕她在家裡總是一團糟，哪怕她現在坐在衛生間的馬桶上不省人事，這都沒什麼，因為她並不比我更糟糕。

我一直坐在客廳裡的沙發上等她醒過來。並沒有過太長時間，丁子恢復意識了，她在衛生間裡大聲喊著我的名字。我進去看她，她坐在在馬桶上喘著氣，一時還沒有力氣站起來。我過去把她扶了起來，讓她站直，告訴她先把內褲提上去，再把裙子整理好，最後攙著她走回客廳。她一路走著一邊噴著滿嘴的酒氣對我抱怨：「你太冷漠了，你就這樣任我在馬桶上睡覺。」

我說：「我覺得妳坐在馬桶上睡覺能醒得快一些，我可不想等著妳在床上睡幾個小時。」

丁子說：「你真是個混蛋。你去茶几上拿了那個電話號碼趕緊走吧，我還要去床上睡幾個小時。」她接著又說：「價格已經在網上談好了，客戶希望做得天衣無縫，而且自稱要求比較特殊，說是想當面談談。」

我從茶几上找到了那個電話號碼，它寫在一個菸盒上。我撥通了電話號碼，電話那頭兒的人對我盤問了很久之後才開始說正事兒。對方問我：「要除掉的是一個女人，你有問題嗎？」

「沒問題，我相信眾生平等，對我來說殺男殺女都一樣。」我回答他。

電話裡的人接著問我：「你能出來我們當面溝通一下實施方案嗎？」

我說：「都行，只要你不擔心我見過你，我也不在乎你見過我。」

那個人跟我約在一家超市門口的停車場見面，他看起來年齡比我大一點兒，戴著一副眼鏡，眼鏡很厚，上面有很多圈，那不是近視眼鏡，是一副遠視眼鏡。

我心裡很清楚，跟我見面的人不會是真正的雇主，只會是他的手下。我猜這類雇主中當官的居多，我覺得只有當官的才最有理由擔心自己毀在一個女人手裡。

他讓我上車，然後把車開到了高速公路上。他開著車跟我說：「我希望這件事兒留下的線索越少越好，最好是悄無聲息。」

我問他有什麼具體想法嗎。

他說：「要除掉的這個女人對青黴素嚴重過敏，也許你可以利用這一點。」

「既然你建議我利用這一點，你們肯定已經設計好了具體計劃。」

他扭頭看了一我眼說：「你們？你剛才用了你們這個詞。」

「對，你們，我完全可以說你，但是我還是想說你們。」

他聽我這樣說，就會心地點頭笑了笑，然後接著我剛才的話繼續說道：「我們希望你能在一個公共場合動手，趁人不備，不動聲色，不要引起周圍人的注意。」

「什麼樣的公共場合？」

他說：「人很多的公共場合。下個週末在民族公園有一個搖滾音樂節，到時候會有很多現場的表演，她會去看演出，你可以找一個人多擁擠的時候下手。」

「你想讓我怎麼下手？」

「用針管給她注射青黴素，只要很少的一點劑量，就能要她的命。」

我對他說：「我不幹，用針管去扎別人看起來非常變態。」

他狐疑地盯著我看，想弄明白我為什麼會這樣說，他可能覺得我做這一行還會對行為方式挑三揀四實在不靠譜。

我提醒他說：「你還是看路吧，別看我。我不想用針去扎她，我可以對她開一槍。」

「絕對不能用槍，想都別想。」

「那你讓我下車吧，你再找別人吧。」

他果斷地說：「我給你把之前談好的報酬翻倍，我不想再找別人了，接觸過這事的人越少越好。」

我想了想，然後說：「你說得也有道理，我都跟你見面談到這個份上了，再拒絕你讓你去找別人，這也有點兒不合適，就按你說的辦吧。針管青黴素這些東西是不是你們也自己準備好了？」

「準備好了，之所以要跟你面談就是為了給你這些東西。你打開前面那個儲物盒。」

我伸手拉開了副駕駛座位前的儲物盒，裡邊放著一個藥瓶和一支注射器，是那種無針注射器，糖尿病患者經常用來給自己注射的那種。

我對他說：「好吧，看在沒有針頭的份上，去給別人打一針還不算特別變態。」

他用一種特別鄭重，甚至有點兒語重心長的口氣叮囑我說：「那個小藥瓶就是青黴素。藥瓶和這個注射器用完之後一定要銷毀。」

我說：「沒問題，把她的照片和地址給我，還有我的訂金，然後我下車。」

他並沒有把車停下再給我這些東西，而是一邊開車一邊用一隻手從西裝的內兜兒裡掏出一個信封遞給我。他對我說：「全在這個信封裡了。」

我掂量了一下信封，然後把它和針管藥瓶分別放進了兩個兜裡。他見我把這些東西裝好了才把車停在路邊，對我說：「你可以走了，這個城市到處都是監控攝像頭，我們舉手投足都要小心點兒。」

三

搖滾音樂節上到處都是人，一大群自命不凡的樂隊和觀眾齊聚現場。我在民族公園的停車場等到了我的目標人，我並沒有像電影裡通常演的那樣，找一輛車開上，跟著她從家離開，一路來到這裡，那樣即費力又不明智，這很容易在一路的攝像頭裡留下蛛絲馬跡。我一點都不懷疑這個城市是全世界監控攝像頭最多的城市。

她和一個女同伴開著車來到了這裡，她的長相和裝扮很吸引人，或者說與音樂節的環境有點兒格格不入，過於精緻。一下車我就認出了她。我跟著她們進了公園，接下來我整整盯了她一個下午，期間看了兩場樂隊表演，樂隊水平很差，但是卻很賣力，使出了渾身解數來營造現場效果。觀眾們也非常忘我，人們在舞臺前的草地上又蹦又跳、又喊又叫，樂隊表演的每一首噪聲和每一個花裡胡哨的噱頭都得到了超值的呼應。而在舞臺以外的其它地方，到處都坐著喝著啤酒的樂迷們，有的已經開始嘔吐了。

在此前頭一天，我已經從那個戴遠視眼鏡的男人那裡得知，這個女的要看完今天晚上的一個樂隊表演之後才會離開，所以我沒有急於動手，我在等天黑，因為我有時候也在考慮，我應該多少拿出一點兒敬業精神，我認為天黑之後動手更能讓客戶放心。

晚飯的時候，她和她的同伴去了公園內的一家餐廳吃飯。我沒有跟著她們，我只是躺在附近的草地上等她們回來。我看著天空，天空仍舊是灰濛濛的。我在回憶上一次看到藍天是什麼時候，根本沒有印象，也可能我從未抬頭看過藍天。灰濛濛的天上根本看不出有雲彩的跡象，整個天空就像一個巨大的灰色穹頂籠罩在上方，今天是個晴天，太陽也在，只是並不清晰，猶如一個電力嚴重不足的探照燈，含混不清地掛在天上。我躺在那裡盯著天空看了一會兒，有點兒眩暈，當你一直盯著一幕巨大的東西時就會感到眩暈，我一度感到整個天空都在轉，而周圍的人卻在消失。我的腦袋昏昏沉沉的，不知不覺就睡了過去。

等我醒來時天已經黑了，我做了一些奇怪的夢，夢裡的大部分情節都忘了，記得比較清晰的是，在夢裡我開槍幹掉了一個人，然後突然出現了一些警察，他們來追我，我想跑，可是只要邁開腿就會摔倒，站起來再跑還是會摔倒，就像雙腳失去了控制。我拿出手槍，想跟警察們拚了，可是我的手怎麼也握不住槍，槍也總是會掉在地上，我的手好像也出現了問題。我無能為力，只好看著這些警察向我跑過來。然而奇怪的是，警察們就像沒有看到我一樣，他們從我身邊跑了過去，如同我不存在似的。

這個夢讓我有些恍惚，我坐起來身來，點著一支菸抽了幾口。這時我身上的手機震動了兩下，是一條短信，丁子發來的。她在短信裡說她剛才做一個夢，夢見我被警察追，但是還好警察並沒有認出我來，只是從我身邊跑了過去，但是她覺得這個夢挺奇怪的，所以她現在發個短信來問問我一切順利麼。我給她回了兩個字：順利。

離晚上的演出開始還有一段時間，此時舞臺前已經聚滿了人，我的目標人也回來了。我一直覺得這個女的有些眼熟，或許也是個歌手，我不敢確認，我平時不聽歌。

我也不是從來不聽歌，在我少年時期也有過喜歡聽歌的階段，那時候還是有很多歌打動過我，甚至震撼過我的。我就跟所有少年一樣，有自己喜歡的歌星，也有一遍一遍循環播放的歌曲。但是一個人的變化會如此之大，到了現在，我對所有歌都提不起興趣了，那些進到耳朵裡的音樂再也沒辦法使我心動。其實我特別地懷念我的少年時代，儘管我的少年時代可能比現在的我還要可悲和孤獨，但是在那個時期，至少我還有著能夠被打動的情感。我偶爾也會在心底的各個角落使勁搜索著那些曾經心動的感覺，比如此刻，看著舞臺上的歌手，置身於舞臺下的歌迷之中，我想借助這種氛圍，去回憶一下當年的心境，我就像一條尋找骨頭的狗一樣，去心底刨挖少年時代曾經出現過的那些激動人心的感覺。不過最終什麼也沒找到，可是我知道它們確實存在過。

人就是會這樣，會變的截然不同，而且始終都在變化著。我認為站在一個生物學的立場上來看，作為一個人，他的心理和行為不斷變化的原因並不完全是由於生活經歷和教育水平決定的，這其中也有著生物性的內在因素，大概就是指在人生不同的階段，人體內各種內分泌的水平也不相同，在這些內分泌共同的作用下，每個時期的人體會產生不同的生化反應，這些生化反應影響著一個人不同階段的認知和行為。在我進入青春期之前，我完全不能想像一個人可以無怨無仇地去對另一個人施以暴力，更別說像我現在這樣去幹掉一個人了。當年同學們邀請我參加一場跟我毫無關係的鬥毆時，我根本無法動手，對面的那個小孩兒我甚至根本都沒有見過。可是我的其他同伴們面對這個素不相識的小孩兒，下手時的凶狠絕對是毫不留情，當時的我對自己的軟弱感到無比羞愧。不過，很快，隨著年齡的增長，我迅速地和他們變得一樣了，變得輕而易舉地能夠做出很多殘酷的事，時至今日，我可以眼都不眨地結束一個人的生命，片刻之後，就會有這樣一個人死去。

樂隊登場了，是一個金屬風格的搖滾樂隊。大概這個樂隊的知度名很高，臺下的觀眾們在不停地呼喊著樂隊的名字。我的目標人和她的同伴也跟著周圍的人一起尖叫，我走進人群，和她們保持一定距離，我不想在她們身邊久留，我只需要看准一個時機，走過去，把青黴素迅速注入她的身體，然後馬上走開。

在樂隊表演進行到半程時，臺下的觀眾已經完全進入了狂熱的狀態，他們揮舞著胳膊，不停地跳著。這時，樂隊的主唱從臺上一躍而起，仰面墜向臺下密集的觀眾。這個主唱有些胖，好似一個向上躍起的海豚砸向水面。我為這個主唱感到羞愧，這種身材實在不應該再玩這一套了，我並不討厭胖子，甚至較瘦子而言，我對胖子更有好感，但這並不意味著我喜歡胖子們幹的所有事。臺下的觀眾費力地舉著樂隊的主唱在頭頂上傳送，在快要傳到我的目標人頭頂上時，我迅速擠了過去，站在她身後。等主唱被運到我們頭頂上正上方時，我掏出注射器頂在這個女人裸露的後腰上，大概有一秒鐘，我確保有足夠的劑量推入了她的體內，隨即我轉身離去，在高亢的情緒下，她都沒有一點兒察覺。

等主唱被推回到臺上時，我已經走到了人群外邊。同時，我也看到目標人在她女伴兒的攙扶下痛苦地從人群中走了出來。她們坐在離我不遠處的草地上，她的同伴手忙腳亂地找出電話。而她很快就躺在了地上一動不動。她的同伴開始打電話，周圍走動的人群壓根就沒對地上的她多看一眼，他們可能只是以為她像其他人一樣喝醉了。

我起身往公園外走，身上的手機又開始震動，是那個戴遠視眼鏡的男人發來的短信，他問我：「辦妥了嗎？」我告訴他辦妥了。他又對我說：「那好，你到停車場來，我把剩下的錢給你。」

我按照他的指示來到停車場，看到了他的車。他也看到了我，他先是把車啟動，接著打開車窗，從車窗裡扔出來一個信封，很快又把車窗關上，然後直接把車開走了。我走過去從地上把信封撿起來裝到身上。一直回到家裡，我才打開信封，裡邊是厚厚的錢，我沒有數，看起來差不多，我把信封放進抽屜裡就睡了。

第二天我一早就醒了，起床後去到一個早點攤兒上要了一碗豆腐腦和幾根油條。早點攤兒的桌子上有一份上一個吃早點的人留下的晨報，我隨手拿起來翻看。我注意到了一條新聞，新聞說一個女歌星藥物過敏致死，警方不排除謀殺。新聞裡還特別強調說，和她一起死的還有肚子裡三個月大的一個胎兒。我看到了報上那個歌星的照片，正是昨晚音樂節上那個被我注射了青黴素的女人。

我非常生氣，我明白自己在很大程度上被愚弄了，這個客戶想讓我殺死的不僅是這個女人，還有這個胎兒。我倒不是因為自己誤殺了一個胎兒而生氣，我並不在乎那個胎兒，如果客戶把真正的需求誠實地告訴我，並且付給我更多報酬的話，我甚至可以連她養的狗也一起殺了。我生氣的原因在於我受到了欺騙，在於我儘量做到與世無爭，可還是受到了欺騙，這件事真夠讓我惱火的。

我正要去丁子家，給她送一些錢。我順便帶上了那張報紙。

丁子剛起床，昨晚的宿醉還讓她迷迷糊糊的，我問她吃早飯了嗎。她回答說，剛吃過，一勺白粉。她接過我帶去的那張報紙看了看說：「這就是一位過氣的女歌星，雖然在以前也並不是特別紅，不過我還是挺喜歡她的。」

丁子又問我：「你喜歡她麼？」

我說：「我壓根不知道她是誰。」

這時丁子才反應過來，她驚訝地叫了一聲，恍然大悟地說：「原來客戶要除掉的人就是她啊。」

我說：「很可能還有她肚子裡的孩子。」

丁子嗯了一聲就沉默了，停了一會兒，她開始哼起了一段歌，她告訴我說這是那個女歌星唱過的歌，接著她又開始唱另一首。

我對她說：「別唱了，一點都不好聽。」

丁子停下來，情緒有些落寞。她遞給我一支菸，自己也點了一支，深深地抽了一大口，然後又像長出一口氣似的把菸吐了出來。透過菸霧，我看到有眼淚從她臉上流下來。

我又對她說：「好吧，妳要願意唱妳就接著唱，只要妳別哭。」

丁子擦了擦眼淚，說她以前也差點成為一個媽媽。

我知道她指的是懷孕，對於一個經歷複雜的人來說，懷過孕很正常。我沒再說什麼，也沒有刻意去追問，這類事在我看來乏善可陳。而且丁子也許無意多說，每當我和丁子在談到自己時，很快就不想再說什麼了，我們之間對彼此的過去幾乎一無所知。

大概抽完十支菸之後，我們決定去看看呂炎。呂炎是我們共同的朋友，他是一個天主教徒，信奉上帝，同時還是一個敏感脆弱的同性戀。我和丁子對呂炎的瞭解要遠遠多於我和丁子之間，我們已經有段時間沒和他聯繫了。

呂炎也是丁子一年前在網上認識的。就是那次我和丁子討論過上帝這個話題之後沒多久，丁子有一次帶著某種惡意和好奇，在一個天主教論壇裡發布了一些招嫖信息，還真有一些論壇裡的人打來了電話。丁子之所以確定打電話的人大都來自那個論壇，是因為在那一段時間內，除了這個論壇，丁子沒有在其它地方發過這樣的廣告，她只是想確認一下上帝的信徒們也有額外的性需求，並且也會為之消費。

呂炎就是看到了這些信息才跟丁子聯繫的，不過他並不是出於性需求。

呂炎對丁子說他自己是個同性戀，希望丁子能假扮一下他的女朋友見見他的父母。丁子說你幹麼找一個妓女啊，你完全可以找一個女同性戀互相配合見雙方的父母啊。呂炎說他以前找過一個，可是他找的那位女同性戀舉手投足比他還像個爺們兒，家裡人不同意，逼著他分手再找一個溫柔漂亮的，他一時也找不到合適的人，而家裡三天兩頭在結婚這事上給他施加壓力，他快扛不住了。

呂炎出生在一個非常富有的家庭，從小吃穿用都是最好的，現在他自己又在一家有名的企業工作，收入也很高，全世界到處出差，所以家裡對兒子的另一伴兒有所要求，眼看著兒子快四十歲了，他們越來越著急，變著法兒的發動各種親戚朋友催他趕緊找人結婚。呂炎不敢告訴任何人自己是同性戀，更不敢告訴他的父母，怕他們經受不住這個打擊。他一邊隱藏著自己的同性戀身分，一邊疲於應付來自周圍環境的成婚壓力，痛苦不堪。

丁子表示理解和同情，同意了呂炎的提議，她拿了呂炎支付的豐厚報酬，跟他去見了父母。這麼多年的妓女生涯，丁子完全把自己練成了一個特別會來事兒，非常有眼色，還很擅長甜言蜜語的人。她把呂炎父母哄得特別高興，他父母竟然對丁子非常滿意，此後還一再要求呂炎帶著丁子去家裡。呂炎為了應付父母就不斷雇丁子出來繼續扮演女朋友，就這樣一來二去，呂炎和丁子成了無話不談的知已。呂炎有一個特點就是性格敏感，聊到傷心事，經常脆弱得像個小孩兒一樣在丁子面前哭得上氣不接下氣。後來丁子把呂炎介紹給我認識之後，他同樣對我掏心掏肺，也在我面前哭過幾次。只是呂炎從來不知道我是做什麼的，我含糊其詞地告訴他，我做各種有利可圖的生意，他很可能暗自以為我是個毒販。

呂炎跟我們說過他每個星期天都會在教堂做禮拜，他也希望有一天我們能去那兒找他，他想帶我們感受一下上帝。他甚至有一次很正式地勸說我們入教，那天我的心情不太好，大概還喝了些酒，所以我當即痛斥了他，我對他說：「以我對上帝的瞭解我對他沒有任何好感，而且你去的那個教堂是天主教吧，那裡的上帝他媽的根本就不接受同性戀，你信上帝就是認賊作父，你他媽還好意思拉我們入教。」

呂炎聽了這話也不生氣，還厚著臉皮說雖然上帝不喜歡同性戀，但是不影響他愛上帝。

我說：「你他媽這是對上帝一廂情願的單相思，上帝要知道你這樣愚弄祂，祂會讓你下地獄。」

呂炎一點都不氣餒，他接著對我們表示說，先不去管上帝是否接受他，至少他看得出來我和丁子都需要上帝的幫助。

我氣壞了，我大聲對呂炎說，這個世界上不是所有人都希望得到幫助的，上帝對待祂所創造的人類和這個世界已經夠他媽操蛋了，我不需要祂來幫助我，因為祂才是唯一應該被審判的人。

丁子插嘴問呂炎：「是什麼原因讓你相信上帝呢？」

呂炎說：「其實一開始就是他覺得教堂建築比較好看，裡邊的氛圍也適合緩解壓力，所以有機會就去教堂坐坐，跟上帝說說心裡話，再後來就受洗入了教。」

我不依不饒地質問呂炎：「你們這些同性戀都是這麼感性麼，就因為覺得人家房子好看就想跟男主人說說心裡話？那你他媽的跟上帝有沒有說過你是同性戀，你有沒有跟神父懺悔過你操的都是男人，或者是被男人操。」

「這些還沒有說過。」呂炎神情沮喪。

我輕蔑地對他說：「你這個可悲的傻逼。」

呂炎終於被我的咄咄逼人弄得不再說話了。呂炎有一個優點就是，他在認慫服軟上基本沒有心理障礙，也不介意暴露自己的短處，他對人沒有任何攻擊性，甚至連自我保護的能力也沒有，這正是我和丁子願意和他相處的原因。

不過呂炎有一個經常讓我感到討厭的毛病，那就是他太擅長對別人表現出關注和關心，任何能夠讓他噓寒問暖和大驚小怪的機會他都不會錯過。如果你在走路時輕輕地崴了一下腳，他能一個箭步衝上去扶住你，然後問上你一百遍，沒事吧，沒事吧，要不要去醫院看看之類的話。那種急切的樣子讓人懷疑要是不攔著他的話，他可能下一步就要把救護車叫來了。還有假如你偶爾打了一個噴嚏，他會在第一時間就佯裝生氣地板起來臉來嗔怪道，總是提醒你多穿點兒衣服，你總不聽，怎麼對自己的身體這麼馬虎，看這下著涼了吧。當然，也不能說呂炎是虛情假義的人，這只是他維繫人際關係的一種表現形式而已，只不過這種表現形式和他總是提起上帝一樣讓我渾身肉麻。

我和丁子從來沒有陪他一起進過教堂，我甚至禁止他再對我提起上帝。這次進教堂找他，對我來說就是破例，因為我的心情非常低落，人在低落的時候容易做一些平時不屑於做，而一旦做了就會感覺更糟的事。

教堂裡人很多，坐得滿滿當當的，還有很多人在過道裡站著。看起來上帝的信徒們大部分都來自社會底層，這些人穿著各種質量低劣、毫無款式的衣服，臉上的神情與其說是肅穆，還不如說是愁雲密布。如果把教堂裡的這群人挪到政府大院門前，完全就是一群上訪群眾的模樣。我相信凡是見過政府門前那些上訪群眾的人，都會覺得他們和教堂裡的人其實是同一類人。

在教堂裡我們很快就發現了呂炎。全場人當中就屬他衣著光鮮、裝扮新潮，作為一個標準的同性戀，他在打扮上絲毫不含糊，頭髮的形狀不固定好的話是絕不會出門見男朋友以及神父的。作為教徒中一個為數不多的社會精英，呂炎置身於一群灰頭土臉的人們之中十分醒目。我們看到他時，他正在跟著大家一起深情而堅定地朗讀讚美詩。

我和丁子沒有過去打擾呂炎，而是在教堂後排坐著聊天，我們對這些信徒們品頭論足。丁子說：「咱們這兒教堂裡的人跟外國電影裡的看起來不太一樣啊。人家那兒看著都是紳士淑女，咱們這兒怎麼看著都苦大仇深的。」

「最早信上帝的那些人估計都是苦大仇深的，不苦不仇春風得意的人誰會捏造出一個上帝來安慰自己啊。」我對丁子說。

丁子說：「也是，人家歐美的基督教歷史悠久，發展到現在，信徒們早已經從當初的社會底層群眾演變成如今社會的精英階層了。上帝剛來咱們國家沒多久啊，還是起始階段，信徒們還以弱勢群體為主呢。不過也許他們的後代，就是這些基督徒們的基二代基三代，他們的社會地位能夠越來越好吧，到時候也不乏社會精英。」

「誰知道呢。」我說：「至少他們有上帝，總比什麼也沒有強。」

後來我和丁子從教堂出來了，在裡邊閒聊不方便，坐著也沒意思。關鍵是旁邊還有個信徒發覺我們不會背讚美詩，而且手裡也沒有聖經可以照著讀，他就好心地把自己手裡拿的聖經舉給我們一起看著。我和丁子對讀讚美詩沒興趣，也不好意思讓人家一直給我們舉著，於是乾脆就出來了。

我們坐在教堂門前廣場上的木椅上等呂炎。廣場上很多人在這兒拍照，還有一對男女把教堂當背景拍婚紗照，拍得興致勃勃歡聲笑語。丁子大概被這個場景觸動了，她問我：「你相信愛情嗎？」

「所有女的都愛問這種無聊的問題。」我對丁子說。

「無聊的事兒多了，為什麼不能問問。」

「愛情本身就很無聊，再加上妳無聊的提問，簡直無聊之極。」

「愛情不無聊吧，輕者牽腸掛肚，重者直教人生死相許。」

「在我看來，愛情就是一種性變態，那些愛得死去活來的都是變態狂。」我看丁子因為提到愛情而情緒有些波動，所以想趁勢再打擊她一番。

「為什麼這麼說？」丁子認真地問我。

「因為跟動物一樣，早期的人類根本沒有愛情，只憑欲望交配，那時候所有性交都很簡單，不存在感情成分。但是這樣簡單的性交幹的太多了，人類就會覺得索然無味，就想摻雜點花樣兒，人們在選擇性交對象時就產生了各種傾向，有的人喜歡跟長著瓜子兒臉的幹，有的人喜歡跟頭髮打卷兒的幹，有的人喜歡跟身上披著羽毛的幹，有的人喜歡跟穿獸皮的幹，還有的人喜歡跟會爬樹的或者是跟擅長游泳的幹。於是人類之間的審美就出現了，也就是說人類學會了選擇具有某些體貌特點和某種突出技能的人作為性交對象，這能讓他們感覺性交更加刺激和愉悅。愛情就是為了獲得更大的性交滿足感而產生的一種審美心理，歸根到底就是性心理。」

丁子說：「你的意思是說，人們因為某些原因愛上一個人，從而想跟對方做愛的心理，就跟那些做愛時喜歡護士裝，喜歡用手銬皮鞭之類的心理差不多？」

「本質上一樣。」我對丁子說：「人類在為了性交而掉入審美的泥潭裡沉溺得無法自拔，與此同時，人類還在不斷進行集體自我暗示，把這種強烈到無法自控，影響工作影響學習甚至影響生命的性心理粉飾成為了一種高尚的精神需求。由於人類社會存在文明，使得這種集體暗示能夠互相傳播彼此加強，久而久之，這種性心理進化成為了人類與生俱來的、帶有遺傳性質的一種性心理需求，最後美其名曰愛情。」

「讓你這麼一說確實挺無聊的。」丁子低著頭若有所思地自言自語。

丁子又問我：「那你說，像呂炎這種同性戀之間的愛情也是這樣了？異性戀都算是變態了，他們是不是也得算變態？」丁子還在深究。

「都是變態，只不過我們不能只允許自己是異性戀變態，而去歧視別人是同性戀變態。」我心不在焉地應付著丁子。中午的天氣更加悶熱，那對兒拍婚紗照的人也沒有了剛才的興致，顯得有些疲憊和煩躁。

這時教堂的禮拜結束了，人們陸續地走了出來。我們給呂炎打了一個電話，告訴他我們在外邊等他。

四

呂炎非要拉著我和丁子一起留下來吃教堂準備的聖餐，他說他是這個教會的骨幹，可以吃教堂提供的午飯。丁子問他所有人都可以吃嗎，他說以前是這樣，後來吃的人太多了，就改成教會骨幹成員吃了。我說我不占上帝這便宜。丁子好奇地問：「吃什麼？」

「一般是大鍋菜。」呂炎回答。

丁子說：「沒興趣，除非有酒還管夠。」

呂炎說：「那咱們還是去別的地兒吧。」

我們三個人找了一家附近的小餐廳吃飯。我問呂炎最近幹麼呢，一直沒給我們打電話。呂炎告訴我們他爸媽出車禍了，倆人在重症監護室搶救了好幾天，現在還沒醒過來。

我和丁子都有點兒吃驚。安慰呂炎的時候我本來想故意說一句希望上帝可以叫醒他們，後來想想還是算了，又把這句話嚥了回去。

丁子說：「要不然我陪你去看看他們，也許他們聽到准兒媳婦的呼喚他們就能醒過來呢。」

「好啊，太感謝了，吃完飯我們就去吧，本來不好意思麻煩妳的，所以一直沒有聯繫。」呂炎聽了丁子的提議很高興。

丁子催促說：「你還真能坐的住，咱們現在就去醫院吧。」

呂炎擺了擺手說：「去和不去都一樣，反正他們沒有任何意識，而且重症監護室裡也不會總讓我在裡邊待著，那裡有醫生和護士負責。」

整個吃飯的過程中呂炎又變得落落寡歡的，丁子在一旁不停地給他寬心，說了很多同情的話，結果在這種安慰下，呂炎開始抽泣起來。旁邊座位上不斷有人在打量我們，平時特別愛面子的呂炎現在顧不上這些了，抽泣的幅度越來越大，幾乎都要哭出聲兒來了。後來我忍不住了，就有點兒挑釁地勸他說：「你爸媽還沒死呢，你不用這麼傷心，就算死了也會上天堂，有上帝照顧他們。」

呂炎開始努力地克制自己的情緒，拚了命地試圖把一連串的抽泣壓制在嗓子眼裡，最後終於止住了。他嘆了口氣說其實真正讓他難過的是，有時候在心底，他甚至希望他的父母能夠就這樣死了。他說自從意識到自己是一個同性戀的那天起，每時每刻都面臨著如何向父母解釋這一切的巨大心理壓力，自己的父母非常傳統，一定無法接受這個現實。另外，他要是出櫃，還要面對著來自親戚朋友和社會方方面面的壓力，他的父母會也因此受到傷害。他試探過父母對同性戀的態度，他們認為同性戀就是有病，這種認識讓他感到難以承受。他說如果他的父母不在了，他至少會輕鬆一些，而他也許就有勇氣站出來承認自己是同性戀了，再不用壓抑地偽裝成異性戀。他為自己心裡產生的這種希望父母早死的念頭感到自責，也為自己是個同性戀感到憤怒。

呂炎說有時候他也會毫無道理地遷怒於他的父母，在心中憤恨他們把自己生成了一個同性戀，他甚至痛恨自己的名字，就因為他名字中「呂炎」這兩個字全部都是相同的一對偏旁部首的組合，他覺得這個晦氣的名字也是造成他成為一個同性戀的原因。

我問他：「你為什麼不認為這一切都是你們上帝的過錯。」

呂炎說：「在上帝看來，同性戀是人類自己的錯誤造成的。」

我對他說：「你所信仰的上帝絕對是全世界最不負責任的男人，哦，不對，你們認為祂是神，那祂就是全世界最不負責任的男神。」

吃完飯後，丁子陪呂炎去了醫院。而我要去買一些東西，為最近接到的一個任務做些準備。這是一個外地的活兒，第二天我就要啟程去當地瞭解情況，走之前需要購買一些必須品。我要去的地方是一個煤礦，坐高鐵要三個小時，然後還要換乘長途汽車再走一個半小時。

五

外地的這個任務進展緩慢，我已經在這個地方住了半個月了，仍然沒有得手。我要幹掉的是一個煤礦老闆，我的雇主沒有提供更多的地址信息，只是告訴了我這個煤礦，因此我需要不斷地到這個偏遠的煤礦上尋找他的行蹤，這非常不方便，容易引起礦上人的懷疑。而且他身邊時刻跟著兩個保鏢，難以接近。雇主還告誡我說，目標人身上還藏著槍，讓我別弄巧成拙。我決定先回家休整一下，離開這裡，過幾天再來尋找機會。

我跟丁子見了面，也見了呂炎，後來又去看了呂炎的父母。他們剛出院沒多久，在家臥床休養，他們身上除了骨折的地方還打著鋼釘外，其它方面都差不多已經痊癒。丁子說這都有賴於她每天去看望他們，所以他們心情好，身體恢復得就快。丁子說呂炎的父母甚至要挾自己的兒子說，等他們能下地走路了，就讓呂炎和丁子馬上舉行婚禮，如果呂炎還拖著不結婚，他們就再死一次給他看。丁子跟我講這些的時候哈哈大笑，她說呂炎因為他爸媽又活過來了，已經快崩潰了。

幾天之後，呂炎打電話來說要請我們吃飯，說有一個好消息要宣布。

到了見面的地方，呂炎一副很神祕的樣子，像是交了什麼好運。在飯桌上呂炎興高采烈，上來自己先乾了一杯酒，然後從包裡掏出一張紙拍在桌子上問我們：「你們看看這是什麼？」

我掃了一眼，看起來像是醫院的化驗單。

丁子拿起來認真看了看，然後抬起頭不解地盯著呂炎的臉。

呂炎這時候得意極了，大聲說：「沒錯，我感染愛滋病毒了！」

我們都認為他瘋了，看著他這麼興奮，我和丁子有點兒發蒙，不明就裡地看著他。

他說：「我感染愛滋病毒了，我現在成了最不幸的人了，我看誰他媽還好意思為難我，跟我過不去，我要宣布我是個同性戀，我要出櫃！」

呂炎興致勃勃地講述了最近發生的這個事情，有一次他陪父母去醫院複查的時候，看到了愛滋病防治的宣傳畫，他想起了自己是愛滋病毒感染高危人群，就順便去做了一個病毒檢測。前兩天檢測結果剛剛出來，他得知自己是愛滋病毒感染者後，僅僅失望了一秒鐘，瞬間就覺得自己獲得了解放。他第一時間就把感染愛滋的消息告訴了他父母，並承認自己是同性戀。呂炎的父母本來已經能下地走兩步了，聽到這兩個消息後又重新臥床不起。最終他們也無奈地接受了這個現實，自己的兒子已經感染了這種糟糕的病毒，除了應該得到同情和幫助之外，還能對他表示什麼呢。

可是呂炎真是高興極了，他說能活多久算多久吧，反正現在的醫療技術足夠他活膩的，至少他現在體會到自由了。他在很短的時間內就把這個消息通知了所有人，他說他現在什麼都不怕了，他感到了解脫，他感到了一種自暴自棄的幸福。

呂炎喜出往外的樣子好像他一夜之間變成了異性戀，而且被社會擁抱了似的，但是不管怎麼樣，他能因此勇敢地承認自己是個同性戀也算沒有白感染這種病毒。

最後我們都由衷地為呂炎是一個愛滋病毒感染者感到高興，我們決定慶祝一番。吃完飯後，我們又去了酒吧，這一帶有很多酒吧，只不過每一家看起來都很虛偽和令人討厭。在這個國家裡，人們擅長把所有本來挺有意思的事都做得虛偽和令人討厭。但是丁子興致非常高，因為她終於有了一個能讓她以正面的理由痛快喝酒的機會，她連跑帶顛兒地走在前邊，不停地向我們建議各種酒吧。

街上人很多，有一些拉皮條的在街上攬客，我和呂炎跟在丁子後邊，這些皮條客以為我們沒有女伴隨行，紛紛湊過來問我和呂炎要不要小姐。我指著前邊的丁子說，我自帶小姐了，又指著呂炎說，他是同性戀。呂炎和丁子都笑得特別開心。

最後還是呂炎把我們帶到了一個酒吧門前，他一臉壞笑地對我說：「這是一家相對不討厭的酒吧，咱們就在這兒吧。」

我進去一看，馬上意識到這是一個同性戀酒吧，我扭頭就要出來，丁子一把拉住我說：「今天是為呂炎慶祝的，聽他的安排吧。」

我對呂炎說：「好吧，今天看在愛滋病毒的面子上，聽你的。不過我聲明一點啊，我不是歧視你們這些人，我只是覺得不自在，但是你們這些弱勢群體容易把別人的不自在當作是歧視。」

呂炎大度地說：「沒事兒沒事兒，你就是歧視我也在不往心裡去，非要被人歧視的話，我也先緊著讓咱們自己人歧視。」

我們喝了很多酒，呂炎照著酒水單把上面的酒點了個遍。我喝多了之後也慢慢放鬆下來，對於自己身處一群同性戀之中的不適感有所降低，丁子和呂炎很盡興，喝到高興時跟周圍的同性戀們不停地碰杯，期間丁子還從裡包拿出兩顆藥丸倒進酒杯一飲而進。丁子爬上一張桌子，站在上面對著周圍的人亢奮地大聲喊：「今天，我的好朋友，」她指著呂炎對所有人說：「他出櫃了！我請大家給這個勇敢的人一點兒歡呼，慶祝他開始新生吧！」周圍立刻爆發出一片掌聲和尖叫。很多人過來和呂炎擁抱，還有不少人臉上帶著淚水，呂炎置身其中就像凱旋的英雄一樣，只是他已經泣不成聲了。

喝夠了酒，我們互相攙扶著走出酒吧，包括我在內，所有人都很暢快。人一喝多感情就會變得豐富，丁子摟著我和呂炎的脖子說：「我們三個永遠不分開，我們要做朋友和家人。」有那麼一瞬間連我都有些動容，呂炎再次淚流滿面，他說是上帝把我和丁子賜給了他，他不會辜負上帝的。我說：「你他媽再提上帝我現在就跟你絕交。」丁子上來在我的嘴上狠狠親了一下，讓我別再說掃興的話。

呂炎直到最後打車回家時仍然流著淚，在醉酒的作用下，他打開車門上車之前還硬拉著我和丁子又反覆擁抱了幾次。呂炎走後，我送丁子回家。丁子家離這兒不遠，我們一路走回去的。走到之後，我倆感覺有些餓了，就在她家小區外邊的一個餛飩攤兒上吃了一碗餛飩。每到半夜，這個城市裡的各個角落就會擺出各種沒有經營手續的小吃攤位，很多個深夜，我和丁子都在這個餛飩攤上吃過餛飩。攤主是一對兒不擅言辭的中年夫妻，但是為了跟顧客培養一點感情，經常沒話找話地跟吃餛飩的人拉些家常，有時候他們也會刻意地跟我和丁子聊幾句，不過能看得出來，他們其實並不喜歡說話。

丁子的興奮狀態還沒消失，吃完餛飩後，又喝了很多啤酒，她主動拉著攤主夫妻說了很多不著邊際的話，最後因為再次喝得爛醉如泥，終於閉上了嘴。我把丁子扶上樓，放到她的床上，幫她脫了衣服，給她蓋好毯子。做完這些我筋疲力盡，我抱著一床被子鋪到客廳的地上，倒頭就睡著了。

我們睡了一整天，一直到第二天傍晚才真正醒過來。窗外的天邊出現了少有的一道紅色晚霞，清澈的空氣在這個城市已經很少出現了。丁子躺在臥室裡的床上，衝客廳裡的我喊道：「你要不要過來和我大幹一場？然後我們出去吃點東西，我快餓死了。」

「大幹一場就算了，我怕幹到一半兒妳就會餓死在床上。」我對丁子說：「直接出門吃飯吧，外邊天氣很好，我想出去走走。」

我話音未落，丁子已經光著身子從臥室跑了出來，她一下騎在我身上，掐住我的脖子說：「就算餓死也要死在你身上。」說完就開始動手脫我的衣服，然後就開始在我身上揮汗如雨。

完事兒之後天已經黑了，我和丁子從她家裡出來，來到附近一個河邊的公園。我們買了一袋子的零食和一箱啤酒當作晚飯。周圍有一些膘肥體壯的流浪貓在轉悠，這些貓悠然自得，自得其樂，估計它們是這個城市裡幸福指數最高的群體。丁子說：「應該讓所有的貓都流浪，這絕對才是貓們想要的生活。」

遠處還有一群老頭老太太在唱戲，還有另一群老頭老太太在跳舞。丁子望著那邊兒的人群自言自語說：「等有一天，我跟他們一樣老了，我也找一個地方流浪去。我很像貓，不喜歡跟人群生活得太近。那個地方最好是一個荒島，雜草叢生，有懸崖峭壁，我每天就坐在峭壁上喝酒，等有一天喝不動了就跳海。」

「不打算跳樓了？」我問。

「跳海是最高理想，是奔頭兒，奔不到的話再繼續跳樓。」

她轉過頭問我：「你將來打算怎麼樣？」

我深深吸了一口菸說：「沒有打算。」

「什麼時候是個頭兒？」她問

「隨時都有可能是頭兒。」我回答她說。

丁子聽我說完輕輕嘆了一口氣，她很清楚我理解她的問題指的是什麼。丁子喝完了一瓶啤酒，拿著空酒瓶愣了很長時間，又轉過頭問我：「你願意跟我去荒島麼？」

「不願意。」

「你要怕只有咱倆兩個人沒意思，咱們再叫上呂炎，如果他不怕沒意思的話。」

「他現在過得最有意思了，他又愛滋又出櫃的，正值人生巔峰。」

「你有沒有想達到的人生巔峰？」

「有。走運的話，我希望有一天能進瘋人院。」我對丁子說：「我覺得一個人最終進的是瘋人院，而不是養老院，這樣的人生才能稱之為不負此生。」

「那咱們把荒島弄成瘋人院吧。」丁子一聽來了興致。

「什麼時候弄？現在還是將來？」

「現在哪有錢，肯定是將來。」

「將來再說吧。」

後來我們給呂炎打了一個電話，他在電話裡說也正打算給我們打電話呢。他說他現在跟他的男朋友在機場候機，他們一時興起做出一個決定，要去東南亞旅遊。呂炎還讓他的男朋友跟我們在電話裡打招呼。我們以前見過他男朋友一面，我對這個人沒有任何好感，一看就是同性戀裡的婊子，正是他把愛滋病毒傳染給了呂炎，不過，昨天呂炎在提到這一點時卻強調說，愛滋病毒已經成了他和男朋友之間最緊密的紐帶。

呂炎在電話裡說他出櫃後的這一趟旅遊對他來說就算是度蜜月了，還說回來後一定給我和丁子帶好多禮物，問我們有沒有什麼特別想要的東西。丁子對他說：「你在那邊兒打聽一下有沒有荒島。」

呂炎問：「荒島？打聽這個幹麼？」

丁子說：「將來咱們都上島生活。」

呂炎說：「好啊好啊，到時候帶上我男朋友一起去。」

丁子說：「那你還是別來了。」

呂炎一直有一顆對任何事都容易當真的童心，他非常認真地在電話裡跟丁子商量了起來。他問丁子能不能隔三差五地讓男朋友去島上看看他，主要是為了來給他送每天都要吃的抗病毒藥。

丁子說：「只能讓你定期離島去取藥，順便給我帶回來酒。」

「好的好的，那就這麼定了。」呂炎在電話裡興高采烈，聊到最後覺得皆大歡喜才掛了電話。

晚上我回到了自己家，我決定明天返回那個煤礦所在的城市，這幾天雇主一直在催促。我也想早點完成任務，我討厭手上的活兒壓得時間太長，我希望能在夏天多幹幾單。

我幹這一行差不多三年了，更喜歡集中在夏天工作，我不知道自己殺過多少人，倒不是因為數量很多，其實並不多，主要是因為我不太願意記住這個數字。我敢去結束一個人的生命，但至今不願面對到底有多少人被我結束了生命。這樣的心理就如同在我們周圍有很多人，他們並不十分清楚自己的確切年齡，只知道自己四十多歲或五十多歲，具體的數字他們是有意忽視的，因為這樣的數字會讓他們內心惶恐，他們不願意面對自己不再年輕的歲數，有意回避自己虛度的歲月和青春不在的時光。我相信在那些被我幹掉的人當中，肯定有那麼一兩個人在臨死前都不知道自己多少歲了。

但是，無論你是否敢於面對那個確切的數字，這個數字的增長都不會因為你的回避而停下來，無論是年齡，還是將要被我奪去的生命。甚至在某種程度上，人們有時還希望加快這個數字的增長速度，直到增長至風平浪靜，或煙消雲散。

當然人們想要逃避的東西還有很多，逃避現實的表現形式也是多種多樣。比如說丁子，除了各種自暴自棄的行為之外，她還會去旅遊。旅遊也許是這個世界上最體面的逃避現實的方式，那些熱衷於常年生活在旅途上的人跟借助酒精和毒品來逃避現實的人沒有區別，只是他們比這些成癮者付出的代價要小的多，也更容易用旅遊這種光鮮的方式來自欺欺人。而對丁子來說，她會把旅遊和酗酒吸毒混在一起，首先她會招呼也不打地說走就走，到了某個旅遊勝地之後，每天神智不清地在各個景點逛來逛去，或者乾脆把自己關在當地的酒店終日不出門，一邊喝酒一邊吸毒，在房間裡待上整整一週，這期間音信全無。

我在午飯前到了煤礦所在的城市，在火車站附近的租車行，我用一個以前在路邊撿到的身分證租了一輛汽車。我還用這個身分證在一家小銀行開了一個帳戶，以便接收雇主的付款。我開著租來的車直奔礦區，接下來我每天都開著車在煤礦附近轉悠，以便尋找合適的機會。

這一帶有大大小小好幾個煤礦，礦區附近還有發電廠，空氣裡全是粉塵，儘管車窗緊閉，可是一天下來，車內的座位上還是會落有一層黑色的塵土。這期間還下了一點雨，雨水和灰塵混在一起使車身更是難以入目，三天下來已經看不出來原來的顏色是什麼了，連車牌上的號碼也全被擋住，這是唯一的一點安慰，算是隱蔽性得到了加強。我的耐心越來越少，最後一天，我跟在絡繹不絕的運煤車後邊，直接把車開進了目標人的礦場裡。裡邊有一塊坑窪不平的空地被當作停車場，停了幾輛車。對面不遠處還有一些房子，大概是辦公室之類的地方。我就把車停在這幾輛車的附近等著。目標人終於露面了，他從一輛剛開進來的車裡下來，我直接衝他開了兩槍，一槍打在胸上，一槍打中了頭。

我駕車疾馳而去，進城後我先找了一個洗車的地方，把車沖洗乾淨了才去還車。我連夜坐上了返程的火車，到站後我給丁子打了一個電話，想叫她一起去她家路邊吃碗餛飩，可是丁子的電話是關機狀態，這個時間估計她已經醉得不省人事了，手機忘了充電，或者她正在接客，隨手把手機關上了。丁子雖然為我工作，可是她自己的本職工作一直沒有中斷。我和丁子保持著每週見一次面的頻率，有時候也會兩週見一次，平時也是各忙各的，互不打擾。我從火車站出來直接回了家，心想改天再聯繫她吧。

這一段時間在礦區弄得我很疲憊，每天都吃不好睡不好，我要好好休息幾天。一連幾天我都沒再給丁子打電話，我怕一打電話她又會為我提供一些新的客戶信息，最近什麼都不想幹，只想自己一個人獨處，有一天晚上我甚至自己悄悄地去她家那兒吃了一碗餛飩，並沒有告訴丁子。

礦區這個活兒已經結束兩週了，我的客戶把最後一筆酬金打到了帳戶上，之所以拖得時間有點兒長，是因為目標人躺在醫院裡一直沒斷氣，客戶一直在等最後消息。最後的消息是，醫生認定為植物人了。客戶喜出望外，他為此還專門打電話對我說，這種生不如死的結果真是可遇不可求啊。我的手機上收到了銀行的到帳短信通知，得把丁子應得的那一份報酬給她了。我打算去一趟銀行取出來現金，我一直是給丁子現金的，我不想通過任何銀行的方式給她錢，我擔心有一天自己被警察抓住後，會因為銀行的交易記錄牽連出丁子。去銀行之前我給丁子打電話，但是仍然是關機狀態，這種情況以前有過，有時丁子突然出門旅遊了，也會關機幾天，讓誰都找不到她。

只是這次丁子消失的時間有點兒長，前後算起來大概有十幾天聯繫不上她了。就在我開始懷疑丁子是不是死在了某個旅館中的時候，她打來了電話。她在電話裡說自己確實是去旅遊了，但是消失這麼長時間是因為在旅遊的時候賣淫被抓了。因為有一天她心血來潮，在睡足了一整天之後，去酒店餐廳裡吃飯，遇到另一個客人前來搭訕。丁子看他想勾搭自己，就想嚇唬對方一下，於是開門見山地給那男的報價了，結果對方欣然接受，然後兩人一拍即合就回了房間。他們在床上正興風作浪，突然遇到警察對酒店突擊檢查，結果倆人就被抄個正著。丁子還因為被檢測出了吸毒，一共被拘留了二十天。

丁子在電話裡讓我把呂炎叫上，說一起喝一場大酒來補補，這些天欠下太多的酒精了。

我和呂炎到丁子家時，她早已經準備好了一桌飯菜。不過丁子的狀態顯得有些低迷，因為她之前還從未被警察抓過。

呂炎問丁子是不是警察讓她吃了很多苦頭兒。丁子說警察讓她吃的苦頭兒她倒沒覺得有什麼，警察麼，本來就是敵我關係。關鍵是，因為自己是妓女在拘留所裡受到了很多其他違法犯罪婦女的欺負。丁子說那個時候她清晰地感受到了一個女人既被男人看不起，還遭女同胞歧視的悲涼體驗。這對她打擊有點兒大，她覺得自己扮演著這個世界上最失敗的角色。

「那妳有沒有想過換個角色？」呂炎小心翼翼地說：「這個角色確實跟社會上大多數人的道德觀有衝突。」

丁子說：「堅決不換，換了就是認輸了，我被這個世界上的道德欺負得太多了，我現在還就跟道德對抗到底了。」

我為了讓丁子放鬆一點，就對她說：「我打心眼裡覺得妓女不錯，堪稱是世界上最誠實的勞動者、道德楷模。妳們不偷不搶不騙，找工作連謊話連篇的簡歷也不用寫，完全憑本事吃飯，還有哪個行業、哪種職業能做到這一點。」我問呂炎：「你的工作能嗎，你們跟客戶談判時也得經常撒謊吧，做生意時也得勾心鬥角爾虞我詐甚至無中生有吧，至少經常吹牛逼吧，你們這些社會精英在謀利時不會比妓女更誠實吧，換句話說，妓女比你們更有道德吧。」

我最後這一句的表達方式讓呂炎受到了一點刺激，呂炎不服氣地說：「那她們做這一行據說經常假裝高潮，這算不誠實吧。」

我反駁說：「你掏錢只是為你自己的高潮買單，並不是為她的高潮付費的，人家為你假裝高潮那是為你提供的增值服務，是為了讓顧客獲得更高的滿意度。」

呂炎想了想又說：「那她們化妝算不算，因為客人消費的就是她們的姿色，他們通過化妝來粉飾相貌招攬顧客算是不誠實吧。」

我說：「那他媽更不能算了，你們上流社會不是說那叫禮貌嘛，不是說那叫出於對人的尊重嘛。你們做生意，客戶明明消費的是你們的產品而不是你們的姿色，你們還照樣塗脂抹粉梳頭噴香水，企圖靠個人姿色提高競爭力呢，這才叫耍心眼，你要是在這方面兩套標準就是當婊子立牌坊。」

呂炎說：「我不跟你抬杠了，跟你說不清楚。」

我總能從打擊呂炎的過程中獲得一些快感，我看呂炎不想再跟我說話了，就給了他一個臺階下，我又接著說：「不過呢，現在丁子她們也對著手機玩自拍給客戶發照片，拍出來的照片都被美化過，這種自拍美國就有點兒不誠實了，這種行為就跟良家婦女似的。」

我光顧著和呂炎胡扯了，後來意識到丁子在一旁發呆，她壓根也沒有聽我們聊天，手裡拿著酒杯，一臉的落寞，偶爾一飲而盡。我問她：「妳這狀態是不是因為缺酒啊，二十天不讓妳喝不讓妳吸，也不知道妳怎麼熬過來的。」

丁子說：「那都是小事兒，我其實最大的感覺是孤獨。」她用手指著我說：「你，我不能通知你來拘留所看我，你比我更需要躲著警察，況且可能你也沒有興趣來探望我。」她又用手指著呂炎說：「你，我也不好意思通知你，你現在正是人生巔峰，成天跟你的親密男友如膠似漆，我不想在這個時候用這種破事兒給你添麻煩。我把你們兩個人當作最親的人，可是又覺得誰也指望不上，誰都不能打擾，誰都有各自的生活。我就覺得自己特別可憐，這種人生的孤獨感非常強烈。」

呂炎聽丁子這麼一說，突然哇一聲哭了起來。雖然他經常在我們面前哭，但是這冷不丁一下子還是把我和丁子嚇了一跳。丁子趕緊安慰他說：「不至於不至於，我都沒那麼傷心，你哭什麼啊，你趕緊別哭了。」

呂炎哽咽著說：「不是因為妳哭，是為我自己，我失戀了，我沒有親密的男朋友了，他有新歡了。」

呂炎說剛才他一直控制著情緒，裝作快樂，努力不哭出來，因為丁子剛放出來他不想掃興。呂炎在東南亞旅遊期間，發現了他男朋友一直有外遇，他們大鬧了一場，以分手告終。呂炎悲憤地說：「同性戀真可悲啊，人人都在亂搞，還容易感染病毒，還要被人歧視。」他說他真他媽不想活了。

丁子放下酒杯，搖搖晃晃地站起來，走到呂炎身邊抱著他一起哭。哭了一會兒之後，丁子突然再次站起來，那神情就像是要做一件大事兒似的。丁子幾下就把自己身上的衣服全脫了，一絲不掛地站到呂炎面前，她說：「呂炎，別怪我想不明白，你為什麼就不喜歡女人呢，你今天就在我身上試試，看你到底能不能操女人，看看操了女人會不會也覺得挺爽的。」

丁子說著就去解呂炎衣服。呂炎嚇得趕緊站起來往後躲，碰翻好幾個酒瓶子，驚慌地說：「不行不行，我真幹不了，我以前也試過，真不行。」

丁子說：「但是你沒試過我，讓我給你試試。」

丁子雖然喝多了，但是力氣卻很大，把呂炎摁在地上無法反抗，呂炎的衣服也被解開了一半兒。呂炎帶著哭腔說：「真不行，真不行，我有愛滋病毒。」

丁子義無返顧地表示：「沒事兒，我不嫌棄你，你知道有多少混蛋想不帶套兒的操我嗎，我從不答應，但是對你，呂炎，為了能讓你爽，你今天還真別帶安全套。」

呂炎趴在地上，雙手在肚子底下死死抓住皮帶，大聲喊：「我死也不會同意的。」

兩個人就像柔道似的扭打了半天，最後都筋疲力盡。丁子從呂炎身上下來，平躺在他旁邊，臉上掛滿淚水。呂炎趴在那兒，伸出一條胳膊摟住丁子，崩潰地哭著。

我一個人走到陽臺上抽菸，陽臺上能看到馬路邊。夏天的夜晚永遠不寂寞，午夜裡的汽車終於能順暢地跑起來了，一輛接一輛地呼嘯而過。人行道上有三三兩兩的年輕人在打鬧，他們清脆的笑聲在夜晚裡從遠處傳來，感覺非常清涼。那對中年夫妻照例在街邊支起了補貼家用的餛飩攤，旁邊停了幾輛出租車，跑夜班的司機們坐在矮桌前吃一碗餛飩當作夜宵。

因為有很多晚上我和丁子都去那裡吃過餛飩，所以跟攤主兩口子也算認識。這對夫妻以為我和丁子也是兩口子，會跟我們有一句沒一句地聊些家長里短的事，為了尋找話題還經常問我們一些問題，問我們做什麼工作的，問我們老家是哪兒的，問我們有沒有兄弟姐妹，還問我們將來是不是打算要個孩子，問一些極普通但我們卻無言以對的問題。

雖然經常被攤主夫妻問得無言以對，但是我和丁子還是喜歡去那兒吃餛飩。在夏夜的涼風裡，坐在熱氣騰騰的餛飩面前，就著一瓶涼啤酒，看著煤氣灶上的熱鍋冒著水氣，聽著周圍稀稀落落的客人輕聲輕語地聊天，就會覺得在這個氛圍中，有一種蕩漾起來的、脫離現實的輕快感，就像一個人仰面飄浮在晃動的水面之上，身體隨著水波輕輕地搖著，耳朵埋在水裡，周圍的一切並非寂靜無聲，但卻安詳靜謐。

有那麼一刻我產生了一個念頭，也許我和丁子、呂炎也可以擺一個餛飩攤什麼的，不需要合法合規，只在夏天深夜出攤，不是為了躲避晚上九點還在巡查的城管，只是想我們三個在一起，和這個夏天安靜的多相處一會兒。

我熄滅了菸頭，從陽臺回到屋裡。呂炎已經爬到丁子的床上昏睡過去。丁子拿著一瓶酒和一個酒杯悶聲坐在沙發上。她頭髮凌亂，仍然光著身子，一副垂頭喪氣的樣子，只有兩個乳房多少保持了一點昂揚向上的姿態。

我也坐到沙發上，丁子頭也沒抬地從茶几上拿起一個杯子給我倒滿了酒，再拿起自己的杯子，在給我的那個酒杯上使勁碰了一下，然後一飲而盡。

我沒有動酒杯，只是看著丁子自己喝，我對她說：「要不然妳別接客了，我給妳的工資又不少，妳為什麼還非要堅持幹妳那一行呢。」

丁子抬起頭，醉眼迷離地看著我問：「你這是在挽救我？」

我直言不諱地說：「不是這個意思，我就是好奇妳為什麼一定要當個妓女，是不是需要錢？」

丁子反問我：「那你為什麼非要幹你那一行呢？」

我想了一會兒說：「我也不知道。」

丁子說：「可能是一種心理需要吧。你需要破壞這個世界，而我需要這個世界破壞我。」

「這麼說我們是完全不同的兩類人了？」

「不，我們是同一類人，殊途同歸。」

我看了看臥室那邊的呂炎，問丁子：「那呂炎算哪類人？」

「他是迷途的羔羊。」丁子哈哈笑著說：「但是他找到了心中的牧羊人。」

丁子臉上帶著剛才未盡的笑容抽了兩口菸，看起來心情比剛才愉悅了很多。她抬起頭來問我：「你為什麼從來不問我做妓女之前是做什麼的？」

「如果妳需要我問一下的話，那我就問問。」我對丁子說。

「那你受累問問吧。」

「妳以前是做什麼的？」

「做情婦的。」丁子說：「以前專門賣身給一個人，後來賣身給所有人，只要有人出錢就行。我上大學的時候成了學校一個老師的情婦，跟了他大概十年，期間分分合合，但一直沒能最終跟他斷絕關係，還不斷借錢給他做生意，後來他生意失敗，騙了我所有的錢出國了，我的青春和存款全都給他了。」

「後來呢？」我又問了丁子一句。

「後來喝酒，也吸毒。最初每天喝半瓶紅酒，後來什麼酒都喝，每天很多瓶。最初吸菸，後來是可卡因、海洛因，有時候也會用一些冰毒和搖頭丸之類的玩意兒。」

「有很多女人也像妳一樣。」我對丁子說：「當過情婦，做過第三者，有過不堪回首的生活。」

「沒錯，你是想說我為什麼會把自己的生活弄成這樣吧？因為我喜歡！這是我的選擇。人生永遠是痛苦的，只是各種不同的痛苦形式而已。我沒有覺得我的生活比大多數人更不幸，相反，我覺得在某種程度上，跟很多人相比，可能還要更好一點。」

「好到想跳樓跳海？大多數人可沒這麼想。」

「有沒有這麼想並不能說明誰比誰生活得更好或者更壞，這只能說明一個人是不是還對自己的人生抱有興趣和希望，哪怕一個人的生活方方面面都挺好的，可是他就是對此失去興趣了呢？就是對未來不再抱有希望了呢？還不允許別人覺得活膩了啊。」

「有點兒道理。」

「你不想說說你自己麼？」

「不想。」

「至少可以說一點兒你的情感經歷啊，你不會從來沒愛上過什麼人吧。」

「那倒不會，愛上一個人也不難。」

「容易麼？」

「不難吧，只要彼此不討厭，有點兒互相吸引，在合適的條件下，再加上一點兒巧勁兒，很容易就會愛上對方。」

「什麼樣兒的巧勁兒呢？」

「比如說心情不好的時候，有一個人給予了一些關心和安慰。或者就是突然在某個瞬間覺得對方很美很有魅力。再或者是不經意間產生的一點兒性刺激，就像一個人過馬路時拉住了你的胳膊，或者興高采烈時擁抱了你一下之類的。」

「你因為什麼巧勁兒愛上過什麼人麼？」

「我曾經愛上過一個商場裡的塑料人型模特。」

「塑料人型模特？就是商場裡到處擺著的那種穿衣塑料模特？」

「是的，就是那種。有一天我去商場想給自己買些衣服，因為我接了一個客戶的活兒，為了方便接近目標人，需要穿一身打高爾夫球的衣服。可是那些天我的心情一直很差，卻又不得不去我最討厭的地方——商場，挑選衣服。商場裡到處都是人，我被他們裹在其中就像一隻到處亂飛、四處碰壁的蒼蠅一樣。就在我轉來轉去的時候，一回頭，就看見一架塑料女模特矗立在我斜後方，正安靜地看著我。與我周圍熙熙攘攘的活人相比，這個塑料模特看起來真是特別得清新和超凡。那一刻我覺得它非常美，而它注視著我的眼神讓我感覺尤其明媚，當時那種感覺就跟連續下了一個月的陰雨之後，天空毫無徵兆的突然放晴了，我一下就愛上了它。」

「後來呢？」

「後來我又去過幾次那個商場，專門去找它。每次我都在它面前注視它一會兒。再後來，它不在了，被那個櫃檯的工作人員給換掉了，取而代之的是一架俗不可耐的模特。我的心裡就像一下子被抽空了一部分，很傷感。」

「早知道這樣你應該把那個模特買下來，就跟有些男人買回家一個充氣娃娃一樣。」

「早知道這樣我也不會把它買下來，我只會在商場裡愛她，出了商場我不能保證自己還會愛她。」

「那你應該把那個商場買下來，如果你有那麼多的錢的話。」

「如果我有那麼多錢的話，我也不會把那個商場買下來。如果僅僅是為了保證自己會繼續愛她，而把她的整個生活環境買下來，並且變為己有，我覺得這種行為對追求愛情來說太蠻橫了。」

「你簡直不可救藥。」

「我也不需要被救。」

我們沉默了一會兒，再看丁子時她已經靠在沙發上睡著了。而我也感覺昏昏欲睡，可能是因為晚上喝了不少酒的緣故。我把頭仰靠在沙發上，看著天花板，頂上的燈和天花板就一起旋轉了起來，我馬上就意識模糊了。

我做了一個奇怪的夢，夢見自己擁有一個特異功能，我身上有二十個護身符，每一個護身符可以保證我殺掉一個人而不被任何人抓到，哪怕是在警察局內殺掉一個人也可以全身而退，並且保證在接下來的日子裡安然無恙。我身上的這二十個護身符，這意味著我可以用它們來殺二十個人，而這二十個護身符就是我的十根手指和十根腳趾，每次要使用一個護身符時，就必須要切掉一根手指或一根腳趾，而且只有當著被殺者的面切掉才會有效。

我醒了，看到丁子還在旁邊睡著，於是我就一動不動地坐在沙發上，回憶著剛才做的夢。在這個夢裡我有一種難以言說的虛脫感，這種虛脫感似乎也在我做過的其它夢裡出現過。我使勁回憶了一下，想起了在音樂節的那個草地上，我在那兒睡著過，在那個草地上我做過的夢裡也有類似的感覺。

這時丁子也醒了，她開口的第一句話就是，「我剛才做了一個奇怪的夢。」

我問她：「妳夢到什麼了？」

她說：「太不可思議了，我夢到你有一個特異功能，你有二十個護身符，就是你所有的手指和腳趾……」

六

我和呂炎坐在丁子家樓下的一個長椅上聊天，我們在等丁子下來。此刻是中午，天氣酷熱，整個小區都很安靜，連平時在院子裡跑來跑去、大喊大叫的孩子們也絕跡了。我一根接一根地抽菸，呂炎則東拉西扯地跟我說話。

呂炎問我：「我看你也沒什麼正經事兒，有沒有興趣跟我做一些公益活動。」

「公益？什麼活動？你打電話找我們就是為了說這事兒？」我問他。

鑒於他還處在失戀的陰影中，我沒有立刻拒絕他的話題，他平時跟我說的話題我一點興趣都沒有。呂炎昨天給我和丁子分別打了電話，很認真地表示有一件重要的事要跟我們說。當時我還在電話裡問他是什麼事，是不是愛滋病毒發病了。

「不，昨天電話裡提到的不是公益的事，是另外一件事，等會兒丁子出來後我們一起說。公益這個事是我跟你坐這兒找的話題，我實在不知道跟你聊什麼啊。我是平時一直都想有機會的話，就去做一些對別人有益的事，幫助一下需要幫助的人，比如去養老院做做義工，或者到山區支教之類的。你有興趣一起嗎？」呂炎問我。

我已經忍不住要馬上停止這個話題了，這些都是我想也不會想的事兒，我知道呂炎這類有些錢有點兒情懷的人普遍熱衷公益，更何況他還是一個天主教徒，自覺肩負著為上帝傳播福音的使命。我不耐煩地對他說：「我對幫助別人一點興趣都沒有，不管大人還是孩子。所有人類我都不關心，人類就是這個地球上的病毒，小病毒遲早長成大病毒，最終害人害己害這個星球，如果人類再膨脹一些，說不定還會害了宇宙。」

「也不一定非得幫助人啊。我們幫助動物怎麼樣？」呂炎還在尋找思路。

「也沒興趣，動物雖然比人好一些，但無非也是弱肉強食。」我回答呂炎。

「那幫助食草動物怎麼樣，不吃肉的那種。」呂炎不死心地問我。

我都開始懷疑他是要故意激怒我了。我厲聲對他說：「食草的也不行，食草動物是食肉動物的食物，為它們提供熱量和營養，它們在弱肉強食的食物鏈上起著助紂為虐的作用。不僅如此，食草動物只要有合適的機會就會吃肉，我見過羊吃剛出殼的小雞，還知道鹿會捕食受傷的鴨子，連兔子都會吃同伴的屍體。食草的與食肉的相比，更愚蠢，更邪惡，更加不值得幫助。」

呂炎說：「我覺得你的思想有點兒反社會啊。」

「我主要是反人類。」我更正了他，然後又生氣地對他說：「如果非要我幫助一點什麼的話，我勉強可以幫助那些花花草草這類沒長腦袋的東西。去山上植樹的話，我也許會跟你去，哪怕是撿起來從山腰掉到山溝裡的石頭，再幫助它們放回到原來的地方，也比助人為樂好一點。」

呂炎正想又說點兒什麼來教育我，這時我們隱隱約約地聽到了樓上傳出了叫床聲，這叫床聲來的真是時候，及時中止了呂炎跟我聊起的這個讓人心煩的話題。叫床聲來自高層的一個窗戶，那是丁子家的窗戶，可能是丁子正在接客。

呂炎被叫床聲吸引了，他放下了公益話題，扭頭問我：「這聲音是丁子的嗎？」

我反問他：「你幹麼問我啊？」

呂炎說：「你應該知道啊。再說我是順嘴問的啊，你不用這麼敏感。」

我說：「好吧，據我判斷這是丁子。」

呂炎嘿嘿笑了兩聲，他說：「這還差不多，這事兒你都要瞞我的話，你就太不拿我當朋友了，我可是拿你當朋友的，什麼事都跟你說。」

「我就是拿你當朋友也不會什麼事都跟你說。」我繼續跟他唱反調。

呂炎又嘿嘿地笑了兩聲，得意地說道：「就算你不跟我說，丁子也會跟我說的，我又不是只有你這麼一個朋友。」

「那是她的自由，我不管她，我反正不說。」

「放心，你就算什麼都不跟我說，我還是拿你當朋友。」

「你怎麼那麼賤啊。」

「因為我覺得你對我好。」

「我他媽哪兒對你好了？」

「你不反感我是同性戀，不嫌棄我有愛滋病毒，願意跟我來往。」

「你聽著，這是你建立在弱勢心理上的感激之情，我只是拿你當普通人一樣對待，可是你卻認為這就是對你太他媽好了。我並沒有額外對你好，我不嫌棄你，很可能是因為我嫌棄自己。一個人自己肚子裡都是寄生蟲的話，那就別在乎其他人飯前便後是否要洗手了。我勸你別這樣感恩戴德，自信點兒。」

呂炎嘆了一口氣，說道：「跟你和丁子在一起的時候其實是我最自信的時候。」

我沒再搭理呂炎，我不想讓他通過我找到自信。

丁子還沒完事兒，聲音忽高忽低地從窗戶裡傳出來。有一個過路的人從我和呂炎的面前經過，他也聽見了丁子的聲音，然後衝我和呂炎做了個鬼臉，那樣子就彷彿他理解我倆為什麼會坐在這棟叫床的樓下。

丁子從來不介意自己在接客時讓我們樓下等她，我們坐在這裡不是第一次了。如果不是我們強烈抵制，以及考慮到客人的感受，她甚至可以在接客時讓我們在客廳裡等她。

又過了半小時，一個男人從這棟樓門裡走了出來，丁子也跟著出來了。她一看到我們就大喊，不好意思，讓你們久等了。那個已經走遠的男人回過頭來看了看丁子，又看了看我們。我猜他心裡一定認為丁子今天生意興隆。

呂炎小心翼翼地問丁子：「剛才那聲音是妳嗎？」

丁子有些惱火地抱怨說：「是我啊，我都使出渾身解數了，把床都快叫塌了，他就是面不改色心不跳，說什麼也不射，太能幹了。讓你們等這麼長時間我也是沒辦法，就這樣他進門的時候還非讓我把屋裡的空調關上，說自己身體有點兒虛，受不了空調的冷風。可我怕熱啊，只好把窗戶打開和他幹，誰能想到他這身子骨一點兒都不虛啊，折騰了這麼長時間。」

我問：「妳不怕鄰居向房東投訴妳啊。」

丁子說：「早就投訴了。剛才跟我幹的那個人就是房東，上次我被拘留放出來之後房東就一直要趕我走，我給他加房租他也不肯再租給我，我只好對他使美人計了。」

丁子一路上跟我們興致勃勃地講著這個房東跟她在床上時有多變態，我們邊聊邊找地方吃飯。因為我們都很餓就沒走很遠，去了附近的一家提供簡餐的咖啡廳。咖啡廳裡人很多，幾乎全是周邊寫字樓裡的商務人士，要是留心聽他們的對話，你可以聽到每一桌上都在聊著至少千萬級的生意。到任何一家咖啡廳裡，只要你聽一聽裡面客人的聊天內容，你就能大概想像出這個國家的騙子和自大狂有多普及了。

我們三個人分別點了一個套餐，等餐的時候，呂炎開始說起他要聊的事兒，這事兒也是一門生意。呂炎說前不久他向我們宣布出櫃的那兩天裡，確切地說就是和我們在酒吧一起醉酒的第二天，他產生了一個念頭，想要我們三個人開一個酒吧，然後這個念頭產生後就一直揮之不去，而且越來越強烈。

呂炎說：「真是從來沒有喝得像上次那麼高興過，後來我就一直在想，咱們也可以開一個酒吧，當成咱們三個在這個城市共同的一個家，咱仨沒事兒就可以回家喝個痛快。」

「你打算開一個同性戀酒吧？」我問他。我對這個提議已經有了抵觸情緒，像呂炎這樣的人，除了喜歡做公益之外，就是他媽的喜歡開個酒吧。

呂炎趕緊辯解說：「不是不是，不是同性戀酒吧，就是普通的一個酒吧，誰都願意去的那種。另外，我不需要你們投錢啊，我一個人投資，但是酒吧算咱們三個人的，我就是想和你們在一起共同做一件事。」

「不，別找我，我可沒興趣去做這件事。」我直接拒絕了呂炎。雖然我想過和丁子呂炎一起擺個餛飩攤，但是我可沒想過開一個酒吧。經營一個酒吧和守一個小小的餛飩攤是性質不同的兩碼事，感覺完全不一樣，我更喜歡餛飩攤的平淡無奇。

丁子聽完呂炎的話後倒是一下子來了精神，她響應道：「這是個不錯的主意啊，我幹。」

我對丁子說：「酒吧裡的酒估計還不夠妳自己喝的。」

丁子不理我，對呂炎說：「他不幹咱倆幹，但是絕對不能讓你一個人投資，咱倆一塊出錢。」

呂炎說：「咱倆先幹起來，幹起來後不怕他不來。不過我是不會讓妳出錢的，妳在酒吧負責喝酒就行，就當是酒吧形象代言人，妳這算是技術股。」

丁子說：「那不行，你是覺得我沒錢呢還是看不上我掙的錢？」

呂炎說：「不是那個意思，我只是覺得妳一個人生活不容易，更需要錢。」

丁子說：「一個人生活才容易，你要是不要我的錢，那我也不幹了。」

呂炎說：「但是酒吧掙錢不容易啊，說不定還賠錢，我真的不好意思把妳拖進坑裡。」

丁子和呂炎在投資的問題上熱烈地推讓著，我一個人坐在旁邊覺得自己像個局外人，感覺到了一點兒疏離。看他們一時爭執不下，最後我說：「那這樣吧，你們倆也別推來推去了，把投資分三份，我也入一股，算我一份，就算都賠光了，每個人的損失也不會很大，這樣你們倆也不用為錢的事兒覺得過意不去，也算我參與進去了。」

他倆說：「好啊好啊，那就這麼定了，你不許變卦啊。」

我補充道：「投資可以，但是籌備和經營的事我可一點都不管啊，我討厭這些破事，也不願意跟亂七八糟的人打交道。」

呂炎說：「沒問題，你只要定期過來查查帳就行。」

「帳也不查。」我說：「賠完了算。」

「萬一掙了呢？」呂炎問。

丁子說：「掙了就去找個荒島蓋幾間房子去，建一個瘋人院，咱們去那兒退休。」

我說：「妳可真樂觀，夠買張船票就不錯。」

後來丁子和呂炎開始興奮地討論酒吧的名字。丁子首先說：「鑒於這個酒吧是咱們三個人一起開的，是三個人友情的見證，所以酒吧名字就叫『3P』。」

呂炎一聽給氣樂了，他表示反對。他說丁子妳真是三句話不離本行，這名字聽起來太色情了，大多數人不會喜歡的。

丁子說：「我才不管呢，誰不喜歡誰別來，喜歡這個名字的人哪怕他是個色情狂，那也是我們的座上賓。」

呂炎說：「不好不好，這名字不好。我們應該歡迎豐富多樣的人群前來消費，妳要起這麼個名字，沒准來的只有色情狂這個群體了。」

丁子對豐富多樣的人群沒有興趣，就是喜歡自己起的這個名字，兩人為這名字差點吵起來。最後呂炎拿起手機上了工商局的網站，查了一下名號註冊的規定，然後如釋重負地跟丁子說：「註冊的名字必須是漢字的，妳這個3P根本就不會被批准。」

丁子一時也沒了主意。這個問題因為法規上行不通而得到了解決，兩人都心平氣和了。

我對丁子說：「妳的人生理想不是希望將來有一天能到荒島上去生活嗎，酒吧就叫『荒島』吧。」

丁子聽完激動的都要跳起來了，她說這名字太好了，用理想命名，這事兒聽起來真他媽有點兒牛逼啊。呂炎也覺得這個名字不錯，最終一致通過。

我們把這頓飯吃完之後，丁子和呂炎就迫不及待地要去為酒吧選址了。我對他們說：「你們去選吧，這些事兒我不摻合了，等開業那天再叫我去就行。」

七

丁子和呂炎把城裡所有適合開酒吧的地方都跑遍了，他們看中了那片以四合院著稱的胡同區，其中有一條最大的胡同成為了一條酒吧街，兩邊的平房都開成了店鋪。這片胡同是這個城市重點保護的文化遺跡，我不能理解的是，這一大片窮街陋巷有什麼值得保護的，即沒技術含量，也沒有審美價值。總能聽到一些人大聲疾呼停止拆除胡同，保護傳統文化。總有些人誤以為陳舊的就是珍貴的，就好像這片粗陋的平房和它所代表的生活方式是多了不起的文化遺產似的，其實什麼都不是，只是人們廉價的戀舊情緒而已。我認為在這個國家裡，發生過的所有具有破壞性的政府行為當中，拆除胡同是一件最歪打正著的事。

嵌於這一大片胡同中的那條酒吧街同樣無聊，就像一把俗豔的塑料花插到了一個同樣乏善可陳的花瓶裡。最初這條街因為開滿了各式各樣的酒吧及其所謂的文藝氣息而人盡皆知的，這裡差不多成了全國自我感覺良好的文藝青年都要來朝聖的地方。經過了幾年的發展，最後街上連原來那點兒自以為是的文藝氣息也沒有了，酒吧開得越來越少，而以各種噱頭來嘩眾取寵的低劣小吃、醜陋衣服和惡俗紀念品的門店卻越開越多。越來越多的還有全國各地的遊客，人群早已不止文藝青年，覆蓋老中青三代。尤其到了夏天，本地消費者和遊客加在一起，經常把這條酒吧街擠的水洩不通，每天從早到晚人群都在街上緩慢地蠕動著，整條胡同就跟得了腸梗阻一樣。

最初聽丁子和呂炎說想把酒吧開在這條酒吧街時，我有點兒惱羞成怒，差點要求退股。所幸的是，他們在跟各種房屋出租人經過一系列談判之後，在租金方面遇到了一連串的打擊，他們自覺難以承受酒吧街高昂的租金，最後不得已，他們把地址選在了相鄰的一條胡同裡，這條胡同與酒吧街所在的那條胡同互相交叉，彼此橫穿，所以也會有不少客人從那條酒吧街上閒逛至此，在這兒開酒吧也算是鬧中取靜。

我跟他們去看過一次選中的門面，那裡原先就是一家酒吧，因為經營不善而轉讓。房屋面積挺大，門臉也不小，兩扇門對開。門前有三級臺階，門兩邊還分別坐著一個跟哈叭狗一樣大的石獅子。房屋內部是以灰磚水泥為主要風格的，擺放著一些不知道從哪個農村裡收上來的破舊木頭桌椅。可能是因為原來的主人沒錢裝修的原因，所以一切因陋就簡了，說起來這也是一種風格，沒人敢隨意輕視。只是這間屋子裡裡外外都是一副敗落的景象，看起來真的像一個荒島上的破房子。

我對丁子和呂炎說我挺滿意的，剩下的你們自己看著辦吧，不用跟我商量，需要苦力的時候叫我一聲，如果實在用不著我，就等開張時再通知我過來。

丁子和呂炎基本上也沒有重新裝修酒吧，只是每人拿著一把錘子，把那些破桌子破椅子重新用釘子釘了一遍，以起到加固作用。釘完之後他們覺得就這樣開張有點兒太草率，因為沒有那種為一件重要的事情精心準備和努力付出的感覺，於是他們又拿起了錘子，把屋子裡所有能釘的地方都釘了一遍，這樣他們心裡才好受了一點。期間他們有一次打電話叫我去找他們吃飯，囑咐我在路上順便再買兩盒釘子帶過來。

把能釘的地方都釘完之後，酒吧很快就開門營業了。沒有想到的是，一連七天都沒人進來消費。偶爾能有幾個路過門口的人，隔著窗戶探頭探腦地看上兩眼，最終還是沒有踏進房門一步。每晚都是丁子自己在空蕩蕩的酒吧喝得不省人事。

有一次丁子還沒喝醉的時候，突然意識到必須要採取一些什麼措施來吸引消費者，她為酒吧策劃出了一個主題活動，活動內容跟喝酒有關，其實就是比賽看誰喝得多，她給這個活動起了個有力的名字，叫做「酗酒大賽」。

丁子為此買了一個塑料廣告牌，擺在了這條胡同與那條繁華酒吧街的交叉口。呂炎在廣告牌上用螢光筆寫了四個大字：酗酒大賽。在這四個字下邊又畫了一個箭頭，箭頭的橫線上寫著酒吧的名字，指向我們這家酒吧的方向。順著這個箭頭的指示，人們一眼就可以看到我們的酒吧，因為在一片破敗的灰色平房中，唯有我們的那間房子上方有一個巨大的霓虹燈招牌，閃爍著兩個又大又亮的發光字：「荒島」。

「就好像一個風騷的婊子矗立在一群良家怨婦當中。」丁子是這樣形容閃閃發光的「荒島」的。

丁子的酗酒大賽每天都舉辦，只要有人想參與，她就開賽，哪怕只有一個人參加，丁子也會奉陪。丁子是比賽主持人，同時她也經常親自參賽。比賽規則很簡單，每個參賽者都要站在一張雙人座的小桌子上，然後一輪一輪地喝酒，看誰的酒量大，能堅持在桌子上站到最後而不掉下來，最後的勝出者就是當晚酗酒大賽的冠軍，獎品是一打啤酒。

最初幾天，確實每晚都會有幾個人看到了廣告牌帶著好奇心前來觀望，丁子會盛情邀請其中的人參加酗酒大賽。兩週之後，客人漸漸多了起來，很多人都是來參加酗酒大賽的，男女都有，週末人多的時候一晚上要舉辦好幾場比賽。比賽過程中經常有喝多了摔得鼻青臉腫的人，有時還會頭破血流。還有一種常見的情形是，有些站到最後的獲勝者還沒來得及從桌子上走下來，就把胃裡的東西噴了出來，噴得到處都是，周圍的人們紛紛躲避，一片人仰馬翻。

很快「荒島」就成為了這一帶最髒最快活的酒吧，許多白天衣冠楚楚，而到了晚上想要瘋狂一下的人，以及那些二十四小時都是瘋子的人經常會到這裡來玩兒。

呂炎看丁子辦的酗酒大賽非常成功，他也受到了一些啟發，他自己也要在「荒島」策劃一個主題活動，只是他想做的是公益活動。呂炎要在這裡組織一個互助小組，類似於我們在外國電影裡經常看到的那種場面，一些得了不治之症的，或是面臨其它巨大不幸的人們聚在一起，圍坐成一個圓圈，傾訴他們的遭遇，以期獲得壓力的釋放，得到其他同病相憐的人給予的安慰和鼓勵。

呂炎這個公益互助小組計劃每週組織活動兩次，時間定在星期一和星期二的晚上，這兩天晚上酒吧的客人不多，所以酒吧可以推遲到晚上九點開門，七點至九點之間的兩個小時是互助小組的活動時間。

呂炎在給他的互組小組起名字時遇到了一些困難，他想了很多名字，都是一些什麼什麼之家，什麼什麼港灣之類的。他拿不定主意，就把那些名字寫在一個本子上，拿著來徵求我和丁子的意見。我對他說：「我對你的這個什麼小組沒興趣，但是你非要問我意見的話，我也可以告訴你，我就是覺得，要是還有什麼比互助小組這種事更傻逼的話，那就是你給互助小組起的這些名字了。」

呂炎在丁子那兒則碰到了更硬的釘子，丁子對他說：「這是一個名叫『荒島』的酒吧，這裡就是要遠離家園和港灣的一個地方，你起的這些名字以及這些名字所散發的氣質，和『荒島』的性格有著不可調和的衝突，我不會允許你在『荒島』裡舉辦任何一個叫這種名字的活動。」

呂炎被打擊得不知所措，他氣急敗壞地問我們：「那這樣的活動小組不叫這樣的名字還能叫什麼呢？」

丁子想了想說：「要不然叫『『荒野生存』』吧，我認為來參加你小組活動的這些人，他們面臨的人生處境就像在荒野中求生存一樣，而且他們的心也是荒涼的，我覺得帶著一顆荒涼的甚至是絕望的心，不見得就一定會對那些看起來溫馨美好的事物產生嚮往，比如你起的那些名字，這些美好的名字無法和他們自己深受折磨的內心產生共鳴，我覺得你給互助小組起的名字還不如痛苦一點呢，痛苦才能讓他們心心相印。」

呂炎聽丁子這麼一說覺得好像有點兒道理，可是他還有些猶豫，他說：「好吧，我再繼續想想，如果最後實在沒有想出更好的名字，那就聽妳的，就叫『荒野生存』。」

呂炎趴在吧臺上想名字，一直想到了淩晨兩點，酒吧裡最後一桌客人也走了。呂炎給自己倒了一些酒喝，不知不覺地他喝得有點兒多，在酒精的作用下，呂炎越來越覺得「荒野生存」是一個好名字。他還主動向我和丁子闡釋了自己對於這個名字的進一步理解。

丁子晚上參加了酗酒大賽，她在參賽之前就喝了不少酒，所以比賽開始沒多久她就敗下陣了，剛剛還跑到廁所裡吐了一回，現在正趴在吧臺上睡覺。呂炎執意把她晃醒，又把我叫過來，對我們說：「你們看啊，這個名字太好了，在這個名字裡，『荒野』這個詞象徵著我們所要面對的殘酷環境，『生存』這個詞則暗含著一種與命運抗爭的力量感。這樣一個名字對於需要支持的絕望者來說，傳遞出了一種在逆境中不屈不撓的鬥志和堅忍不拔的勇氣，這個名字真是太好了！最重要的是跟我們酒吧的名字還這麼匹配。」

丁子醉醺醺地對呂炎說：「你真有兩下子啊，我隨口一說的名字讓你琢磨出這麼多內涵來，我都沒意識到這麼些含義，現在讓你這麼一分析，我也覺得這名兒特別好。」丁子又問呂炎：「你的互助小組都面向哪些絕望的群體啊，誰可以來參加？」

呂炎說：「我光想著做這麼一個事兒了，具體面向什麼人群我還沒想清楚，反正就是那些需要支持的人吧。也許是我們同性戀群體？或者是感染愛滋病毒的群體？」

丁子說：「你是要把同性戀都弄到這兒來嗎？還是那些攜帶愛滋病毒的同性戀？你可別傻了，你有時挺聰明的，有時候又很糊塗。我可要提醒你啊，這消息要傳出去，說是這酒吧裡經常組織感染了愛滋病毒的同性戀們來聚會，那今後這個酒吧除了這些感染愛滋病毒的同性戀，就不會再有其他客人來了。」

丁子接著又說：「我也不是反對你們這些人來酒吧玩，但是要萬一弄得除了你們這樣的人群沒有別的客人了，那這酒吧就太沒勁了吧。其實你的互助小組也不一定非得局限某個群體來參加，我覺得凡是絕望無助的人都可以參與進來。各種不幸的人坐在一起，傾訴著各自領域內的不幸，多元化一點，類似於跨文化交流。這樣沒准我也會經常參加你們活動的，我就經常絕望，我就特別無助，很多時候都難過得想去死。」

「你參加麼？」丁子又扭頭問我。

「不參加，我挺好的。我就算不好，我也沒興趣和他們這些可憐的人坐一塊兒講自己的遭遇，他們活蹦亂跳的時候不定幹過多少無恥卑劣的事呢，現在攤上點兒倒楣事兒反倒成了最需要幫助的人，沒準兒這些都是報應呢。」我頭也不抬地拒絕了丁子詢問式的邀請。

呂炎趕緊打斷了我，他說：「你不參加你也別亂說話。我覺得丁子的建議挺好的，我採納了，互助小組不針對某個特定群體，誰覺得痛苦，誰覺得需要鼓勵，誰就可以來，只要想來的人都可以來。」然後呂炎又拍著我的肩膀說：「沒事兒，等你想參加的時候，你隨時來參加，大家都會歡迎你的。」

「我不需要你們歡迎，我一想到被你們這些半死不活的人歡迎我就反胃。」我說著起身到吧臺後邊，拿上我的外套準備走了。

丁子說：「我也得走了，今天喝得可真不少啊。」她對我喊道：「你先打車把我送回家吧，我胃裡直噁心，我怕自己再吐到人家出租車上，我要吐的時候你幫我接著點兒。」

「接著點兒？我他媽用什麼接啊？」我生氣地問丁子，她真是什麼招兒都能想得出來。

「去吧臺下邊兒拿幾個塑料袋吧。」丁子說：「不過那些袋子是透明的，你要是覺得看見袋子裡的東西會噁心，你也可以用我的挎包接著。」

「妳就不能吐完再走嗎？」

「我也不知道現在算不算吐完了，我也不知道一會兒是不是還會吐，只能走一步看一步。」

「要不然妳去衛生間用手摳摳嗓子眼兒再吐吐。」我對丁子說：「我可不想給妳接著。」

「要不然我去送她吧。」呂炎很真誠地對我說，一副很有愛心的樣子。

我就是有點兒偏執，總不想讓呂炎的愛心得逞，各種愛心都不想，因為我一想到他的愛心裡可能摻雜著他對上帝的使命感或者自我的心理滿足，我就不想讓他得逞。我對他說：「把你的好意留給『荒野生存』裡的同性戀吧。」我一邊說著一邊推門出去找出租車，丁子跟在我身後，臨走還不忘叮囑呂炎最後走的時候記著把門鎖好。

我和丁子出了胡同口來到馬路上，整條街上都站滿了等著打車的人。這些人都是從附近酒吧出來的，然而幾乎所有路過的出租車都不會停下來，這些出租車司機知道這些人都是喝了酒的，司機們可不願意拉上醉鬼。偶爾有一輛出租車因為有客人要下車而在這兒停住時，就會有一群人蜂擁而上，看誰先伸手抓住了車門把手。

我們在原地足足等了二十分鐘還沒有坐上車，我建議丁子走到遠一點兒的地方去等車，這樣可以避免和那些打車的人群一起競爭，不過這完全不是出於禮讓，而是徹頭徹尾地怯於競爭，這樣的競爭會讓我感覺很緊張，很不自在。就算參與競爭我也爭不過其他人，因為最近我的痛風犯了，左腳上的大腳趾腫得就跟一截紅蘿蔔似的，走起路來一瘸一拐，每次抬腳和落地都會引起一陣強烈的疼痛，一個爛醉的人都會比我跑得快。

我和丁子走出去了很遠，好不容易攔到了一輛願意停下來的出租車，還沒等打開車門，突然從旁邊不知什麼地方竄出來了幾個喝多了的混蛋，他們走過來使勁推了我一把，然後擠上了這輛車。他們推我的時候，由於我的腳趾很疼，所以沒有站穩，直接坐到了地上。這真他媽讓人惱火，我真想衝他們開槍，很多時候我都想對周圍的混蛋們開槍。

最後丁子在路上攔下了一輛黑車，就是那種私家車主冒充出租車出來拉活兒的。丁子拉我上了車，黑車司機給我們開出了一個很高的價格。這就是黑車最可惡的地方，他們的成本比正規出租車要低，然而要的價格卻比正規的高，就因為你他媽的搶不到正規的出租車，或者正規的出租車拒載你。在這個國家裡，不管是合法的還是非法的，都他媽的在欺負你。

不管怎麼樣，我們總算是坐上了車，現在不是計較被人欺負的時候，最主要的是能趕緊回家。丁子上了車很快就睡著了。我也感覺一陣睏意襲來，我把腦袋靠在靠背上，感覺周圍的一切又在轉動，這種感覺似曾相識。我睡了很長時間，黑車司機把我和丁子叫醒了，他告訴我們到了。

我付完車錢，打開車門下車，站穩之後才發現司機走錯路了，這裡不是丁子家所在的地方。

我拍了拍黑車的車窗，司機放下了車窗。我對司機說：「你走錯地方了，這不是我們要來的地方，這他媽是哪兒啊？」

司機對我說了一個發音跟丁子家很接近的地名，他說你們說的就是這兒。我對他說：「錯了，你聽錯了，我們要來的不是這個地方。」

司機強硬地說：「你說的就是這個地方，我不會聽錯的。」

「你就是聽錯了，你現在要麼把錢退給我們，要麼趕緊重新把我們送回去。」

司機罵了一句傻逼，然後一腳油門開車跑了。

我在馬路上對著遠去的黑車破口大罵，罵了幾句覺得無趣就閉上了嘴。這個晚上真令人沮喪啊。

丁子對我說：「再打一輛車吧，也可能是咱們喝多了沒說清楚，誰讓咱們睡著了沒看路呢。」丁子垂頭喪氣地打量四周，試圖辨認出方向。我對丁子說：「我現在需要趕緊找個地方撒泡尿，晚上在酒吧喝了不少啤酒。」丁子對我說：「我也一塊兒去。」

我倆來到身後不遠處的一個花壇裡。我站在一片矮樹後邊，丁子在我旁邊蹲下。她抬頭對我說：「剛才我在那輛黑車上睡著的時候又做了和那天同樣的一個夢。

我問她：「就是我的手指和腳趾是我的護身符那個夢？」

她說是的。

「我操。」我對丁子說：「我剛才在車上也做了同樣的夢，我也正想跟妳說呢，太巧了，這他媽真有點兒意思。」

「而且在這次夢裡，我夢見了你使用了一個護身符。」丁子說。

「沒錯，我也夢見我用了一個護身符，而且看起來很好用，非常有效。」我對丁子說。

尿完後我和丁子返回馬路邊，還在繼續討論著剛才的夢，同時向馬路上張望著，希望能看到有一輛出租車路過。我注意到馬路對面的人行道上有三個人東倒西歪地由遠走近，這三個人手裡拿著啤酒瓶和羊肉串，一路吵吵嚷嚷的。對面人行道上的花壇邊上有一個乞丐躺在那裡睡覺，這三個人從乞丐身邊路過時停了下來，開始對這個乞丐連踢帶打。乞丐從地上坐了起來，那三個人用手裡的啤酒瓶砸他的頭，用腳踹他肚子。其中一個帶頭兒動手的傢伙還用手裡的一把羊肉串的竹籤子扎他。這個乞丐被打倒在了地上，在碎玻璃上來回翻滾著，發出一聲聲慘叫。

我盯著馬路對面，打算做點什麼。我倒不是可憐這個乞丐，他雖然是個要飯的，但更有可能他同樣也是一個混蛋，我只是更厭惡那三個人。我希望的是，那三個毆打乞丐的人能過來打我，這樣我會拿出槍打爛他們的頭。

我對丁子說：「我想崩了那個帶頭兒的。」我伸手去摸藏在身上的槍。

丁子說：「你瘋了吧，在這兒開槍你會被人看到的，馬路上到處都是監控攝像頭。」

「我就是想試試咱倆做的那個夢靈不靈。」我對丁子說：「我可以用掉一根腳趾來試試。」

我沒等丁子再開口說話就跑著穿過了馬路。我到了那個三個人身後，拍了拍那個首先動手的人，他手裡還拿著羊肉串兒，回過頭來看我。我說，你們先停一下。

說完這句話我就把鞋脫了，把左腳踩到花壇裡的泥土上，然後拿出槍對著自己那根因為痛風而腫起來的大腳趾開了一槍。那個腳趾一下子就被打進了土裡，眼前的這三個人也嚇傻了。我把槍對準那個傢伙的臉扣動了板機，他應聲倒地，其他兩個人瘋了一樣地跑了。

那個乞丐還在地上痛苦呻吟，我沒搭理他，直接回到丁子身邊。我拉上丁子躲進旁邊的一條小路，然後又穿過了好幾條街，再打上一輛出租車，最後回到丁子的住處。

一進房門丁子就心急火燎地對我說：「你完全瘋了，要是真暴露了馬腳被警察抓住怎麼辦？」

「我覺得不會暴露，也不會被抓住。」我對丁子說：「我感覺挺神奇的，這只腳趾雖然打掉了，也流了一些血，但是這只腳始終沒有一點兒疼痛的感覺。而且現在血也止住了，完全感覺不到傷口的存在，真是不可思議。」

「不覺得疼是因為你現在非常緊張和害怕吧，腎上腺素激增的原因？」丁子半信半疑。

「我要是緊張和害怕，我就不會去驗證這個夢。」我對丁子說：「這個夢能應驗最好，沒應驗我也不擔心失敗，如果失敗被抓住那也是我的宿命。」

丁子說：「你還會連累我的。」

「這個夢妳也做了，妳應該勇於承擔一部分責任。」我對她說。

「無恥！」丁子咬牙切齒地罵我。

八

第二天，我照常去了「荒島」。痛風的腳趾沒了，我走路反而不如昨天瘸得那麼厲害，呂炎看到我走路的樣子很驚奇地問我：「你這痛風恢復得真快啊，再過兩天我看就全好了。」

「估計也就恢復成這樣了，不會完全好了。」我回應呂炎。我這麼說是因為我感覺到缺了一個大腳趾，走起路來多少有點兒彆扭。

呂炎說：「凡事兒你都這麼悲觀，就是因為沒有信仰。」

「閉嘴。」我聽他說到信仰，馬上呵斥他。

呂炎嘿嘿一笑，轉身去為他的互助小組做準備了。

「荒野生存」互助小組今天第一次正式活動。晚上七點左右，陸續來了不少人，比我想像得多，大概有十幾個。呂炎在網上搜集了好幾十個社區的論壇和聊天群，在裡面發布了很多活動信息，從到場的人數上來看，他的工作頗有成果。呂炎跑前跑後地招呼不斷進門的人入座，有些已經提前入座的人要麼坐在那裡面面相覷，要麼低頭不語。也有個別人強顏歡笑，擠出一副自信達觀的精神面貌，不時與旁邊的人攀談。

活動開始後，呂炎先做了一下自我介紹，接著又介紹了一下坐在吧臺上的我和丁子，他說是我們三個人共同成立的「荒野生存」互助小組，說我和丁子也算是志願者，大家有什麼需求可以找我們。然後呂炎又提議來參加活動的這些人都做一下自我介紹，他特別強調，在大家介紹自己時，一定要暢開心扉，打消顧慮，說出自己的問題。

在場的人都或多或少地介紹了一下自己。不出意料，這些人裡有不少同性戀，呂炎在這方面的資源應該是最多的，其中有一個人既是同性戀又是愛滋病毒攜帶者，就像呂炎一樣。另外還有一個女同性戀。除此之外還有兩個抑鬱症患者、一個因為失戀快活不下去的女人，以及一些得了其它各種絕症的人。

接下來呂炎鼓勵他們講講自己的遭遇，聊一聊自己在生活中面對的困難。在這個環節並沒有人響應呂炎，顯然他們還沒有適應這個環境，所有人都在沉默，一時有些冷場。我最討厭這種冷場，哪怕我坐在場外都覺得很尷尬，我覺得自己差不多都要走過去講講我自己的故事來打破僵局了。

還好，就在我坐立不安的時候，那個女同性戀開口了。她說了一句：「沒人說我先說吧。」

女同性戀站了起來，清了一下嗓子，她說她來這兒不是為了訴苦的，是來徵婚的。她說自己雖然也有很多痛苦，而她目前最大的痛苦是來自家裡逼婚的壓力，因此，她首先想在這裡試試能不能找到一個人結婚。她說：「你知道，在咱們這個國家，一個人三十多了還沒結婚會承受多少來自家庭和社會的壓力，尤其作為一個女的，大齡未婚還要被人歧視和揣測。我來這兒的主要目的是想找一個人結婚，找一個人組成一個形式上的婚姻，有名無實的那種婚姻。」

呂炎問她：「妳是想找一個男同性戀結這種婚嗎？」

女同性戀表示當然能找到男同性戀更好，因為彼此更能理解對方。她又強調說：「但是我不局限於此，能找到一個得了絕症的也行。」

有人發出了反感和不屑的聲音，女同性戀根本不理會，她接著說道：「那些還沒來得及結婚就得了絕症的人也不太容易找到另一半吧，所以絕症患者也在我的考慮範圍內。除了上床做愛，在其它事上我都可以盡一個妻子的責任，照顧他起居，陪他治病。如果條件允許的話，我們甚至可以想辦法生一個孩子，等他去世了，孩子我養，因為我也想要一個孩子。」

呂炎表示遺憾，他說：「可惜，要是在以前我還沒出櫃的時候，我倒是很願意應徵，可是我現在已經公開了同性戀身分，不需要這種形式的婚姻來掩藏自己的性取向了。」呂炎問在座的其他人：「你們誰有興趣應徵嗎？」

其他人目瞪口呆，最後只有一個男同性戀說：「可以幫著問問身邊的其他朋友。」呂炎無奈地衝女同性戀撇了撇嘴，表示愛莫能助。

「沒關係，只要你不拒絕我來這裡徵婚，我會定期來參加活動的。」女同性戀對呂炎說：「說不定以後會有願意應徵的人。好了，我沒什麼可說的了。」她滿不在乎地結束了自己的發言。

呂炎說：「好的，請大家用掌聲感謝她的發言。」

人們只是象徵性地拍了幾下巴掌。呂炎說：「既然我們『荒野生存』是一個互助小組，那就應該互相鼓勵一下。我設計了一句口號，我先帶頭說一遍，然後請大家一起喊出來，為發言的朋友打氣。」

呂炎大聲地喊道：「身處荒野，堅持不懈！」他喊的同時，自己的一條胳膊還用力地在空中揮舞了幾下，力爭展現出一些領導力。

這些人顯然被呂炎弄得有點兒措手不及，只有兩三個人底氣不足地胡亂附和了一下，整體效果狼狽不堪。呂炎看到效果不好，又帶領大家反覆練習了幾遍，然後規定大家以後在每個人發言完畢後，所有人都要在第一時間內，統一喊出這句口號。

儘管我在電影裡看到過類似喊口號的場景，然而還是猝不及防地起了一身雞皮疙瘩。雖然我沒有身處他們其中，也不用跟他們一起喊上這麼一句愚蠢的口號，卻仍然感覺受到了極大的牽連，就像有人當著我的面幹了什麼見不得人的勾當，讓我難堪之極。我真有些恨呂炎，早知道他會弄得這麼做作，弄得這麼愚蠢，弄得就像所有低級的洗腦組織似的，我一定不會待在這裡受這個罪。我站起了身，推門走出了酒吧。

我站在酒吧門口點了一支菸，剛抽了兩口，酒吧門在身後打開了，剛才徵婚的女同性戀走了出來。她也掏出一盒菸，從中抽出一支，問我有火兒嗎。我把打火機遞給她，她點著菸，還給我打火機時問道：「你結婚了嗎？」

「沒有。」我回答她。

「結過婚嗎？」

「沒有。」

「為什麼不結？」

「恐怕沒人願意跟我結。」

她沉吟了一下，用漫不經心的口氣問：「不想結嗎？」

「沒想過。」

她衝我笑了笑，沒再說什麼。然後她衝不遠處一個牆根兒底下張望了一下，有一堆人蹲在那裡下象棋。她衝那邊喊了一聲：「小明！」

從蹲著的那堆人裡站起一個小男孩。小男孩非常瘦小，如果他不站起來，根本就看不到他。小男孩朝我們走過來。女同性跟我介紹說：「這是我弟弟，小明。」

我哦了一聲表示知道了。我看了看他，本來不打算再說什麼，我對小孩兒一向不知道說什麼，可是我又覺得這個小男孩一副十足的可憐樣，你要不對他說點兒什麼的話，他會顯得更加可憐。我不希望他顯得更加可憐，他更加可憐的樣子只會讓我更加心煩。於是我打起精神問了他一句：「幾歲了？」他告訴我說他九歲了。聽完他的回答我又不知道接下來還能說點兒什麼了，只好轉身對女同性戀說：「如果他沒地兒待著可以讓他到酒吧裡邊坐著。」我心裡想的是，我可不想跟這個一臉可憐相兒的小男孩站在一塊兒，這讓我太不自在了。

女同性戀說：「不用了，我不想讓他進去聽那些倒楣的事兒，就讓他在那兒看下象棋吧。」女同性戀從包裡拿出兩塊錢遞給小男孩說：「去買瓶水吧。」

我對姐弟倆說酒吧裡有水，不用買，可以進去拿。我想表現出一點熱情，以回報剛才女同性戀在小組活動時打破僵局的發言，那個發言把我從冷場的巨大尷尬當中解救了出來。

女同性戀說：「算了，別進去拿了，總有人不斷進出會打擾大家。」

小男孩去旁邊一個菸酒門市買了一瓶水，又回到原來的地方蹲在那兒看下棋。我和女同性戀也找不出什麼話題可以說了，就抽著菸看著街上來來往往的行人。

就在我感覺到那種無話可說的尷尬境地再一次愈加嚴峻時，突然就聽見身後酒吧裡有人吵了起來。我趁機轉身進了酒吧，去看看怎麼回事。原來有個肝癌患者和一個男同性戀發生了爭執。男同性戀剛才在女同性戀徵完婚之後發言說，他也想結婚，但不是形式婚姻，他想和他的真正愛人，自己的男朋友結婚。肝癌患者對他說同性戀之間不能結婚，因為同性戀是一種病，應該想辦法治療。

男同性戀聽了非常氣憤，他說：「就算這個是病，也和你的肝癌一樣，治不好。」

肝癌患者說：「癌症治不好但對社會無害，你們治不好對社會有危害。」

聽到肝癌患者攻擊性這麼強的一番話，其他幾個同性戀也加入了爭吵，他們對肝癌患者形成了合圍。肝癌患者以一對多，寡不敵眾。有一個尿毒癥患者站起來試圖給肝癌患者解圍，他一邊把肝癌患者擋在身後，一邊對同性戀們說：「雖然你們是弱勢群體，但你們也不能仗勢欺人啊。」

呂炎在一旁急切地勸大家不要吵了，肝癌患者又把怨氣發洩到了呂炎身上，他說他要是早知道「荒野生存」的組織者是個同性戀，他才不來參加這個活動呢。呂炎說，那你現在走也來得及。肝癌患者就氣憤地摔門而去。後來呂炎坐在那兒被氣哭了，剩下的人裡有一些過來安慰他，還有另外一些也垂頭喪氣地走了。

呂炎長嘆一聲：「同是天涯絕路人，還互相歧視，好不容易組織起來一次活動結果不歡而散。」

丁子安慰他：「沒關係啊，至少第一次活動組織起來了，慢慢來唄。」

那個徵婚的女同性戀說：「我支持你，下次活動我還參加，如果你歡迎我的話。」

呂炎說：「歡迎，願意來的都歡迎，願意走的都歡送。」

丁子也說：「沒錯，總得有一個大浪淘沙的過程，留下的都是惺惺相惜的。」

九

一個月過去了，開槍打死那個毆打乞丐的傢伙後，沒有任何警察找上門來。如果在正常情況下，以這個城市的監控力度，我在第二天早上就會被警察抓住。很多年前我就在報紙上看到過一個新聞，在那個新聞裡記者自豪地說，這個城市已經實現了攝像頭的無縫監控，那就意味著一個人只要一出家門，從他在樓道裡等電梯開始，然後進到電梯裡，來到馬路上，在外邊逛一天，直到晚上回家，遍布各個角落的攝像頭都會記錄下他每一處的身影。

然而從那天晚上用掉了一個腳趾之後，一直到現在，就跟什麼事都沒發生過一樣。這讓我確信了那個夢是真的，它被應驗了，我真的有二十個護身符。我覺得這件事挺有意思，也覺得有點兒興奮。只是我現在走路感覺有些彆扭，有大腳趾的時候不覺得它重要，失去了它之後，感覺這只腳走起路來缺少了一些對地面的控制力，總有一點兒使不上勁兒的感覺。我對丁子說，早知道大腳趾的作用這麼大，應該先打掉小腳趾才對。

接下來我得考慮一下怎麼面對這剩下的十九個護身符了。在酒吧裡，我請丁子幫我想想這些腳趾和手指應該怎麼合理分配加以使用。丁子說：「你還真打算再用啊，你把腳趾和手指都用光了，那你生活就不能自理了啊。」

「沒關係，生活裡缺一些手指腳趾，也不會比一個不缺更加糟糕的，既然有了這些護身符，留著不用也是對特異功能的一種浪費。當然全部用光也不太明智，現在的問題是，用哪些？以及使用的先後順序。」我對丁子說：「其實我有過考慮，我覺得不管是腳趾還是手指，都先從最外側的用起，越在外側的，承擔的功能也就越弱，也就是說先從小腳趾或小手指開始，依次逐個向內側用起。」

丁子問：「那你打算用多少個啊？」

「算上上次用掉的大腳趾，總共用十個吧。先用腳上的，每隻腳上先用三個，留兩個，這樣可以保證能走路。腳上的指標用完之後再用手上的，手指相對腳趾來說，少用一些，每隻手用兩個，留三個。三個手指還能握住東西，如果只剩兩個手指那凡事只能他媽的用來捏了。我可不想用兩根手指捏著一把槍，那樣的話手槍都拿不穩，更別說快速扣動扳機了，我認為必須要留三根手指來拿槍，這樣才能保證開槍的效果不會太差。」我對丁子說：「我現在有了這些護身符，終於可以痛痛快快地開槍了，雖然痛快的次數有限，但是這有限的每一槍都將是痛快的。」

夏天已經過去一半了，我囑咐丁子在網上再多發一些廣告，以便多接一點活兒。

夏天是我工作的高峰期，我喜歡在夏天工作。其實這個季節對於出門殺人來說並不是黃金季節，因為在總是三十度左右的高溫下，你不可能穿過多的衣服，身上衣服穿得少就不利於隨身攜帶手槍或者其它一些工具，也不容易通過服飾來掩護自己。我沒有遇到過同行，如果有同行的話，他們一定會覺得我總在夏天工作太愚蠢。但是我才不管那些，尤其是現在，我有了護身符，我的工作空間大了許多，很多難度大，要求高的工作我都能夠勝任了，雖然使用護身符帶來的後果會造成我行動有些不便，但我不在乎。

丁子有一句經常掛在嘴邊的話是，生命的意義在於消耗。她喜歡用這句話去慫恿別人去做一些快樂但是卻有害的事兒。她還說，不僅要消耗，更最重要的是，還要讓自己能夠強烈地體會到這種消耗感，而不是讓生命在不知不覺中喪失，她說自己正是用酒精和毒品來助燃，以使自己的生命消耗得更加炙烈一些，就像往乾柴上倒汽油，它的火焰就會又高又旺、劈啪作響。丁子有些憂心忡忡地問我，使用護身符是你的消耗方式嗎？你用這種方式來體驗生命的意義？你是不是被我的人生觀給影響了？我正沉浸在如何使用護身符的計劃當中，不耐煩地回答她說，妳放心吧，我就是我，妳影響不了我，妳可別自戀了。丁子後來沒有再搭理我，一直自己喝悶酒。

晚上從酒吧回家後，我決定再用掉一個護身符。我住的這個地方是一個龐大而混亂的小區，小區的面積非常大，大到看起來這裡大概有上百棟居民樓似的，每一座樓都是又髒又破。小區的入口估計也得有幾十個，其中有一些入口是被人在圍牆上砸出的大洞，或者是被弄斷的鐵柵欄。整個小區裡遍布各種小飯館、小商店以及各種地攤什麼的。這樣的小區在這個城市中隨處可見，在這樣的小區裡隨處可見的則是亂扔的垃圾和無所事事的人渣。

自從入夏後，到了晚上，小區裡的路邊總會有一些人在喝酒和吵鬧，弄得四鄰不安。晚上我從「荒島」回到家已經是後半夜了，躺在床上打算睡覺。可是樓底下有一些喝多了的混蛋，他們坐在樓道口的臺階上大聲說笑，吵得我一直沒辦法入睡。最近我睡眠不足，心情煩躁，這一段時間以來經常有人後半夜在樓下無所顧及地喧嘩和打鬧。也有鄰居向這些人抗議過，沒有一點效果。似乎也有人報過警，但是可以肯定的是，警察壓根就沒來。我之前也想對此做點兒什麼，但是沒敢跟他們這些人正面交涉，只是偷偷地衝他們扔過一個酒瓶子，結果弄得他們在樓下破口大罵了半小時。

今天我決定要教訓一下他們。我推開窗戶，大聲對這些混蛋喊著，讓他們滾蛋。他們沒走，紛紛站起來，仰著頭指著我進行辱罵和威脅，叫囂著讓我下樓跟他們說。這正是我期待的。在我準備關上窗戶下樓時，他們當中還有一個傢伙撿了一塊碎磚頭向我的窗戶扔過來。我看准了扔磚頭的那個人的長相，進廚房拿了一把菜刀，又把手槍塞進褲兜裡，然後下樓。

到了樓下，我看到這些人渣又重新圍坐在一起了，他們手裡拿著酒瓶，嘴裡仍舊罵罵咧咧的，根本沒想到我真的下來了。我對他們說，我下來了，過來談談吧。他們回過頭看見我，有點兒吃驚，但是馬上就站起來逼近到我面前，打算給我點顏色看看。

我把腳上的拖鞋甩掉，把腳踩在一輛停放在門前的自行車的後座上。我用那把菜刀當著他們的面兒切掉了一根小腳趾。這次我選擇的是右腳上的小腳趾，我打算每次輪流選擇左右腳，以保持兩邊的平衡。

有兩個人在看到切腳趾這一幕時已經撒腿跑了。其他人在原地有些不知所措，那個扔磚頭的傢伙甚至是呆若木雞，我掏出手槍指著他，他緩過神兒似的突然嚇得哭喊起來，連聲求我放過他。我對他說：「不要大聲喧嘩，請你把嘴張開。」他驚恐地張開了嘴，我把那根切掉的腳趾塞進了他嘴裡，又用槍管把這根腳趾往裡捅了捅，在他嘴裡開了一槍，他像被高壓電擊了似的倒地而死，剩下的人雞飛狗跳一般的四散逃竄。

我回到家裡很快睡著了，不過剛剛睡著馬上又被吵醒了，這次是因為有大批警察來到了樓下，他們在現場工作的時候製造出的噪音比他媽剛才那幫混蛋還要大，警察用揚聲器大聲呵斥圍觀群眾不要向前擠，一直到天亮不斷有警車到來或者離開，車上的警笛聲音大得刺耳。

看來我是沒辦法睡覺了，我頭暈腦脹渾身難受，差點就瘋了。我要是有足夠的腳趾手指，我大概會把這些警察也都打死。

第二天一大早，警察開始在樓裡挨家挨戶的走訪。左鄰右舍的門都被敲開了，唯獨沒敲我的門，哪怕我當著警察的面兒開門出去，也沒有人攔住我詢問，就好像我在他們眼裡壓根不存在一樣。

我一上午都在樓下看警察們勘察現場，警察們找到了昨晚在這兒喝酒的那些混蛋，把他們帶到現場來回顧事發經過，我就在他們的旁邊圍觀，沒有一個人認出我。中午吃完飯，我又在小區裡轉了一下午，始終沒有警察來找我。

晚飯後我去了「荒島」，進門之前我從窗外看見「荒野生存」互助小組正在活動，我忘了今天是小組的活動日期了，否則會晚點兒再來。

我沒有進去，就站在外邊等著活動結束。這一個多月來，呂炎的互助小組看起來已經步入正軌，不僅有了穩定的參與者，還不斷有新人加入，每次來參加活動的人數至少都會有二十幾個。小組成員也習慣了這種不分病症、不分原因，齊聚一堂共訴痛苦的活動形式。當然，傾訴痛苦不是「荒野生存」的出發點，出發點是讓這些不幸者互相鼓勵，共同製造出一點希望什麼的。他們會對癌症患者說：「你行的，堅持就是勝利，你會堅持到攻克這一絕症的那一天。」他們會對抑鬱症患者說：「你會走出來的，你只是心靈上得了一次重感冒。」他們會對同性戀說：「加油，社會越來越包容，將來你們也可以懷著平常心像異性情侶一樣手牽手上大街。」他們會對失戀的人說：「請相信生活，有一天你會遇到生命中那個對的人。」那些被鼓勵的人也在幻想自己的命運有一天能得到千載難逢的轉機，好運對他們額外地垂青，能夠一舉免去他們最深刻的不幸。他們差不多每時每刻都需要依靠這種自欺欺人的方式生活。只有自欺欺人才能保證人生的信念不會因為絕望而坍塌，才能獲得足夠的幻相去抵抗人生的虛無與荒誕，對於他們這些不幸者來說是這樣，對於所有人來說都是這樣。

呂炎有時候忍不住會對他們提到上帝，上帝是他面對絕望者打出的最後一張王牌。他之前常對我說的一句話就是，如果信仰上帝成為了某些人最後的精神家園或者最後一道心理防線，那又有什麼不好的呢？我對他說，沒什麼不好，但是上帝在我眼中是偽君子，我不喜歡你在我面前把祂粉飾成大救星。

我警告呂炎不許在「荒島」內傳教。出了酒吧，他想怎麼樣跟人推銷上帝都可以，但是在這裡我不允許他這樣做，我可不想讓他把這兒弄成上帝的根據地，否則我寧願退出「荒島」。呂炎也為此作了承諾，保證不把宗教話題與互助小組的活動內容摻合在一起。其實我知道呂炎並不會刻意帶著上帝搭這個順風車，他也不想讓互助小組的成員因為宗教內容而對活動本身產生偏見。不過當他看到有人極端痛苦時，有時會趁我不注意或不在場的情況下，對那個人說上一句「上帝保佑你，我會為你祈禱」之類的話。

值得欣慰的是，呂炎已經很少當著我的面提起上帝了。我曾經旗幟鮮明且滿懷誠意地告訴過呂炎，我對上帝能做到的最好態度就是敬而遠之。我對他說，也許有上帝，只是很可惜的是，這個世界上所發生的一切都不像是出於上帝的某種善意。假如有神存在的話，無論你們怎麼為祂圓場，但是在我看來這個地球上並沒有體現出神愛世人，反而處處都是神的冷漠，甚至是冷酷。

任何神所宣稱的那些對人類的愛都是虛無飄渺的，唯一可以證明的就是，那些神都會要求人類不遺餘力地去愛他們。很多時候我都會想，我倒是願意開創一門宗教，發明一個神，這個神不是用來被崇拜的，而是供全人類用來恨的，因為有這個神的存在，即使人與人之間沒有愛，但是卻能夠同仇敵愾，一切痛苦都找這位神算帳，所有麻煩全部歸罪於他，通過詛咒這位神來達到心靈的寧靜，也許這樣的宗教可以消除一些社會矛盾，甚至帶來一些世界和平。

我站在「荒島」窗外百無聊賴，正在胡思亂想，此時酒吧內傳出了眾人高呼的口號——身處荒野，堅持不懈。聽到這句口號讓我煩躁，我往窗戶裡看了一眼，活動就此結束，人們正在起身準備離場。我趕緊走到附近那個常年有人下象棋的牆根兒蹲下來，假裝在看下棋，我不想跟這些散場的人打招呼，他們當中有一些人認識我。

等了幾分鐘，我看人走的差不多了，起身準備返回酒吧。這時我感覺有人拽了拽我的褲腿兒，低頭一看，是一個小男孩，我突然想起來這是那個小明，女同性戀的弟弟。我蹲這兒半天了這個孩子也不打個招呼，現在一言不發地拽我的褲腿兒，讓我有點兒不高興。我衝他說了一句，在等你姐姐啊，她馬上就會過來。說完我頭也不回地走了。

我進了酒吧，丁子和呂炎正在吧臺裡，一邊收拾東西一邊聊天，我過去和他倆打招呼，他們正在討論今天「荒野生存」的活動情況，對一些問題交流看法什麼的。我感覺這個話題沒什麼意思，就給自己倒了杯酒，坐到了一邊兒不再說話。這時那個女同性戀過來了，旁邊還跟著小明。她先對自己的弟弟說：「小明，問叔叔阿姨好。」小男孩小聲地向我們問了聲好。接著女同性戀又問我們：「今天晚上你們能不能幫忙照看一下我弟弟？我晚上單位裡臨時有點兒急事兒，要趕回去加個班兒。」

呂炎有點兒猶豫，他說：「倒是可以幫著照看，如果你不介意他在酒吧裡待一晚上的話。但是你們家裡大人呢，都沒在麼？」

女同性戀說：「家裡大人都出差了。」

丁子爽快地說，「好吧，那妳去吧，小明就交給我們吧。」

女同性戀表示非常感激，臨走前蹲下跟小男孩交待了幾句話，又塞給他一包餅乾和一盒牛奶，然後跟我們道別。

呂炎給這小男孩在吧臺後面放了一把椅子，為了不影響呂炎和丁子在吧臺工作，這孩子只好坐在最裡邊的角落內，他看起來就像一個怯弱的小鹿為了躲避猛獸而退縮到無路可退。吧臺擋住了小男孩絕大部分的視線，但他並沒有感覺很局促，只是眼睛好奇地轉來轉去，打量著吧臺內部這個有限的空間。我坐在吧臺外邊的高腳椅上，能看到他在裡邊的樣子，他的兩隻手一直拿著姐姐給他的牛奶和餅乾，已經拿了快一個小時了，似乎忘記了它們的存在。

我使勁敲了敲吧臺的桌面，弄出點聲響為了把小男孩的目光吸引過來。我不想直接喊他的名字，「小明」這個名字讓人感到彆扭，我小學的課文以及同學們寫過的作文裡，所有主人公都叫小明，這個名字伴隨了我整個不快樂的童年時光，如今我不想再這樣稱呼任何一個小明了。

小男孩子聽到我敲桌子，抬頭看著我，我對他說：「你要是不吃，你就把它們放到你手邊的酒架上。」小男孩低頭看了一眼手裡的牛奶和餅乾，然後慢吞吞、小心翼翼地把它們放到了牆上那個有很多層，全部擺滿了酒的架子上。

我沒再搭理小男孩。晚上十點左右，丁子開始張羅今晚的酗酒大賽。酒吧中央瞬間聚起了人群，人群中間擺放的幾張桌子上已經站好了參賽的客人。丁子今晚也會參加比賽，每當丁子參賽，或者說每當有女人參賽時，眾人的興奮度就會翻倍。隨著一輪接一輪的喝酒，喧囂聲也一浪高過一浪。

我背對著比賽場地，在吧臺上喝著酒，腦子裡梳理著最近接到的一些客戶信息。小男孩被吧臺外邊的熱烈氣氛吸引了，不時地從椅子上站起來，伸著頭向外看一下。只是他還沒吧臺高呢，根本看不見什麼，於是只好再坐回到椅子上。呂炎忍不住對他說：「你要想看的話，你就到吧臺外邊去看吧。」小男孩聽呂炎這麼一說就怯生生地走了出來。

小男孩從吧臺後邊出來但是並沒有走遠，而是順著吧臺走到我身邊。他背靠吧臺，挨著我所坐的高腳椅站住，警惕地盯著酒吧中央大呼小叫的酗酒大賽，他謹慎的樣子就像是一條來到了一個陌生環境中，不敢遠離主人的寵物狗一樣。

我心裡想，他不會把我當成他在這裡的主人了吧。雖然我比呂炎和丁子多見過他一次，但是我絕對不想讓他認為我是他在這兒的依靠。我心想接下來的時間要是他一直站在我身邊可怎麼辦，我可不習慣被陌生人無緣無故地依靠著，小孩兒也不行。我對依靠本身就非常陌生，不管是別人依靠我，還是我依靠別人。

我扭過頭向下看了看他，他的注意力完全被場地中央的比賽吸引了，在這種狀態下，他甚至還不由自主地又往我身邊貼了貼。我拍拍他的肩膀對他說：「你可以到前面去看。」

他抬著頭聽我說完，猶豫了一下，然後離開我走到前面，站在圍觀人群的後邊。因為他個子太小，站在人後邊就完全被擋住了視線。他回頭看著我，我也不知道他為什麼老是要看我，我就衝他點了點頭，他看到我點頭後就從人堆裡擠了過去，站在了最前邊。

隨著參加比賽的選手不斷被淘汰，剩下的參賽者越來越少，比賽已經白熱化了。周圍的觀眾們都跟瘋子似的亢奮，到最後只剩丁子和一個光著膀子的大漢在爭奪冠軍。他們倆又喝了兩輪，最後丁子敗下陣來，呂炎趕緊從吧臺裡出來把她攙到座位上休息。那個光膀大漢站在桌子上揮舞雙臂接受眾人的喝彩，下邊還有人起哄，讓他再喝一杯慶功酒。這位冠軍礙於面子又拿起了一杯，使勁向後一仰頭把酒灌了下去，但是還沒等他把頭恢復到原位就哇的一聲吐了。這種嘔吐具有很大的爆發力，大漢胃裡的東西噴得到處都是，站在最前排的小男孩被從頭到腳噴了一身，嚇得他大聲哭了起來。

我扭頭看著呂炎，呂炎也扭頭看著我。他先發制人地說：「我還要盯著櫃檯，丁子已經站不起來了，要不然你帶他去衛生間裡洗洗吧。」

我說：「我不去，我盯著櫃檯，你去帶他洗吧。」

呂炎說：「可是你不知道咱們都有什麼酒，也不知道每種酒都什麼價格，而且你也不會調酒，要是這會兒有人過來點東西怎麼辦。」

我覺得他說得有點兒道理，我倒不是很在乎能讓客人順利完成點酒的過程，我是討厭跟亂七八糟的人說話，我需要一遍遍地告訴他們，請等一會兒再來點酒，現在這裡沒人負責。

我只好向小男孩走過去，他的周圍還有些客人左顧右盼不知所措地為正在哭喊的他尋找大人，他們看到我過來領走他才散開。

我把小男孩帶到衛生間門口，讓他自己進去，告訴他把衣服脫下來拿到水管底下洗洗。

我站在門外等著他，這時呂炎過來了，給我送來一個空的扎啤杯，他讓我用這個扎啤杯在水管下接幾杯水幫小男孩沖一個淋浴。

我說：「呂炎你可真他媽周到啊。」

我拿著呂炎給我的扎啤杯，心裡一陣懊惱，非常後悔聽了他的話帶小男孩過來清理髒東西，他現在居然還要我幫他洗澡。我推門進去，看到小男孩正在水管下搓衣服，他的頭髮上和脖子上還掛著一些嘔吐物，與此同時我還看到他又瘦又小的身體上布滿了傷痕，有新鮮的，也有陳舊的，這是被人打過之後留下的。

我看了看沒說什麼，只是把杯子遞給他，告訴他洗完衣服之後可以用這個杯子接上水，然後把水澆到自己身上，這樣可以沖個澡。跟他講完之後我還是出來站在衛生間門口等他。

過了大半天，小男孩才從衛生間裡走了出來，他身上穿著滴水的衣服，能看的出來這濕衣服還是被他擰過的，只是可能因為力氣太小擰得不夠好。小男孩向吧臺走過去，大概還想坐回到吧臺內的角落裡。我攔住了他，對他說：「你到酒吧外邊去晾晾吧，外邊通風，乾得快。」

我帶他出去，跟他一起坐在酒吧門口的臺階上。我低頭抽著菸不知道說些什麼。頭頂上「荒島」的霓虹燈散發出的光照在小男孩的臉上，他的臉在光線的映襯下五彩繽紛的。我看到他又開始流眼淚，這讓我心煩。

呂炎出來關照地看了我們一眼，然後返身回去把酒架上小男孩的牛奶餅乾拿了出來，問小男孩是不是餓了，要不要吃點東西。小男孩並沒有回答呂炎，只是止不住地抽泣。呂炎把吃的東西塞到他手裡，讓他拿好，叮囑他餓了就吃點兒東西，如果吃不下就喝點兒牛奶。我真希望他會吃一點兒，這樣他就不會一直哭了，可是他始終沒吃也沒喝，只是一直拿著那兩樣東西，就像它們不存在一樣。

女同性戀來接小男孩的時候已經快夜裡十二點了。我和小男孩一直在門口坐著，他身上的衣服已經差不多晾乾。我告訴女同性戀剛才發生的事，也講了她弟弟去衛生間洗了衣服，還在裡邊沖了澡。

女同性戀說：「真對不起啊，給你們添這麼多麻煩。」

我說：「沒關係，是我們沒照顧好他。」

女同性戀讓小男孩進去跟呂炎和丁子道別，小男孩轉身進到酒吧裡。我站在那裡也不知道能跟他姐姐再說些什麼，於是也打算開口跟她道別。

她突然問我：「你有沒有看到我弟弟身上的傷？」

我說看到了。

她說他弟弟的同學們看到這些傷後會嘲笑他，所以他可能會因為你看到這些傷而很難過。

我說：「有可能，他剛才坐在這兒哭了一會兒。」

她說：「這些傷是他後媽打的，也就是我親媽。」

這時小男孩從裡邊出來了。我擺了擺手，對她說：「回頭再說吧，你們先回家吧。」

第二天晚上，女同性戀又來到了「荒島」，今天並不是「荒野生存」的活動日，她是過來專門跟我解釋昨天晚上沒有說完的事。

她解釋說：「我之所以又跑過來特意跟你說這件事，是不想讓你認為我和弟弟很奇怪。」

「哦，不會，沒什麼奇怪的，這個世界上發生什麼都不奇怪。」我對她說。

「也對。」女同性戀想了想說：「你說的好像也是這麼回事兒，不過呢，既然話說了一半兒，還是讓我把它說完吧，如果不耽誤你時間的話。」

「好的，那妳說吧，我的時間主要都是用來耽誤的。」

女同性戀告訴我說她媽自從和小男孩的爸爸結婚後，就經常毒打小男孩，已經打了兩年了。

「小男孩的親爸不管嗎？」我問她。

「睜一隻眼閉一隻眼，因為他爸有很多孩子，他結過很多次婚，有的孩子他連見都不見。他能帶著小明一起過已經算是不錯了。」女同性戀告訴我說：「他爸爸自己的屁股還擦不乾淨呢，他也沒臉指責我媽。」

我問她：「這是什麼意思？」

她說：「他爸爸經常對我性騷擾，有一次我差點被他強奸。我媽也知道這事兒，所以他們倆是一對兒誰也比誰好不到哪兒去的混蛋。」

「妳非常恨他們是嗎？」我問她。

「是啊，有時候真想殺了他們。」她說。

我問她：「既然妳這麼恨他們，為什麼妳還在『荒野生存』的活動上徵婚，妳完全不用在乎妳所說的，所謂來自家庭的壓力啊，我甚至覺得妳的家庭或許都沒興趣給妳這種壓力。」

她說：「是的，其實他們對我結不結婚，或者跟誰結婚根本沒興趣。只是他們從來都看不起我，各方面都歧視我，他們覺得在這個世界上壓根就不會有人要我。我也不想讓他們知道我是同性戀，否則他們真的會歧視死我的。我甚至懷疑他們會在歧視我是一個同性戀的同時，還會很高興我是這樣一個倒楣蛋。所以我想找個異性結婚，組建一個名義上的家庭，我不想被他們永遠看不起。」

她又接著說：「而且我覺得找一個人組建一個形式上的家庭之後，也可以跟那對兒混蛋要求一下，讓我把小明接過去由我來照顧。我不想把他一個人留在他們身邊。現在你能明白我為什麼總帶著他了吧，我有機會就去接他下學，陪他一起回家。如果我在外邊有事兒要辦，也盡可能把他帶在身邊，這樣做是為了儘量減少他在家裡單獨跟我媽相處的機會。」

「妳不結婚也可以搬到外邊住，並且帶著妳的弟弟，如果他們不反對的話。」我對她說。

她說：「那不現實，如果我不結婚而自己住到外邊，還帶著弟弟的話，只會給他爸一次又一次上門騷擾我的機會，我也希望婚姻這個名分可以保護我避免被他騷擾。其實我媽早想把我趕出去住了，我只是不想把小明一個人扔下不管，這兩年來我跟他有了很深的感情，患難與共的感覺。」

我想了想，覺得沒什麼可說的了，在這種事兒上，你永遠沒辦法比當事人想到的更多。

我問她：「妳喝點什麼？」

她說：「不用了，該走了，小明還在門口等我，我得帶他回家了。」她走到門口，又轉身對我說：「聽小明說你們那個喝酒的比賽挺好玩的，等有空了我也來參加一次。」

我說：「歡迎。」

十

丁子又給我接了一個活兒，這一單的價格非常好，只是客戶問能不能把報價換算成美元，他付美元比較方便。丁子給我打了一個電話問我，對方問付美元行嗎。我跟她說美元也行，反正美元和人民幣對我來說都一樣，都沒地兒去花，放銀行存著吧。

丁子得到我的答覆後，跟對方表示同意，對方又主動提出再加一些錢，說一是因為怕我們在匯率上吃虧，二是這個活兒有一點兒特殊性。為了這一點兒特殊性，客戶願意額外再支付百分之三十的費用，這是典型的權貴消費特徵，只為達到目的，價格因素對他們來說並不重要。

這個活兒的難度並不大，雇主所說的那一點兒特殊性在於，一是時間非常緊，要求在十天內完成。我還從未接到過時間要求這麼苛刻的工作。二是他要我在指定的地方動手，這個地方就是目標人的家中。目標人住在一個非常高檔的小區，小區的安保十分嚴格，外人很難進入小區。即使進入了小區，還要面對無數的攝像頭以及門禁系統，另外每個樓門前還有24小時保安值守。

一般來說，遇到這種居住條件的目標人，我都傾向於在其出了家門之後動手，不過呢，雇主希望他死在家裡，這肯定有雇主看重的原因。在雇主提出的一些特殊要求的背後，往往還有更多的計劃。比如這一單，雇主也許是希望製造出一個熟人作案的假象，不過這些背後的動機不是需要我去關心的內容，做我這樣的工作，只要拿錢後按照要求完成任務就好了，多問無益，也無用。只是像這樣的活兒，在以前我會多少考慮一下是不是要接下來，不過現在我有了護身符，我不用關心怎樣脫身以及如何善後的問題，我只要考慮怎麼進入他家，然後當著他的面兒順利地用掉一個護身符就可以了。

雇主顯然要比我謹慎得多，他拒絕用電話跟我溝通，堅持通過網路打字的方式進行聯繫，這樣更容易隱蔽身分，也難以追查線索。然而雇主也很爽快，在我答應接下這一單後，很快就把百分之五十的預付款打了過來。丁子很開心，她說：「要是能多接一些這樣的單子，找一個荒島建一個瘋人院的夢想也不是遙不可及啊。」

我說：「那估計我這些腳趾和手指全用完也不見得夠。」

「咱倆一起掙，我自己也可以接客啊，我以後只做那些有錢人的生意。」丁子笑著說：「性變態的活兒也接，只要他出足夠的錢。」

我說：「妳先別忙著接客了，妳有時間陪我一起去目標的人家附近踩踩點吧，咱們假扮一下情侶，這樣不容易引起別人的警覺。」

目標人住的地方是位於市中心的一個高檔小區，這裡面積最小的一套公寓價格大概就能在不遠的郊區買一套別墅。在這個小區內住的人非富即貴，所以很容易理解的是，我的目標人實力不容小覷，我的客戶也一定不會比他的對手實力弱。而之前丁子的報價也非常到位，她真的對雇主開出了一個很符合這個小區業主身分的價格。

丁子非常擅長報價，首先她在自己的人生中閱人無數，而且她本身就具有強大的判斷力，再加上她在為我接活兒的過程中積累了很多經驗和技巧。所以她在跟委託人的前期接觸中，會對他們有一個不動聲色的摸底過程。丁子會跟委託人說，在答應接受你的委託之前，必須評估一下可行性，所以有一些問題需要瞭解。接下來她會問一些關於目標人的信息，比如大概年齡、有什麼生活習慣、出行方式是什麼、住在什麼位置等等。從目標人的這些信息裡，丁子基本可以判斷出委託人具有什麼樣的支付能力，因為目標人的對手往往也是同等量級的。丁子甚至可以推測出委託人出於什麼原因想要除掉目標人，是解決生意糾紛、為仕途平路、感情糾葛乃至家族仇恨，這些都會影響到委託人的預算。

當然，有些信息丁子是從來不去主動問的，這樣更能讓委託人覺得安全與可靠，比如目標人的職業、工作單位、姓名，以及委託人的殺人動機等等，如果委託人沒有主動說這些，她也絕不會主動提及，等到委託人問她需要多少費用時，丁子會根據她所掌握的信息，加以綜合判斷，然後給對方報一個價格，這個價格一般跟委託人的心理承受力不會有很大偏差。

另外，一直以來我還有一個強烈的感覺，與委託人的身分相比，其實丁子更加看重目標人的身分，她會判斷委託人想要除掉的人是不是一個壞人，她在為我篩選任務時，會首先挑出那些她所認定的壞人提供給我鏟除。我從來沒有向她求證過這一點，但是根據我長期的體會和總結，我覺得丁子在心裡有自己一套善惡的篩選標準。只有一次我側面印證過這一點，就是完成那個懷孕女歌星的那個任務之後，她曾經一度表現出了強烈的自責，我問她，是不是因為她肚子裡的那個孩子。她說，是的。我又問她，當初妳為什麼會把這一單挑出來給我，是因為妳覺得她是破壞別人感情的第三者嗎，妳們女的通常都痛恨第三者。她回答說，不是因為這個，是因為我認為她是一個與壞人狼狽為奸，共同犯罪的人，只不過我沒有想到她肚子裡還有一個孩子。我對她說，與胎兒相比，很多大活人妳都讓我給幹掉了，也沒見妳這麼自責過。丁子斬釘截鐵地反駁我說，但是他們沒有一個是清白的。

我感覺丁子最新為我接下的這個任務裡，目標人應該也不是什麼善類，能夠住在這樣一個奢侈住宅區裡的人，應該以壞人居多。我在三天時間內，去這個小區踩了兩次點。第一次我和丁子手挽著手，假裝情侶，圍著小區轉了兩圈，大致瞭解一下整體情況。第二次我是自己去的，仔細觀察了這個地方的地下停車場入口，然後在那裡守了一整天。

我有目標人的照片，也知道他開什麼車和他的車牌號，他進出小區通常情況下應該是開著車的，所以，通過觀察他的車是否進出地下停車場來確定他有沒有在家是最方便的辦法。假如能跟著他下到停車場內，然後再一起乘坐那裡的電梯上樓的話，可以省去很多麻煩，也不容易引起保安的注意。我認為只要在目標人開車進入停車場之後，我能夠想出辦法快速跟上他，並尾隨他一起進入電梯間，就可以一氣呵成進入他的家裡。當然，停車場入口處除了刷卡起落的擋車橫杆之外，還有保安值班，我想要從停車場入口進去，就需要躲過保安的盤查。不過，這個問題是有辦法解決的，到時候我會讓丁子配合我把保安的注意力引開。

第四天我決定擇機動手，因為好的機會並不一定是每天都有，只能每天守候著機會出現。而且雇主要求的時間緊迫，目標人甚至不一定每天都會回家，萬一他要是出去旅行或出差的話，那就會至少耽誤好幾天的時間，所以機會一旦出現就必須馬上動手。

我帶上丁子去蹲守目標人。地下停車場的入口緊臨著一條不寬的馬路，在馬路對面有一家小旅館，我和丁子去開了一間窗戶臨街的房間。在旅館服務臺辦理入住的時候，你只要什麼要求都不提，他們一定會把你安排在臨街的房間，那些不臨街的都會留給那些主動提出要一個安靜房間的客人。

我和丁子在房間的窗前支起一個小型攝像機，把鏡頭對準馬路對面來車的方向，攝像機連到一臺電腦上，我們只需要一邊聊天一邊盯著電腦屏幕就可以盯梢了，但是需要目不轉睛，我們必須在目標人的車開到停車場入口之前就發現它，這樣我們才能有足夠的時間下樓穿過馬路，及時來到地下停車場的入口處。

我們選擇了在下班的時間段盯梢，我們可不想從早到晚地盯上一整天，我和丁子的人生都不存在這樣的追求。即使我們是下午點六才開始盯著，我們也希望他能在八點之前就回家，因為等天黑之後，很難及時和準確地辨認出他的車，儘管我們也準備了一個帶夜視功能的望遠鏡，但是我們希望能夠不會用到它。

丁子甚至還想能在天黑之前完成任務，好讓她趕回到「荒島」主持一次酗酒大賽。

還好，夏天的白天時間較長，而目標人今天回來的也足夠早，七點半的時候，我們就發現了他的車。我和丁子迅速起身來到樓下，我們前後保持著一段距離出了小旅館的門口，然後分別往左右兩個方向繞行了一段才穿過馬路。丁子先來到地下停車場入口，這時那輛車剛剛刷卡通過了車庫的起落杆，能看到值班保安的臉上還殘留著向這輛車致意的笑容。

丁子站在那個保安不遠處，對他喊了一聲：「嘿，你過來一下，這地上有一串鑰匙，你看看是你們業主丟的嗎？」

保安聞聲離開停車場的入口，走過去察看。此時我正從另一側過來，趁著保安背對著我和丁子說話的時機，一側身拐進了停車場的入口。我一路快步走了下去，順利進入了停車場。

這個地下停車場很寬敞，它為這個小區裡十棟單元樓的業主們服務。進去之後我發現停車場內還有兩個保安在巡邏，他們分別站在停車場的兩端。其中一個保安看見我沒有開車直接從入口步行下來，表現出了一點兒狐疑，他扭過頭看著我，大概覺得我可能會有什麼問題需要幫助。我看了他一眼，沒有和他有過多的目光接觸，因為我剛好聽到了某個車位上的汽車打開了車門，我必須趕緊找到這輛車在哪兒。

我很快通過關車門的聲音發現了那輛車，從車裡下來一個中年男人。正是這個人，我事先已經通過雇主發給我的一些照片記住了他的相貌。這時那個保安衝我這邊的方向轉過了身，看起來他打算向我走過來。我趕緊掏出手機，撥通了丁子的電話。我在電話裡問丁子在哪兒。她回答說正在小旅館辦退房呢。我拿著手機裝模作樣地跟她說著一些話：「好的，我知道了，我馬上就過去，我接到妳電話之後從小區外邊直接進的停車場，結果發現沒帶車鑰匙，現在還得上樓去拿，妳等我一會兒。」

我裝出一副急匆匆的神色對著手機大聲說著話，看起來是要趕著去辦急事兒的樣子。我一邊說著，一邊朝保安的方向走過去。保安看我打著電話，就沒再搭理我。打電話的時候我的視線沒有離開那個中年男人，看著他朝一個電梯間的方向走去。我跟上他，和他保持著一個合適的距離。電梯間和停車場中間還有一道門，過了這道門才可以乘坐電梯，這道門需要刷卡打開。我看到這個中年男人拿出了門禁卡，我趕緊加快腳步跟上前。他聽到身後有人過來，自己過門之後還用手替我擋了一下門，我進去後對他說了聲謝謝。

他面無表情地等著電梯下來，我站在他身後一側。電梯門開後他先走了進去。我事先記住了他家的門牌號，他住在22樓。我進電梯之後，他已經按亮了那一層的數字鍵，而我按亮了20層。

我在20層出了電梯，然後進入步行梯。在樓梯上我從背包裡拿出一身保安的衣服換上，再戴上帽子，把帽簷往下拉了拉，儘量多的擋住一些臉。我從20樓步行上到22樓，找到了他家的門牌號。我敲了敲門，裡邊沒有馬上回應，我又敲了敲門，過了一會兒，裡邊有人問道：「誰呀？」

我站在門鏡前，微微低著頭，好讓帽簷能擋住我的大半個臉。我回答說：「您好，我是物業的保安，剛才您停在地下停車場的車被另一輛業主的車剮了，我們想請您下去看看。」

我對他說了一下他的車牌號，問他：「是您的車吧？」

他說：「是的，你先下去吧，我兩分鐘後下樓。」

於是我躲在房門旁邊。過了一會兒，門開了，我猛地轉身一把將他推回了屋裡，我也隨即進到門內，迅速關上房門。我拿槍指住他，讓他保持安靜。他目瞪口呆，以為遇到劫匪，他指著屋裡對我說，書房保險櫃有錢，可以帶我去拿。

書房對我來說沒有意義，我問他：「廚房在哪兒？」

他伸手向屋裡的另一個方向指了指。

「帶我過去。」我命令他。

他轉身把我領進了廚房。我一隻手拿槍指著他，另一隻手從操作臺上的刀架上挑了一把刀。我坐到一把椅子上，這次又輪到左腳了。我先把鞋和襪子脫了，站起身把一個砧板從操作臺上拿下來放到椅子上，然後把光著的左腳踩到砧板上。我用挑好的那把刀開始切左腳的小腳趾。有錢人用的東西質量就是好，這把刀非常鋒利，兩三下就切掉了，我隨手把切掉的小腳趾扔進了洗碗池裡，我讓他給我遞一張廚房紙，我要擦擦腳上流出的一點兒血。

擦乾淨之後我開始穿襪子和鞋。我想等收拾利索了之後再動手幹掉他，這樣槍聲一響，我就能夠在穿戴整齊的情況下麻利地一走了之，而不用殺完人之後再坐回到椅子上穿襪子和鞋，那樣感覺有點兒滑稽。因為我一隻手需要拿著槍指著他，只能用一隻手穿襪子和鞋，很不容易操作，好不容易我才把襪子和鞋都穿上。我命令他過來幫我把鞋帶繫上，這是我一隻手完成不了的事。他的臉上一半是恐懼一半是茫然，他顫抖著問我需要不需要包紮一下。我說謝謝，不用了。

他給我繫鞋帶的時候，看著他蹲在我身前，我心裡突然產生了一種強烈的迷失感，就像沙漠裡的一陣強風卷起了滿天的黃沙，迅速遮天蔽日，置身其中讓人不知何去何從。在這一瞬間，我突然感覺有點兒厭倦了我所做的這一切。所有的一切，包括殺手這個工作，在此之前，這個工作於我而言原本是用來與糟糕人生對抗的一種方式。而此刻，我感到這個工作已經不足以產生這種作用了，我不明白這是為什麼，或許是因為有了護身符而削弱了這項工作原本所具有的力量感。我現在感受不到那種力量了，我覺得一切都很虛弱和乏味，就像我覺得這個世界上其他事物同樣如此。我的心就像突然掉進了一個深不見底的黑洞而無法自拔。這讓我異常沮喪，我的心情很差，坐在那裡出神兒，甚至都沒有意識到他已經為我繫好了鞋帶。

但是我還是堅持完成了今天的工作，我對著他的胸口開了一槍，確認他不再呼吸後，我垂頭喪氣地走出了他的家門，感覺步履沉重。在樓道裡，我顫抖著摁亮了電梯。

電梯上來打開了門，我看到了裡面有兩個人，他們出來時看了我一眼，從我身邊走過，用一把鑰匙打開了那個被我打死的中年男人的家門，然後衝了進去。

這幫人是他媽誰啊，大概是雇主安排的人吧。我已經沒有力氣多想了，我現在需要趕緊找到丁子，讓她帶我到「荒島」，也許大醉一場可以緩解我巨大的消沉。

十一

丁子沒帶我去「荒島」，而是把我送回了家，我在出租車上就已經喝得大醉，我出了那個小區之後不迫不及待地去旁邊的商店買了一瓶酒，我需要麻醉一下自己的神經。

丁子把我扶上了床，幫我脫了衣服，我在昏睡之前感覺到她還在我嘴上親了一口，然後關門離開，留下我一個人。有一刻我意識尚存時，真想把她喊回來留下陪陪我。

我一直睡到第二天下午，感到又渴又餓。我穿上一個大短褲，光著膀子，拿起隨身帶的包下樓，包內裝著錢和槍。陽光混濁，天氣燥熱，倒處都是光著膀子的人，在這個小區裡，你哪怕穿著內褲出來大概也不會有什麼不妥。這些光膀子的人有的在閒逛，有的站著發呆，還有幾個在打撲克，圍觀的人群裡還有穿著各式睡衣的婦女。

我四處轉了轉，打算去旁邊的水果攤買一個西瓜解解渴，我看見小區裡的一個地痞路過水果攤，順手從攤位上抓了幾個桃，然後起身就走。這個水果攤的攤主對此也已經習以為常了，他就像沒看見這回事兒似的繼續仰著頭衝四周吆喝。如果你不身處這樣的小區，如果你沒有注意觀察和深入瞭解的話，你根本想不到，在這樣一個生活氣息濃厚的小區裡，會有住在這裡的流氓收著小販們的保護費，此外他們還要白吃白拿各種東西。這個城市裡類似這樣的小區幾乎都會有同樣的情況存在。

從昨晚到現在，我的心情都很差，看到這一幕讓我更加煩燥。我衝那個拿桃的痞子喊道：「傻逼，你給我站住。」

痞子回頭看著我，不確定我是在跟他說話。我重新對他說了一遍：「我說你這個傻逼把桃兒給我放回去，然後滾蛋。」

他確認了我是在跟他說話，他把桃放了回去，騰出手來抽了我一個耳光。我把右腳的拖鞋甩到一邊兒，蹬在攤主的三輪車的後車板上。我打算弄掉一個腳趾。這個痞子又踹了我一腳，我沒站穩摔倒在了地上。我從地上站起來，從水果攤上拿起那把切西瓜的刀，把右腳重新踩在三輪車的車板上，開始切右腳最外側的腳趾，也就是原先小腳趾還在的時候，它的鄰居。

這把切西瓜刀跟昨天我用的那把目標人廚房裡的刀相比不太好用，沒有那麼鋒利，切了很多下也沒切掉。不得已我又從水果攤下揀起一塊磚頭，這樣的小區裡很容易找到一塊磚頭，攤主在水果攤下面墊了很多。我一隻手拿著刀，把刀刃豎著擱在腳趾上，另一手用磚頭使勁砸刀背，砸了幾下腳趾終於切掉了，只不過切得不太整齊，那根腳趾血肉模糊地留在了三輪車上。

那個痞子見狀想走，我擋在他前面，從包裡拿出槍，頂住他的腦門。這時，水果攤的攤主撲通一聲跪在了我面前，他哀求我別開槍。他說我要是打死那個人，他也會被連累，這會給他帶來很多麻煩，他以後也沒辦法再繼續賣水果為生了。他說這是他養家的唯一收入來源，他上有老下有小全都指望他來掙錢。我把槍對準水果攤主，真想對他開一槍，我滿腔的悲憤之情無處發洩。

最後，我沒開槍，誰也沒死，我走了。我把三輪車板上的那根被浪費的腳趾也帶走了，扔進了垃圾桶，那裡正有一個收破爛的人在垃圾桶裡翻撿，看看裡邊有什麼能賣錢的東西。像這樣一個垃圾桶，每天從天不亮到後半夜會被翻上幾十次，有職業收破爛的，也有很多附近的居民。我把腳趾扔在了他面前，他看了一眼，面無表情，繼續翻他的垃圾，他大概是個職業收破爛的，他對這個破爛的世界見多識廣。

我直接上樓了，什麼也沒買，我從冰箱裡翻出了一瓶過期的牛奶喝了下去。我渴極了，如果冰箱裡沒有這瓶過期牛奶而只有一瓶毒藥的話，我也想我也有可能會喝下去。

我躺在床上睡了三天，再次起床的時候是一個黃昏。等我出門時，發現夏天已經接近尾聲了，地上開始有了一些迫不及待掉下來的落葉。

我找了一個快餐店吃了一頓飯，然後就去了「荒島」。推門進去，酒吧內喊聲震天，熱浪滾滾，酗酒大賽正在進行。我發現女同性戀也在那裡，她成為了這場比賽的主角，他們發明出了新玩法兒，分男隊和女隊，兩隊之間比賽。丁子和女同性戀組成女隊，對面有兩個男的組成男隊，兩個隊正比拚得如火如荼。

我朝吧臺走過去，呂炎看見我來了。他問我：「這幾天幹麼去了，痛風又犯了？看你走路有點兒拐。」

「嗯，腳趾出了一點問題。」我含糊其辭地回答他，現在我的腳走起路來與腳趾齊全的時候相比，感覺已經很不一樣了。

「喝點兒什麼？」他問我。

「啤酒吧。」

「你可真行，痛風了還喝啤酒。」呂炎搖搖頭，給我拿了一瓶啤酒。過了一會兒，他又給端來一盤水果，對我說：「少喝點兒啤酒，多吃點兒水果吧。」

「我說，你能不能別總是一副對誰都好的樣子，你要是能愛憎分明一點我會更喜歡你。」我對呂炎的好意表現得非常不耐煩。

這時丁子和女同性戀的比賽結束了，她們一同來到了吧臺這裡。女同性戀問我：「幾天不見，你好像瘦了不少啊。」

我問她：「妳弟弟呢，今天好像沒帶他。」

「在醫院住院呢，有點兒腦震盪。」她說。

「哦？妳媽打的？」我問。

「嗯，他在沙發上跳著玩，我媽使勁把他從沙發上推了下來，後腦勺摔到地上了。」

「妳怎麼沒有在醫院陪他？」

「他爸爸在那兒呢，不用我陪。」她擺了擺手，借著酒勁兒有點兒氣急敗壞地說：「我他媽又不是保姆，我幹麼總是要陪著他啊。」女同性戀又接著說：「對不起，我有點兒喝醉了，我去吐一會兒。」說完之後她起身去衛生間。

丁子問她：「用我陪著妳嗎？」

「不用，我自己能吐。」女同性戀踉蹌而去。

丁子喝得有些神志不清，此刻毒癮還上來了。她嘴裡不停地嘟囔著：「我得去吸一口，我得去吸一口。」她說著就繞到吧臺的後邊，找到自己的挎包，翻出來她需要的東西，然後蹲在地上吸了起來。

呂炎看見丁子就在吧臺下邊吸毒，神色驚慌，趕緊站到丁子前面擋住她，生怕有人看見。其實吧臺很高，蹲在裡邊，吧臺外邊的人根本看不出什麼。呂炎焦慮地對丁子說：「妳怎麼在這兒就吸起來了，去衛生間裡啊。」

丁子說：「衛生間有人。」她搖晃著站起來，耷拉著腦袋擺擺手對呂炎說：「別大驚小怪的……」後邊的話還沒說話完丁子就暈倒了，仰面躺在呂炎腳邊。

呂炎被嚇了一跳，衝我大喊：「丁子暈倒了，快過來！」

呂炎趴在丁子旁邊，抓著丁子的下巴不停地晃她的臉，一邊晃一邊喊她。丁子完全是休克狀態，沒有任何反應。我猜八成是她喝醉了沒控制好，毒品吸得有點兒多了。呂炎問我用叫救護車嗎。我說先不用了，她可能睡一會兒就好了。我和呂炎把丁子抬到一個沙發上，等她醒過來。

女同性戀吐完回來了，看丁子躺在沙發上，問我們，丁子怎麼了。呂炎趕緊回答說：「丁子喝多了，睡過去了。」女同性戀說：「也是，剛才比賽她喝得又多又猛，對面兒男的都看傻了。」

剛說到這兒，丁子恢復意識了，她閉著眼搖搖頭，伸出一隻手指著呂炎說：「你可別他媽的污蔑我了，誰喝多了，我酒量有這麼差麼。」

丁子又扭過頭對女同性戀說：「妹妹，我不是喝多了，別聽他瞎說，我是抽粉抽多了。」

呂炎聽到丁子直接承認了吸毒，無奈地嘆了口氣走開了。女同性戀倒是挺坦然，輕鬆地笑了一下說：「幸虧沒有抽粉大賽。」

酒吧裡最後一波客人也走了，我們關了酒吧的門，商量著送丁子回家休息。女同性戀說：「我開車過來的，只是我喝了太多的酒不能再開了，可以打電話找一個代駕過來開，然後咱們一起把丁子送回家。」

呂炎說：「不用代駕，我沒喝酒，我開吧，送完丁子我再送妳。」

「也好。」女同性戀說：「那就謝謝你了。」

呂炎開著車我們一起到了丁子家的小區外邊。丁子說餓了，想在路邊吃完餛飩再上樓。女同性戀說：「要不然一起吃吧，我也挺餓的，剛才都吐乾淨了。」

我們一致決定吃完再回家。我和丁子還有女同性戀三個人在路邊先下車，呂炎去旁邊的人行道上停車。餛飩攤的攤主夫妻見我們來了趕緊熱情地招呼著。我們圍坐在一個小矮桌前點了四碗餛飩和幾瓶啤酒，攤主夫妻開始下餛飩和準備餐具。周圍的桌子還有幾個人在吃飯，像往常一樣大多是出租車司機，這個餛飩攤有一些固定客人，我時常能看到眼熟的出租車司機在這兒吃夜宵。呂炎也停好了車，朝餛飩攤這邊走來，我衝他招了招手，給他示意了一下我們的位置，這時我看到他突然停住腳步站在原地，驚慌失色地大聲喊道：「小心，有車！」

呂炎驚恐地指著我們後方，與此同時，我眼角的餘光看到後邊有一輛失控的出租車衝上了人行道。女同性戀坐在我和丁子的旁邊，她也發現了這輛車，而且她反應很快，起身向我和丁子飛撲過來，用身體的衝擊力把我們撞了出去。那輛衝過來的車一頭扎進了餛飩攤，我感覺車從女同性戀的腿上軋了過去，緊接著又把那對兒攤主夫妻撞飛了。出租車一個急剎車停住，但是只停了一下，司機開始往回倒車，車輪輾碎了一些地上的小桌椅和餐具。這輛車想跑，呂炎衝過去想攔下車，但是無濟於事，司機把車開得橫衝直撞，不顧一切地衝回到馬路上，疾馳而去。

我和丁子都沒事兒，僅僅有些擦傷，只是女同性戀站不起來了，很可能是腿斷了。攤主夫妻也沒站起來，他們躺在十幾米以外的地方，呂炎過去看了看，告訴我們說，可能已經死了。

救護車來了，先把攤主夫妻的屍體抬走。醫護人員查看了一下女同性戀的腿，然後給她簡單地固定住，有個工作人員去車裡拿出一副擔架打算把女同性戀抬走。餛飩攤狼籍一片，地上到處都是損壞的各種東西，原來屬於我們的那鍋餛飩全撒在了地上，就像一條條白色的小魚被扔上了岸。這裡根本沒有能放下擔架的空地。有一個穿著白大褂的人指著我和呂炎、丁子說，你們要是沒受傷的話，麻煩你們把這兒清理一下，騰個地方兒出來。我們仨個人趕緊開始收拾，拿抬架的人站在旁邊等著。我們很快把周圍亂七八糟的東西挪開了一些，醫護人員把擔架放下來，把女同性戀搬到了擔架上。

呂炎開著女同性戀的車跟著救護車一起到了醫院。警察也到場了，詢問了事性的發生經過，做了筆錄然後就走了。

女同性戀的腿上兩處骨折，其中一處粉碎性骨折。醫生說完全康復大概需要三到五個月時間。女同性戀非常沮喪，她說這下什麼事都幹不了，也不能照顧弟弟了。丁子特別內疚，她說：「都是因為陪我回家造成的。」女同性戀說：「妳不用過意不去，是我願意送妳的，我只是覺得自己不走運而已，我似乎總是不太走運。」

我們一直陪著女同性戀到第二天下午做完手術，她始終沒有打電話通知她的家人，似乎也沒有接到過家裡人打來的電話，做手術時丁子主動簽了字。一直到手術完畢，麻藥勁過了之後她才打電話給她媽，電話裡她跟她媽說最近一段時間不回去住了，因為自己出了車禍躺在醫院裡。

電話掛了以後，她跟我們說今天晚上不用陪她了，她媽一會兒會過來，她堅持讓我們趕緊回去休息。我們感覺她有可能在撒謊，也許她媽壓根就沒說要過來，但是也可能她媽會過來一趟，也許她不想讓我們見到她媽。總之聽她這麼說完之後，我們也不好堅持留下，只是對她表達了一下隨叫隨到的態度，然後又說了一些常對病人所說的客套話，然後就走了。

十二

最近似乎發生在我周圍的事都不太好，除了女同性戀被撞之外，呂炎的「荒野生存」互助小組裡還死了兩個得了絕症的病人。在此之前，整個小組成員已經盡了最大努力去為這兩個不容樂觀的人製造希望，但希望最終還是破滅了。也許製造出來的希望在他們的最後階段起到了些安慰劑的作用，然而，這兩個人的死卻在很大程度上打擊了其他還活著的小組成員的信心，他們必須要在很長一段時間內面對希望渺茫甚至是毫無希望這樣一種事實，也許會因此無法說服他們再相信希望了。有一個曾經表現得非常樂觀，而且積極參加小組活動的重度塵肺患者因此陷入了重度抑鬱，他此後再也沒來參加過互助小組，之前因為他家庭貧困，呂炎還通過教會為他捐過一些錢。我問呂炎，他去哪兒了。呂炎說沒人知道，誰也找不到他。

呂炎說：「也許人生常態就是這樣吧，很多事情都會有一個好的開始，但是往往會缺少一個像樣的結果，這個像樣的結果並不是特指好結果，也可以是壞結果，只是很多時候都是一個不了了之的結果。站在這種似是而非的結果面前，會讓人覺得一些事似乎從來就沒有開始過。」

我想了想呂炎說的話，覺得是那麼回事兒。我自己的事情也不太順利，上次那個在高檔小區的活兒完成之後，雇主的餘款一直沒有打過來，而我也沒有對方的有效聯繫方式，之前他在網上和我聊天的帳號再也沒有了動靜，這看起來似乎也將會是一個不了了之的結果。丁子說：「別不會被耍了吧，活兒幹完了，錢不給了。」我對此也沒有把握，我只有對她說：「我也不知道，再等等吧。」

十天之後，女同性戀出院了。呂炎開著女同性戀的那輛車和丁子一起去接她回家。呂炎在女同性戀住院期間一直開著她的車，時常到醫院去送一些生活用品。他們把女同性戀送到了家裡，還見到了女同性戀她媽和她弟弟小明的父親。

丁子說：「根據我對女人的瞭解，她媽一看就是一個勢利小人。根據我對男人的瞭解，他爸一看就是一個大變態。」呂炎補充說他們還見到了小明，小明看到姐姐坐著輪椅回來的樣子就哭了。

半個月又過去了，那天晚上車禍的肇事車輛一直沒找到。警察說那是一個假冒的出租車，連黑車都不是，是一輛完全仿製出來的出租車。丁子問警察：「那就沒有線索了嗎？」警察說：「目前沒有更多線索了，這種假冒的出租車其實挺多的，都是外地一些不法修車廠仿製出來的。查找這樣一輛車不太容易，據我們掌握的監控視頻來看，這輛車當晚就開出城了。現在車和司機的下落警方還沒有線索，如果警方取得了突破性進展會通知你們的。」

車禍的案子暫時懸在那兒了，除了車禍給女同性戀帶來的傷害之外，似乎一切都恢復到了原來的樣子。「荒島」每天照常營業，酗酒大賽只要丁子在場就會開賽，呂炎的「荒野生存」互助小組也是定期開展活動。丁子和呂炎時常會給女同性戀打電話問候一下，女同性戀偶爾也會打電話到「荒島」吧臺上的那個座機，她並沒有什麼事兒，就是隨便找人聊聊天。

夏天接近尾聲了，也許在日曆上早已經進入了秋天，只是夏天還殘存了一個尾巴搭在秋天的身影上，夏秋之交的時期，總有那麼幾天陽光亮的晃眼，彷彿是迴光返照。我的心情卻開始暗淡了，將要面對漫長的灰色而寒冷的季節，我時常感到焦慮。丁子對於季節倒無所謂，她可能更喜歡冬天，她說在暴風雪的嚴寒之中，躲在家裡喝酒，這會讓她感受到更多的溫暖，她說只有在周圍環境的溫度更低時，她才能找到一些溫暖。呂炎和上帝相處的依舊很好，但是他也受到了一些挫折，因為出櫃，呂炎同性戀的身分傳到了他經常參加活動的教會裡，因此他受到了一些教徒的歧視和排擠，其中有一些人已經明確表示不歡迎他來了。

傍晚，我在「荒島」的吧臺上又接到了女同性戀打來的電話，我跟她聊了一會兒。她在電話跟我提到了他的弟弟小明，她說這一段時間臥床在家，所以她媽很少有機會毒打小明。她說這對她的傷痛來說倒是一個很大的安慰。

我問她：「妳為什麼對他那麼好。」

她說：「因為在這個家裡，他像我一樣可憐。」

我說：「等妳腿好了，還來『荒島』玩吧。」

她輕輕地嘆了一口氣，說真想來這兒玩，她還想在「荒野生存」上繼續徵婚，更想在酗酒大賽上喝個爛醉。

酒吧裡陸續來了很多人，開始喧鬧起來。我掛了電話，打開一瓶啤酒，從吧臺後邊出來。呂炎在招呼落座的客人點酒，丁子正跟一些熟客聊天。我坐在吧臺前的高腳椅上，背靠吧臺，看著活色生香的人們。看了一會兒，我覺得有些無聊，就推門出去了。我沿著「荒島」所在的這條相對清靜的胡同一直走到了那條人多得像腸梗阻的胡同。眼前的每個人臉上都是興致勃勃的神情，所有人看起來都是那麼熱愛生活。擠在人群中，我感覺自己就像一隻烏鴉置於一群百靈鳥當中。

我隨著人群擠出了胡同，來到外邊的大馬路上，坐在一個花壇邊上抽了一支菸。我又想起剛才女同性戀打來的電話，感覺她好像有什麼事想說而沒說完。我拿出手機重新給她打了過去，電話只響了一聲她就接了起來。

我在電話裡對她說：「不好意思，剛才酒吧裡比較亂，現在我出來了，接著聊吧。」

女同性戀沉默了一下，然後說：「我想搬出去住，你們能幫忙嗎？」

「什麼時候搬？」我問她。

「越快越好。」她說：「連夜搬都行。」

「好的。」我說：「現在我們就去接妳。」

掛了電話我回到了「荒島」，我把女同性戀的求助告訴呂炎和丁子，我們大概安排了一下，讓呂炎留在酒吧看著店，我和丁子一起去女同性戀家接她。

女同性戀家裡只有她一個人在，其他人在外邊吃飯還沒回來。丁子幫她收拾了一下東西，我協助她坐上輪椅，推進電梯。在樓下我們找到了她的車，她把車鑰匙給我，我開著車來到了「荒島」。

女同性戀在酒吧裡告訴我們說，上週末她被小明的爸爸強奸了，之後他爸還想繼續侵犯她，她不想再次被強奸，這幾天一直在想著要逃出來。她需要別人的幫助，她說只有我們最瞭解她的情況，所以才向我們求助。丁子問她：「需要報警嗎？」

女同性戀說：「我也想過報警，但是如果他被抓了，小明就見不到爸爸了。畢竟有他爸爸在，小明的處境還能好一點兒。」

「小明的親媽在哪兒？」丁子問。

「在國外。」女同性戀說：「他親媽也不願意撫養他。」

「先不想那麼多了。」丁子說：「先考慮一下眼前怎麼辦吧，接下來妳有什麼打算呢？」

「我也不知道。」女同性戀說：「我非常害怕，只想先躲出來。」

我們商量了一下，決定先讓女同性戀住到丁子那兒。我們問她：「要不要現在送妳回去休息？」女同性戀說她在床上躺了一個多月了，今天好不容易出來，要先在這兒痛快地玩一晚上。她問丁子：「妳有什麼東西能讓我振作一下麼？」

丁子低著頭猶豫了一會兒，然後起身拿出自己的包。她從裡邊翻出一粒藥丸，遞給女同性戀。女同性巒兌著一口啤酒把它吞了下去。

在這粒藥丸的作用下，整個晚上女同性戀都讓自己處在一個非常亢奮的狀態，始終用一種很誇張地樣子說笑著，要不是她有一條腿骨折了，她甚至會又蹦又跳，那個狀態看上去，就如同她剛剛遇到了激動人心的好事。當然，對於她來說，能從家裡逃出來，也許真的是讓她有如釋重負的感覺，哪怕這種感覺僅僅是停留在今晚。女同性戀又和丁子組隊參加了酗酒大賽，她拄著雙拐站在桌子上喝酒。由於過於亢奮，還沒等喝多，她就因為不小心沒站好從桌子上摔了下來，幸虧下邊有人伸手接了她一把才沒有再次受傷。

女同性戀一直玩到酒吧關門，然後我們四個人開著車一起去丁子家。儘管晚上的天氣有些涼了，但是馬路上還是有很多來來往往的車輛和行人。深夜裡，路邊和一些立交橋下仍然擺出了一些小吃攤位。這些攤位即使是在冬天也會出來，它們就像是一些隻在深夜生長的植物，在日出前就會被風吹散。

進入丁子家小區之前，我們路過了那晚發生車禍的地方，那裡又出現了一個新的餛飩攤，攤主是兩個年輕人。路邊照舊停了幾輛出租車，夜班的司機們仍然像往常一樣坐在那裡吃餛飩。

我們進了丁子家，女同性戀的亢奮狀態有所消退，她央求丁子再給她一粒藥。丁子對她說還是算了吧，建議她安靜一會兒，然後早點休息。女同性戀說自己壓根就不想安靜下來，她害怕安靜下來。丁子猶豫了一下，然後又拿出一粒藥丸，只不過這次她將這粒藥丸用一把紅酒開瓶器上的小刀切成了兩半。她把其中一半遞給女同性戀，然後把剩下的一半放到自己嘴裡。

我們四個人乾坐在那裡沉默著，彷彿都在等待那兩個半顆的藥丸能發揮一點兒什麼作用，以應對這種無所適從的局面。

丁子把音響打開，放出了一些電子樂。很快，女同性戀又亢奮起來，她坐立不安，不停地說話，止不住地笑。她說她從來沒覺得這麼痛快過，她對我和呂炎說：「你們都別走，都留下好好陪陪我。」她說她不敢保證在接下來的人生裡還能有機會如此高興。她的情緒就像當初呂炎得知自己感染了愛滋病毒之後那樣的高昂。

女同性戀說：「我給你們唱歌吧。」她還沒等自己說完就拄著雙拐站起來開始唱了，一首接著一首，把她這輩子會唱的歌和不會唱的歌都唱了一個遍。她不僅唱歌，還根據每首歌的不同風格，以不同的節奏和姿態扭動著身體。

呂炎不斷地提醒女同性戀小點兒聲，現在是半夜。每次聽到呂炎這麼提醒，女同性戀就趕緊捂住嘴降低聲音，還會強忍著不讓自己笑出聲來。由於不能大聲唱歌，她就使勁地把身體扭動的幅度做到最大，以彌補現場效果上的不足。

丁子也興奮得不得了，她看著女同性戀各種誇張的表演，捂著嘴笑得前仰後合。她有時還會站起來配合女同性戀跳舞，跳兩下之後就會抱著頭大笑著蹲在地上。

最後女同性戀的狀態讓她自己都覺得難以承受了，她不得不到浴室裡沖了一個涼水澡。沖完澡之後她光著身子就跑了出來，除了拄著的雙拐之外，身上再沒有別的東西。只是一條腿上因為做手術而有一道醒目的黑色傷疤，格外刺眼。丁子看到她裸體的樣子，又笑得東倒西歪，她指著女同性戀對我和呂炎說：「你們快看啊，她嗑了藥跟我一樣瘋。」

女同性戀也跟著丁子一起笑得上氣不接下氣。她赤裸著身體站在屋子中間對我們說道：「我渾身上下都是故事，我要給你們講講。」

她拉起一縷頭髮說，我的頭髮被很多人扯下來過。她指著自己的臉說，我的臉被很多人打傷過。她又抓起兩隻乳房說，我的奶子被很多人捏疼過。她摸著自己的肚子說，別看我是同性戀，但我的肚子甚至還流產過。她又開腿指著陰部說，這裡也被很多人糟蹋過。她用一支拐杖敲了敲了傷腿說，現在還有一條腿也是斷著的，只有這條斷腿不太令人傷心。女同性戀說，我的故事就是不停地受傷，有的故事是被迫的，有的故事是自願的，有的故事是意外發生的。她說著話，笑聲一直沒有停止，直到最後氣喘吁吁。

丁子對女同性戀說：「妳這麼一說倒是提醒了我，我忘了告訴妳，我也是有故事的人，我是一個妓女，一個婊子。」丁子哈哈大笑，就像做了一個成功的惡作劇似的。她說：「妳現在住進我家裡了，我沒有辦法接客了。」

女同性戀聽了有些詫異，但隨即又恢復了一貫的從容，她說：「那妳接女客嗎，要是接的話，我付錢給妳，彌補妳的損失。」

丁子又一次笑得前仰後合，她說：「女客，還真沒接過，不過可以試試呀。」

「好啊，要不要現在就試試。」女同性戀又一次情緒高漲。

丁子說：「試就試，就當報答妳的救命之恩了。」

丁子迅速地把自己也脫光了，拉著女同性戀進了臥室。我和呂炎站起來收拾自己的東西，準備各自回家睡覺，臥室裡一開始還是她們倆零星的歡聲笑語，還沒等我和呂炎出門，臥室裡的聲音就變成了連續不斷、此起彼伏的，真正歡愉的呼喊。

十三

女同性戀住到丁子家的第二天給她的弟弟小明打過一個電話，她沒有打到家裡，而是直接打到他的學校。她在電話裡跟小明聊了一會兒，跟他說最近不回去住了，讓他照顧好自己。

晚上吃飯前，呂炎和丁子在廚房準備，女同性戀把我叫到一邊，說想請我幫個忙。我問她什麼忙，她說：「你明天能不能去小明的學校看望一下他，看看他是不是各方面都好。」

我有些猶豫了，我並不想去，不過還是答應她說：「可以。」然後我又問她：「但是我想知道為什麼要讓我去呢，呂炎和丁子也能去啊。」

女同性戀說：「雖然你並沒有怎麼搭理過小明，但是在他心裡，他覺得跟你更親近，也許是因為你幫助過他吧。」

「就因為我帶他去過衛生間讓他洗澡？」我問女同性戀。

「也許吧，也可能是小明來『荒島』的頭兩次首先接觸到的人都是你吧。」女同性戀說：「總之，小明對你沒有那麼大的距離感，小明是一個非常內向敏感的小孩兒，如果讓一個他覺得陌生感很強的人去學校看他，他肯定會非常不安。」

「嗯，好吧。」我對女同性戀說：「我明天可以去看看他，我問這麼多不是不想去，只是有點兒好奇。」

她說：「謝謝，但是，我想請你幫的忙不僅僅是明天只去看他一次，我住在丁子家的期間裡，我想讓你經常去學校看看他。」

我聽女同性戀這麼一說很惱火。我對她說：「聽著，我知道妳在車禍發生時挺身而出救過我們，我也知道我應該報答妳，但是，我實話跟妳說吧，我是真他媽的不想去幹這種事，去學校看一個陌生的孩子，裝模作樣的噓寒問暖一番。我僅僅是設想一下這種場景都會令我惱羞成怒。」

女同性戀倒沒在意我表現出來的怨氣，她笑著問我：「你都說你應該報答我，可是這麼簡單的一件事你都不想幫我，你怎麼報答我啊？」

「我操，妳這是要挾我。」我氣憤地說：「我當然可以報答妳，妳可以讓妳自己身處險境，我也同樣去救妳一次，救妳兩次或者三次。」

女同性戀聽我這麼一說，笑出聲了，她說：「多大的險境啊，還能讓你有機會一再地救我，看起來風險也沒那麼大啊。再說我腿都這樣了，我去哪兒身處險境啊。」

「我就是表達這麼一個意思。或者，妳有沒有仇人什麼的，我幫妳報仇，殺了他也可以。我的意思是說，我不拒絕報答妳，但是，妳也不能強行指定我該如何報答妳啊。」

「你舉的這些不要命的例子說不定都是你不在乎的事兒，這個不能算是很有誠意的報答。真正有誠意的報答就是別人有需要時，你哪怕非常為難，也會迎難而上。」

我被女同性戀說的一時不知怎麼應對。女同性戀又解釋說：「不過，我想請你幫忙並不是要求你報答我，相反我會更多地覺得欠你的人情。咱們認識的時間雖然短，但是我也能看出來你和誰都保持著距離，我感覺你壓根就不想接近你身處的這個世界，甚至你對自己都在刻意保持著距離，你非常漠視自己和厭惡自己也說不定。我能感受到你面對周圍的環境以及面對自己時，會經常陷於痛苦和不安。所以，我很理解你不願意去看望小明，你拒絕的話我也不會覺得你不近人情，因為你對自己也是這樣。」

女同性戀說的這一大堆話我沒能完全理解，但是在這番話面前我仍然感到無話可說。

晚飯時我們沒有再說起這件事，晚飯結束後我決定答應她，我對她說：「我可以去學校看他，但是我不會跟他說話，我能做到的是遠遠地看看他，看他的狀態是不是還正常。」

女同性戀幾乎每天都會委託我去一趟小明的學校。女同性戀把車交給我開著，我每次就把車停到學校門口附近。課間休息的時候，小明會跑到學校門口的鐵門前，透過鐵欄杆看著他姐姐的車。他知道車裡是我，女同性戀跟他打電話說了這個情況，她讓小明看到她的車時，就跟車裡的我打個招呼。大多時候我不用下車，只是把車窗放下，衝他點點頭，他會扒著門上的欄杆看一會兒，然後跑回去上課，偶爾也會衝我招招手再走。

有時我也會下車，把他姐姐托我轉交的一些零花錢和零食隔著鐵門遞給他。還有幾次我在放學的時間去看他，我通常不會首選在這個時間過去，我不想讓他的家人來學校時看到我開著女同性戀的車。即使我在放學的時間過去，也是把車停在一個不容易被發現的地方，我只要能看到小明就可以了。我看到過他的爸爸來接他放學，而大多數時候其實是他自己背著書包走回家的。

我從沒有開口問過小明最近過得好不好，可能在潛意識裡，我還會避免去注意看他的身上是否有傷痕。不過就算我注意去看也很難看到，現在是秋天了，平時都穿著外套。我不知道我是否應該問一下他，或者專門檢查一下他的身上，但我最終沒有。首先我不想這樣做，同時我覺得小明也一定不想讓我這樣做。每次我看望小明之後，女同性戀也從來不問我具體的問題，最多只會含糊地問一句，他看起來還好吧。我也問過女同性戀要不要一起去看看小明，她說不用了，她說不想讓小明對她有太多依賴，更重要的是，她也不想讓自己在小明的生活中陷得太深。女同性戀最近經常說的一句話就是，等她的腿好了之後，她要過一些真正屬於自己的生活。

女同性戀的腿恢復得很快，已經可以在拐杖的幫助下走很長的路了。她每天都到「荒島」去，不僅參與酒吧的活動，還經常幫著幹點兒酒吧裡的工作，洗洗杯子之類的。她甚至說希望我們能雇她在這兒工作，她自己本身是一家星級酒店的客房銷售，她說酒店和酒吧都是服務業，都是迎來送往的，她說自己這也算有行業經驗了，她宣稱等腿好了就去辭了工作，到「荒島」來當服務員。呂炎說：「行啊，我們這兒也缺人手。」丁子說：「那太好了，不僅缺人手，酗酒大賽還缺女選手。」

女同性戀還成為了「荒野生存」互助小組的第二主持人，有時呂炎有事兒或者生病不能參加小組活動，女同性戀就會代他主持活動。現在「荒野生存」的活動次數也比以前增加了，週末的下午也會舉辦。今天是個週六，下午有一場「荒野生存」的活動，呂炎請假沒來酒吧，因為明天週日他去教堂做完禮拜之後，那裡會有一場公益募捐活動，呂炎提前一天過去參與籌備工作。女同性戀主持了今天的「荒野生存」，在正式活動前，她不忘又給自己徵了一下婚。

這次有人應徵了，一個胃癌患者。胃癌患者站了起來，他表示自己有興趣應徵，他說自己今年三十歲，患胃癌四年了，因為這個病他一直沒能結婚，一是沒人願意跟他結，二是他也不想拖累可以擁有正常生活的人。不過，因為這個病，他經常感到在人生道路上很孤單，所以他內心深處非常希望身邊能有個伴兒。他說自己對女同性戀提出的方案能夠認同和接受，另外他也有一個條件，就是希望女同性戀擅長做飯，能為他提供適合他身體狀況的飲食。

女同性戀說她還是非常擅長做飯的，因為她從小就一直很獨立。

胃癌患者說那太好了。胃癌患者還表示，由於他這種癌症的存活年限相對較長，所以他不敢保證自己很快會死，如果過了一段時間，女同性戀覺得不想一塊兒生活了，可以隨時終止婚姻。女同性說她感受到了胃癌患者的誠意，這讓她非常感動，這是第一次有人應徵，這讓她看到了生活的新希望。

活動結束後，女同性戀和胃癌患者打算一起去吃頓飯，再具體溝通一下他們之間的事。他們推開酒吧門出去時，女同性戀看到了門外的小明。小明站在門口對面的牆根兒下，他鼻青臉腫的，額頭上還有二道傷口，往外滲著血。整張臉就像被弄髒的一個麵團兒。小明看到女同性戀出來，一下子放聲大哭，如果他不是哭起來的話，也許女同性戀都不會從那張臉上認出這是小明。女同性戀跟胃癌患者說今天不能去吃飯了，改天吧。

她把小明帶到了酒吧裡。小明說他早上被女同性戀的媽媽打了，他就從家裡跑了出來，自己找到了這裡，在門外已經等了兩小時了。女同性戀問他：「你為什麼不進來。」小明指著自己的臉說他不敢進來，他哭著說不想回家了。

女同性戀帶著小明在丁子家住了兩晚，星期一上午她讓丁子在家陪著小明，讓我開車帶著她去小明的學校給小明請了病假，隨後直奔自己家裡。她要回去找她媽當面質問。我把車停在了樓下的車位，女同性戀自己拄著拐走進了樓門，她走的很快，快要走到樓門口時，已經能看得出來她渾身上下都散發著怒氣。

我在車裡坐著等她，抽了幾支菸，想了想最近發生的一些事。夏天已經徹底過去，接近深秋了，天空有一群大雁飛過，人字型。我這一年的工作旺季已經結束，大概接下來的時間我什麼活兒也不會接了。上次接的那個活兒，尾款一直沒有付，也應該不會再有人支付了，跟做其它生意一樣，做的時間長了，總會有被騙的時候，只是丁子可能會有些失望，她想儘早去找一個荒島退休的夢想遙不可及。

我又想到了護身符，那些手指和腳趾，留著慢慢用吧。丁子問過我，用完之後呢。我問她，用完是指什麼呢，是指用的一個不剩，還是指按計劃用夠數量為止。丁子說，無所謂，重點是說，不再使用護身符之後呢。我說，我也沒想過那之後。

我真的沒有想過那之後，我甚至沒有意識到還有那之後的事兒。我坐在車裡等著女同性戀，打算趁這會兒想想那之後。剛要開始想，我就看見女同性戀從樓道口跑了出來，她拄著雙拐，頭髮散亂，使著全身的力氣，想儘量跑得快點。我本想發動車開到她身邊，車剛發動起來，她就已經來到了車旁邊，她打開車門自己擠了進來，雙拐扔在了外邊。她砰的一聲關上車門，車門關上的同時她開始號啕大哭。

我問她怎麼了。

女同性戀大哭著說了一遍。我沒有全部聽清楚她講的話，但是基本內容知道了，她說她媽沒有在家，小明的爸爸出差回來正好在，結果她又被小明爸爸強奸了。

我把她的雙拐從車外撿回來，開車帶她回丁子家，一路上她都在哭。快到丁子家時她止住哭聲，對我說：「先不回去了，帶我去找我媽，我知道她在哪兒。」

女同性戀帶我去了一個美容院，在美容院前的停車場我把車停好。她開始撥打手機，撥了兩遍對方才接聽。她對著電話說：「我在美容院門口等妳，妳越快出來越好。」

大概等了半小時，美容院裡出來一個中年婦女。女同性戀打開車門，拄著雙拐下車走過去。她和她媽站在那裡爭執了十幾分鐘，最後她媽打了她一耳光，她把一隻拐甩到了她媽的身上。她媽一把將她推倒在地，然後轉身回了美容院。

這次女同性戀沒有哭，她拾起拐杖非常鎮靜地回到了車裡，坐在那裡一言不發。我問她：「現在回丁子家吧。」她說了一句：「真想殺了他們。」

這種話我之前就聽她說過，我對這個內容很敏感。我帶著她回到了丁子家，丁子正帶著小明在電視上看一個電影。看到我們回來，丁子對小明說：「先看到這兒吧，你去臥室打會兒遊戲。」丁子關上電視，遞給小明一個平板電腦。小明很識趣，拿著電腦去了裡邊的房間。

丁子問女同性戀談得怎麼樣。女同性戀把自己又一次被強奸的事兒告訴了丁子，她說自己還去找了她媽理論，讓她媽跟小明的爸爸離婚，這樣她和小明都不用再被侵害，可是她媽根本不講理，她媽說打小明是替他親媽在教育他，然後又說女同性戀被強奸都是她自找，說她總是勾引小明的爸爸。最後她媽讓女同性戀能走多遠走多遠，再也別回來。

丁子說：「那就別回去了，跟我住吧。」

女同性戀說：「可是小明還是要回去的，他回去後可能會被打得更厲害。」

丁子說：「把小明也留下。」

女同性戀說：「那不可能，這需要經過他們允許，我沒有監護他的資格，他爸爸已經威脅我要去報警，說我綁架他兒子。」

「那怎麼辦啊？」丁子說：「要不然妳去報警，舉報妳媽虐待兒童？」

「我去報過兩次案。」女同性戀說：「只是沒有證據是她幹的，她對警察狡辯說小明身上的傷都是被學校的同學打的。警察也懶得管這些事兒，只是從中調節了一下就讓我們自己回家解決。」

「妳可以在家裝個攝像頭啊，拍下來。」丁子出主意。

「我媽打小明都關在衛生間打，怕他哭聲傳出去。我也幹不出來在衛生間裝攝像頭的事兒。」女同性戀說：「哪怕我現在回去在衛生間裝攝像頭，我也不想為了取證再把小明送回去挨打，我不忍心。」

我問她：「妳真的想殺了他們嗎？」

女同性戀抬起頭來看著我，說道：「我確實希望他們能去死。」

「希望他們誰去死？」我問她：「還是一塊都去死？」

女同性戀問我：「你的意思是指什麼？」

我說：「如果能讓其中人一個人去死，是不是就可以順利解決所有的問題。」

女同性戀想了想說：「應該是吧。」

「那妳想讓誰去死？」我問她。

她沉默了一會兒，說更願意讓自己的媽去死，這樣至少小明還有他爸能養他，而她在心裡早已經對這樣一個媽恨之入骨了。

「如果妳真是這樣想的，那麼這樣的事發生了，妳會後悔嗎？」我問她。

她盯著我看了一會兒，說道：「不後悔。」

儘管我認為一個人渣死不足惜，儘管我十分理解女同性戀，我知道在她的人生中，會有充分的理由來支持她的不後悔——那些我們已知的和未知的理由。但是當我聽到她最終清晰地說出不後悔三個字時，在心底我還是感到了一顫。

我對女同性戀說：「如果這事兒真的發生了，妳就當什麼都沒發生，好嗎？我是說，妳不要感到太震驚，因為這本來就是個很荒誕的世界，荒誕到對任何事都不用過於震驚。」

丁子聽到我這麼說，嘆了一口氣，仰靠在沙發上，盯著天花板出神兒。

女同性戀說：「我雖然沒辦法理解你說的話，不過，無論發生什麼我也不在乎了。」

第二天我開著女同性戀的車在她家樓下等著。這件事要儘早辦，小明還需要儘快回家，他不可能長時間留在丁子家，儘管他希望這樣，可是他的爸爸可不希望這樣，甚至連女同性戀她媽也不希望這種情況存在，他們覺得這是對他們的一種挑釁和侮辱。女同性戀在不到兩天的時間內已經接到了他們打來的無數次威脅電話，他們說星期一晚上再不把小明送回去就報警了。

我在中午的時候就等到了她媽，她從樓裡出來，看樣子是要外出。我並沒有馬上下車，我不想在她家樓下或者是露天的什麼地方動手。我不想讓很多人看到現場，小明還需要回家，我覺得不應該讓他聽到鄰居們對現場的相關描述。我坐在車裡看著她走向停車場裡的一輛車，她發動了那輛車，開出了小區。我開著女同性戀的車跟著她，為了避免被她發現，我始終和她的車之間保持著兩三輛車的隔離。路上車輛也很多，一路車行緩慢，這一點倒是有助於我不會跟丟她。

她又來到了昨天光顧過的美容院。等她找好車位把車停好後，我已經站到了她的車窗前。隔著窗戶我比昨天更加清晰地看到了她的樣子，她的樣子完全屬於那種我想對其開槍的那一類，眉目刁惡，妝容粗鄙，這種面相真令人厭惡。我敲了敲了車窗，她把窗戶放下來，疑惑地問我：「你是誰啊？有什麼事？」

我說：「我是小明的朋友。」

她問我：「小明的朋友？他現在在哪兒啊，是你們把他藏起來了嗎？」

我對她說：「他今天晚上就可以回家了。」

我對她說著話，同時彎腰脫掉了腳上的一隻鞋和襪子，我從上衣外套的內兜裡拿出一把菜刀，用它砍掉了一根腳趾。

可能是眼前的這一幕對她來說太不可思議了，她似乎都沒有意識到發生了什麼，她仍然疑惑地問我：「你這是在幹什麼？」她甚至追問了一句：「這是在變魔術嗎？」

等我把手槍拿出來對準她時，她才感覺到危險。她突然不顧一切地想要逃走，她拚命地爬向另一側車門，一隻手已經打開了車門，只是身子還沒有完全挪過去。我把槍伸進車內對著她的後腦勺開了槍，隨著一聲槍響，她猛的一沉，趴在副駕駛上的座位一動不動了。她的腦袋耷拉在了已經打開的車門和座位之間，血順著門縫流到了車外的地上。

我回到丁子那兒，告訴女同性戀說：「問題解決了，妳隨時可以把小明送回去。」女同性戀半信半疑地問我：「直接送回去就行？」

我說：「最好是妳把他送到門口，讓他自己進家門，然後妳就跟我回來，這樣可以省去妳很多麻煩。」

女同性戀說：「吃完晚飯吧，如果確實如你所說問題解決了，那我和他一起吃飯的機會不多了。」

女同性戀帶小明出去單獨吃了一頓飯。回來後，我開車帶著他們去小明家。進入小區時，我看到一輛警車正從裡面開出來，我和這輛車擦身而過。

我把車停在小明家樓下，女同性戀在車裡對小明說，你不要害怕，如果有什麼事兒你就給我打電話，如果你爸爸不在家，你就自己找點東西吃。女同性戀下了車，看了看樓上的窗戶，她說家裡燈亮著。女同性戀抱了抱小明，讓他自己上了樓。

我和女同性戀又在車裡等了十分鐘，確信小明已經進了家門。女同性戀說了句：「好了，我們走吧。」

我們在「荒島」玩了一個通宵，每個人都喝醉了，後半夜我們就直接睡在了酒吧裡。我們用桌子拼成了幾張床，雖然又硬又硌，但是因為大醉所以感覺遲鈍，並沒有太影響睡覺，等醒來時已經到了中午。今天的溫度一下子降了很多，外邊兒秋天的陽光慘白，寒風從門縫和窗戶裡刺了進來，此刻我們四個人又餓又冷。

我們去衛生間洗了洗臉，打算出去找點東西吃。丁子由於喝得太多，再加上她用了一些藥，藥勁兒還沒有過去，她一直嚷嚷著頭暈和頭疼。我們坐在那兒每人喝了一杯咖啡，打算緩一緩再走。女同性戀把酒吧的門打開，一股巨大的寒意撲面而來，剛才還燙手的咖啡瞬間就冰涼了。我們身上的衣服穿得很少，冷得直打哆嗦。我憎惡這種冷天氣。

呂炎對女同性戀說：「快把門關上吧，風大太了。」

女同性戀說：「好的，我出去先把車裡的暖氣打開，一會兒丁子上車後會感覺舒服一點兒。」

我說還是我去吧。女同性戀已經站到了門外邊，說不用我動，她正好可以在外邊醒醒酒，她讓我把車鑰匙給她。我把車鑰匙扔給了她，她從外邊把酒吧門關上了。車停在旁邊一個胡同內，她拄著拐杖大概需要走兩分鐘的路。

兩分鐘之後，我們聽到了一聲巨響，剛才關上的酒吧門又被震開了。

於此同時，我感到渾身顫慄，我踉蹌著跑出了酒吧，好幾次我都差點摔倒，一是我的腳趾已經所剩不多，走起路來還不如骨折的女同性戀穩健。二是因為這一聲巨響使我感到恐懼。

這聲巨響是因為女同性戀的汽車爆炸了，我看到汽車著起了大火，而女同性戀已經被炸碎，破碎的身體飛得倒處都是。

十四

很多天過去了，警察又來「荒島」瞭解情況，他們說經過初步調查，大概是有人在車上裝了炸藥，汽車點火時引爆了它。警察走後，我和丁子呂炎三個人，在「荒島」裡沉默地坐著，誰都不說話。過了很長時間，丁子直起了身，自言自語地說道：「我覺得她是一個好人，害她的人肯定是壞人。」

呂炎說：「剛才警察說女同性戀她媽頭一天中午被人槍殺了，她自己第二天就被炸死了。你們覺得這會是誰幹的，會是小明的爸爸嗎？因為女同性戀她媽打他的兒子，女同性戀因為被他強奸而威脅過要報警，他有可能報復啊。」

丁子聽見呂炎把這兩件事聯繫在了一起，故意含糊地說了一句：「她媽和她的死，也不一定有必然關係，沒准是短時間內的巧合。」

呂炎說：「也有可能巧合，但是這兩件事確實太詭異了，即便沒有直接聯繫，也一定有間接聯繫。其實咱們對女同性戀的身世還是不夠瞭解，不知道她的生活背景。」

丁子說：「不管怎麼樣，我覺得咱們自己也應該做點什麼，去查查到底是誰在她車上放了炸藥，找出那個凶手，替她報仇。她在餛飩攤上的車禍發生時救過我，而且這次汽車爆炸也是因為她想為我打開車裡的暖氣才導致的。」

呂炎疑惑地問：「我們怎麼查呢？」

我一直沒有說話，思索著這到底是怎麼回事，聽到丁子提到那起餛飩攤車禍，我突然產生了一個懷疑，一個月前的那場車禍或許不是偶然發生的，那輛衝上人行道的假冒出租車可能不是一個意外，或許那次車禍是一次謀殺未遂。

丁子扭頭問我：「你覺得我們應該怎麼辦？」

我想了想說：「既然這事兒發生在咱們身邊了，雖然跟女同性戀認識不久，但她也是我們的朋友，咱們也可以琢磨琢磨，想想辦法，也許能夠發現一些只有我們才能識別出來的，有價值的線索。」

我又問呂炎：「你再想想，上次在餛飩攤發生車禍的時候，你去攔車，看清了司機的臉了嗎？」

「那次車禍？」呂炎一時沒明白我為什麼又提起了車禍。他說：「天黑光線差，根本看不清，就是感覺司機好像戴著一個棒球帽，這個上次做筆錄時跟警察都說過了啊。」

丁子問我：「你覺得那次車禍不是意外？」

我說：「嗯，有可能不是意外，反正車禍的案子也沒破，可以一起查查。」

丁子說：「需要我幫忙嗎？」

我說：「我先自己查吧。」

丁子堅持說：「我也可以陪你一起啊。」

我說：「妳幫著呂炎打理『荒島』吧，酒吧更需要人手。」

我不想讓丁子過多介入是因為我覺得對方做事不擇手段而且行事縝密，而我在調查的過程中，越深入就越容易暴露自己，如果和丁子一起，有可能會給她帶來一些危險。其實我自己原本也可以不去做這件事，交給警方就好了，但是我又有種強烈的預感，這兩件事似乎跟我有某種關係，好像是針對我而來的。這種預感在我聽到汽車爆炸那一聲巨響時就已經產生，並且揮之不去。

我打算先去搜集一些監控視頻，當然，那些警方安裝在街道上的監控視頻我是沒辦法獲取的，不過在道路兩邊還有很多商家開的各種店，他們也會在門前設置攝像頭，得到他們的監控視頻會相對簡單，也許可以從中發現些什麼。

在以前我們經常吃餛飩地方，旁邊有一家很小的便利店，大概一百多平米，主要賣一些副食和常見的日用品。在這家便利店門口上方的牆上有一個攝像頭，我希望這個攝像頭拍到了一些車禍的畫面。

這家便利店我和丁子也時常光顧，老闆是一個沉默寡言的瘦削男人，一副老實巴交的樣子。他對誰都是一種冷冰冰的態度，從來不和顧客說一句多餘的話，甚至對待顧客的詢問還經常顯示出不耐煩，就好像到這兒買東西的人都是在侵犯他的利益似的。便利店裡除了他之外還有兩個雇員，他和雇員也很少交談。有時也能看見他的老婆帶著孩子出現在便利店裡，他和老婆也不怎麼說話，對孩子倒是不斷開口，但說出來的話基本上都是訓斥。

晚上我去那個便利店裡買了一包菸，菸就陳列在老闆收銀臺的旁邊。我在等他找零錢的時候，對他說：「老闆，我想請你幫個忙。」

便利店老闆頭也沒抬，就像沒聽見一樣，繼續在收銀臺裡找零錢。我知道他聽見了，我接過了零錢沒有走，等著他說話。他見我沒有動，於是問了一句：「你剛才說什麼？」

「我想請你幫個忙。」我對他說：「你知道不久前這裡發生了一起車禍吧，死了兩個，傷了一個，我是傷者的朋友，當時我也在場。」

他說：「是，我知道車禍，死的兩個是擺餛飩攤兒的。我也知道你是當事人，你偶爾會來我這裡買東西，住後邊樓上的那個女的也在場。」他說後邊樓上的時候，隨手向後邊指了一下，然後又接著說：「你想讓我幫什麼？」

我說：「警察一直沒有破案，我想自己查一查，你門前的攝像頭如果是24小時開著的話，也許拍下了一些車禍發生時的畫面，如果有的話，你能不能讓我看看？」

「是24小時監控，裝它是為了防盜。車禍也拍到了一點兒，不過警察已經調取過視頻了，他們都沒有破案，你能看出什麼？」

「警察無法辨認出的東西不一定我就不能，就像你在大街上看到我，你會想起來我在你這裡買過東西，如果大街上一個警察看到我，他們並不會知道我在你這家便利店買過東西。」我對他說：「不同的人對不同的信息有著不同的敏感度。」

他聽完愣了一會兒，花了一點時間來理解我想表達的意思。我見他第一時間並沒有拒絕，於是又他對說：「再說了，咱們國家的警察你還不瞭解嗎，像這種老百姓的案子他們也不會上心的，如果他們不努力破案，受害者再不自己查一查，那就一點兒希望都沒有了。」

他點了點頭，然後說：「那好吧，你等一個小時，等便利店關門之後，你可以在這兒看視頻。」

我說：「好的，謝謝，我在門外等。」

交涉比我想像的要順利，我出門等他。發生過車禍的地方就在我眼前，此時那裡空蕩蕩的，什麼都沒有。我把剛才買的那一包菸差不多抽完了半包便利店才到了關門的時間。老闆從裡邊出來，衝我招了一下手，對我說了句：「進來吧。」這麼短的一句話他都沒等自己說完就已經扭頭走回店裡了。

我把手裡的菸扔到地上，使勁踩了幾腳，然後進了便利店。他正在收銀臺上算帳，手裡數著按面值區分開的幾堆零錢，不時看一眼一個像銷售記錄似的破爛本子。他用下巴指了一下旁邊的一臺電腦，說道：「在電腦上，我給你打開了。」

我說：「好的，我儘量看得快一些。」

「不急。」他說：「你慢慢看吧，反正我也不想回家。」

我把那天晚上的視頻打開，把時間調到了發生車禍的那一刻。由於角度的原因，攝像頭並沒有拍到那輛汽車撞人的畫面，但是車衝過餛飩攤之後，最後停下來的畫面被攝像頭拍到了。不過，由於這輛車是從馬路上斜著衝過來的，所以車停下時車頭並沒有正對著攝像頭，而是有一個大約四十五度的角度，所以只能看到司機的一個側面。再加上當時光線太暗，以及車前窗上有一點反光，所以根本看不清司機的五官。把視頻畫面放大後辨認，基本可以確定的是司機戴著一個帽子，大概就是一個棒球帽。

這家便利店的攝像頭拍攝到的東西只有這麼多了，我基本不可能從這個棒球帽上找到可以深挖的線索。但是，通過這個畫面上可以看到，這輛車在停住時，車頭的方向跟隔壁一個房屋仲介公司的大門所形成的角度更正一些。我應該設法去這家房屋仲介公司查看他們的監控視頻，或許能看得更清楚一些。

我問便利店的老闆：「我可以拷走這段視頻嗎？」

他撇了撇嘴說：「你需要拷就拷吧。」

我拿出一個移動硬盤，和他的電腦連上，拷下了這段視頻。

丁子把她家的鑰匙給我了，為了方便我在附近調查時能有一個休息的地方。拷完便利店的監控視頻後我去丁子家的沙發上睡了一覺，一直睡到酒吧打烊丁子回家。我是被門鈴聲叫醒的，我給丁子打開門，她一臉無精打采的樣子走了進來。自從女同性戀被炸死後，丁子的狀態一直不太好。她徑直走到沙發前，重重地坐了下去，然後問我：「怎麼樣，看到視頻了嗎？」

還沒等我回答，她又緊接著說：「先幫我拿一瓶啤酒吧。」

我從冰箱裡拿出一瓶啤酒遞給她，她一口氣喝下一半兒，隨後又打開自己的挎包，翻出一小包兒白粉，倒出了一些在茶几上，然後俯下身子，低頭用鼻子吸乾淨。

我一直等她重新坐好，然後才把去便利店查看監控視頻的情況跟她說了一下，告訴她收穫並不大。她問我：「那接下來怎麼辦，還能找到別的監控嗎？」

我說：「明天我再去找找吧，現在已經後半夜了，我就在妳這兒湊合一下吧。」

丁子擠兌我說：「在我這兒你還覺得湊合了，要床有床，要人有人。」

我說：「人和床我都不要。我就在電腦上再看看拷來的視頻。」

她說了句，隨你吧，然後起身去洗澡。

我沒有再睡，因為前半夜已經睡夠了。我留在客廳裡，一直在電腦上反覆觀看那段監控視頻，其實也沒什麼更值得看的地方了，我只是機械地循環播放它，我不知道為什麼要這樣做，我在想是不是為了給自己製造一個藉口，以此來和丁子保持一點距離，我不想動不動就跟她睡在一起，這樣做並沒有什麼明確的理由，好像只是我的一種本能反應，我總是不由自主地和任何人保持距離。

那段視頻被我播放了幾十遍，我也沒有別的事想做，就木然地盯著電腦屏幕一遍遍地看著。雖然那些畫面看不清細節，但後來隨著我看的次數越來越多，就越覺得視頻上那個模糊的司機有點兒眼熟。

天亮了，丁子還在熟睡中，我沒有驚動她，自己出門了，去了那家房屋仲介公司。這是一家連鎖品牌的仲介，滿大街都是他們的門店。我剛一進門，就被店裡熱情的員工迎上來打招呼，他問我：「先生您有什麼需求？」

我說：「我有事想找你們經理。」

他還是笑臉相迎的樣子說道：「經理現在不在，如果是關於房子的事，您跟我說就可以。」

我不想跟他過多地周旋，於是面無表情地直接跟他說：「是跟人命有關的事兒。」

他的臉上的笑容變成了詫異，然後又重新擠出了笑容，他說：「不好意思，我不太明白您的意思，您能解釋一下麼，是我們的房子出了什麼問題嗎？」

「跟你們的房子沒關係，你們經理什麼時候在，等他在的時候我再過來找他吧。」我已經不想再跟他多說什麼了，我準備轉身走。

他說：「這樣吧，我給經理打個電話，您等一下。」他可能是覺得事關重大，覺得有必要跟他的領導說一聲，他拿出手機走到一個角落打電話。我站在門口等他，店裡有些別的員工聽到了剛才我和他的對話內容，以各種眼神兒打量著我。

過了一會兒，他們的經理回來了，他充滿戒心而且略帶敵意地問我：「您好先生，您有什麼事嗎？」

我說：「咱們到外邊去說吧。」

在門外我把來這兒的目的跟他說了，他聽完放鬆了一些，笑了笑說：「那起車禍啊，聽說了，就在我們門前發生的，不過對不起，我是很想幫你，可是我們店外沒裝攝像頭啊。」

我說：「是，我也注意到了，沒看見你們攝像頭。那你們平時經常在這一片兒工作，我是說，你們經常在這附近活動，也許可以從其它渠道瞭解到一些關於車禍的信息，如果有這類信息的話，也可以跟我說。」

他聽完挑釁地笑了一下，話裡有話地說道：「我們做的生意就是提供信息的，信息都是用來賣錢的。」

我說：「可以付費，如果確實是我需要的信息。」

他聽我這麼一說，站在那兒考慮了一下，然後對我說：「那你給我留個電話吧，如果有信息的話，我會聯繫你。」

我把手機號告訴了他。之後我又去了其它幾家臨街的商店，收穫不大。有的店老闆堅決拒絕了我要看他們監控視頻的要求。有的給我看了當天的監控視頻，但是並沒有拍到什麼。

傍晚我去了「荒島」，在汽車爆炸發生後，酒吧關門歇業了幾天，前天剛剛恢復營業。呂炎主持的「荒野生存」為女同性戀舉辦了一場追思會，我也參加了。呂炎帶領大家深深地緬懷了女同性戀與他們相處過的日子，他還為女同性戀的人格總結出了三個關鍵詞：無助、勇氣和執著。讓我生氣的是，呂炎把這三個關鍵詞又編成了一句傳銷式的口號，他太他媽熱衷這種形式了，要是能更早地發現他有這個愛好，我可能不會允許他成為我的朋友，每次看到他帶領「荒野生存」的人喊口號時我都會這麼想。這句愚蠢的口號是：擁抱無助、保持勇氣、永遠執著。呂炎帶領著大家高呼了三遍才停下來。丁子主持的酗酒大賽恢復後的第一次活動也跟女同性戀有關，她把女同性戀的遺像擺在了場地中間，開賽前她讓所有參賽的選手對著遺像敬了女同性戀一杯酒。

我到「荒島」剛坐下沒多久就接到一個電話，我一聽聲音立刻辨認出了他就是上午那個房屋仲介的經理。我問他：「有信息了？」

他說：「信息一直都有，想跟你談談怎麼成交。」

「什麼信息？」

「我能告訴你誰有車禍發生當晚拍下的視頻，是手機拍下的視頻，這個視頻需要你親自去向手機的主人要，我能做的僅僅是可以告訴你這個人是誰。」

「你怎麼能確定這個人的手機上有車禍發生時的視頻，那個視頻你看過嗎？」我問他。

「視頻我沒看過，但是我有辦法向你證明他確實拍了視頻。不過我不能保證他手機上現在還保存著這段視頻，畢竟已經過了這麼久了，也許他會刪除，這要看你的運氣了。」他對我說。

「好的，你的這個信息要多少錢？」我問他。

他說：「咱倆約個地方具體談吧。」

我把「荒島」的地址告訴了這個經理，約他到這兒來。一個小時之後，他到了，隨身還帶來了一臺電腦。我領他坐到一個角落，他把電腦打開，告訴我說：「我電腦上有一個監控視頻，但拍的不是車禍的，拍的是我們店裡一個員工用手機拍下了當時的車禍。」

我說：「我沒聽明白。」

他說：「是這樣，我們店雖然沒在門外安裝監控攝像頭，但是我自己偷偷地在店內裝了一個。你知道，做我們這行，經常有員工偷其他同事電腦上的客戶信息，然後自己去做私活兒，或者賣給競爭對手。很多員工手上都有店門鑰匙，因為有時為了客戶的時間方便，我們經常會在工作之外的時間約見客戶到店裡來談事情。所以有些員工在下班之後就有可能在店裡去偷別人電腦上的東西。特別是我的電腦，上面的客戶信息最全，資料最完整，以前就被人偷過。所以我就在店裡的辦公區內安裝了一個隱藏的攝像頭，但是這個攝像頭只有我知道，其他員工並不知情。」

我說：「嗯，可以理解。」

他接著說：「車禍發生後不久，有一天我查看那段時間的視頻，無意中看到了車禍當晚店裡一個員工半夜帶著一個姑娘去了店裡，燈也不開，摸黑在那裡親熱。估計是他們約會沒地兒可去吧，剛參加工作的一個小孩兒，身上也沒多少錢。車禍發生時，這孩子跑到窗戶前用手機拍了外邊的車禍，我給你看看我的攝像頭拍下的畫面。」

他打開了一個視頻，視頻畫面很暗，但能看得出來一個男的坐在一把辦公椅上，一個女的坐在這個男的身上。車禍在窗外發生的一瞬間，他們都被嚇了一跳，男的推開女朋友走到窗前向外看了一眼，然後迅速跑回到桌子前拿了手機，再跑到窗前舉起手機拍攝。視頻裡可以到看到亮著的手機屏幕對著窗外來回移動，他的女朋友也站在旁邊看著窗外。

我問他：「多少錢？」

他說了一個數字，進一步解釋說：「這個數兒就是我們那一片兒房屋出租仲介費的平均價，相當於我從你這兒掙了一套公寓出租的仲介費，還不是大房子，中等戶型的水平。」

我說：「可以，告訴我他是誰叫什麼名字吧。」

他笑了笑說：「這個，你還是先付費吧，這是我們這行的規矩。」

我身上沒有那麼多現金，我把呂炎叫過來，讓他從自己身上以及酒吧收銀機裡湊夠了他要的數目。他把錢點了兩遍，然後裝進外套內兜裡，又從外兜裡掏出一張名片遞給我：「這個名片就是他的，你可以按上面的名字和電話去找他，但是一定要替我保密，不能說是我給你的名片，更不能說我在店裡裝了監控攝像頭的事兒。」

「沒問題。」我向他保證，並把他送出門外。

第二天上午，我按照名片上的電話給那個在辦公室幽會的孩子打了一個電話。在電話裡我說自己是他曾經聯繫過的一個客戶，最近想租一套他們這片兒的房子，希望能聊聊。

他說：「好啊，你可以到店裡來找我，我向你推薦幾個房子，帶你去看看。」

我說：「行，不過我時間很緊張，就不到你們店裡了，直接約在你要向我推薦的房子那兒吧。」

「那也可以。」他一口答應，然後告訴了我一個小區的名字，說他在小區門口等我。

我到了那個小區之後，看到了一個年輕人在那兒低頭玩手機，他穿著房屋仲介常見的那種廉價深色西裝。我走過去跟他打招呼，他抬頭看了我一眼就說：「我昨天見過你啊，在我們店裡。」

我說：「是的，我去你們店裡了。」

「可是你在店裡跟我同事說的是什麼人命的事兒，沒說要租房啊。」他困惑地說。

「是這樣，我知道你手機裡有一個視頻，是你拍的前一陣在你們店外發生車禍的視頻，我需要這個視頻，我想請你提供給我。」我對他直截了當地說。

「你是說撞死餛飩攤夫妻的那個車禍？」他問我。

我說：「是的，當時我也在現場，只是幸運沒撞到我，不過我的朋友受傷了。」

他盯著我的目光透出驚訝，我接著對他說：「你好好看看我，再回憶一下你拍的視頻，應該可以想起來我就在現場。」

他一時有點兒發矇，不過倒沒有慌亂，也沒有承認自己有視頻，他反問我道：「可是我沒有拍什麼視頻啊，你為什麼這麼說呢？。」

「我可以肯定你拍了。」

「你憑什麼說我拍了，咱倆認識嗎？」

我對他說：「車禍發生時我在外面看到你站在窗戶裡拍了，旁邊還站著一個女的。」

他聽我這麼一說，有點兒招架不住了，只好承認：「我是拍了，但已經刪了。」

「好吧。」我對他說：「那我只有去找你們經理商量這個事兒了。」

聽我說要找他的經理，他開始表現出不安，顯然他不想去跟他的經理解釋為什麼那天深夜和一個女的在店裡。不過他仍然堅持說：「你找我們經理也沒用啊，反正我也刪了。」

「也許你們經理可以幫你回憶一下到底刪沒刪。如果你想起來沒刪的話，我可以買你的視頻，我付給你為我推薦的那套出租房兩倍的仲介費用。」我指著旁邊的住宅樓對他說。

他不說話了。我把一個信封遞給他，裡邊是錢，他有些不知所措地接了過去。我說：「把你手機裡的視頻給我吧。」

他說：「好吧，在我手機裡呢，我怎麼給你。」

「我帶著電腦。」我對他說：「還有連接手機的數據線，拷給我就行了。」

我先在他手機上看了一遍那個視頻，視頻裡拍到了那輛假冒出租車撞完人之後倒車要逃走的畫面。其中有一個畫面拍到了車前窗的正面。看完後我把視頻拷到了電腦上。這時他突然覺得好像哪兒有點兒不對勁兒似的，他問我：「可是昨天你首先找的是我們經理啊，為什麼沒有直接先找我要視頻呢？」

我對他說：「因為昨天我還沒有想起來你有這段視頻呢。」我又對這個莫名其妙的小夥子說了聲謝謝，然後就走了。

十五

我拿到新的視頻文件後沒有急於打開看它，而是去「荒島」混了一天，一直到晚上回家後才把電腦打開。播放視頻前我又先抽完了一支菸，然後才點擊了播放按鈕。這段手機視頻拍到了汽車撞完人後準備倒車跳跑時的場景。車停住時車前窗正好對著仲介公司的窗戶，能看見車裡的司機正扭著身子回頭向車後方看，同時啟動汽車，並且加速倒車。在調轉車頭方向的過程裡，司機幾乎全程都是扭頭看著車後方，只有一個瞬間他把臉扭回來面朝前方，正好對準了仲介公司那個傢伙的手機攝像頭。

只是那個傢伙的手機是低檔貨，攝像頭拍攝的效果很不好，畫面粗糙暗淡。不過由於拍攝距離足夠近，角度也正，拍到的內容比便利店攝像頭提供的畫面可參考性要大得多。這次我有了進一步的發現，這個司機除了戴著一頂棒球帽之外，還戴了一副眼鏡。我又反覆看了兩遍，更加覺得這張臉似曾相識，但一時也想不起來在哪兒見過。我把視頻暫停了，畫面就定格在他正面朝前的臉上。不過我沒有再去看他，我背靠在椅子上，考慮如何再去搜集更多的監控錄像，這個城市有無數的攝像頭，我在想還有哪些地方的攝像頭可以拍到他。

在我想著哪裡還會有攝像頭的時候，我的記憶大門突然就像被一陣刮起的狂風猛烈地推開了，腦海裡有一個人的形象就如同被黑夜裡的一道閃電突然照亮。就在這一剎那，我想起電腦畫面中的他是誰了，就是這個人曾對我說過這個城市有無數的攝像頭，必須要加倍小心。

我趴到電腦前，驚訝地盯著屏幕上的那張臉，他就是那個安排我用青黴素殺掉女歌星的男人，他正是戴著一副眼鏡，一副遠視眼鏡。

這一瞬間我也明白了，讓女同性戀一次傷一次亡的兩次謀殺並不是針對她的，而是針對我的。第一次餛飩攤被車撞是因為我就在場，那輛車是衝向我的。第二次汽車爆炸是因為在那段時間裡一直是我在開著女同性戀的車，所以本來是應該由我去發動汽車的。女同性戀太不走運了，每次她都成為了受害者。只是我不太確定遠視眼鏡男人為什麼想要除掉我，但這個動機是可以推測的，八成是雇主為了減少後患，為了消除潛在的，有可能會讓事件敗露的不可控因素。

我睡了三個小時，早上起來吃了點東西，然後動身去丁子家。我到丁子家時她剛起床沒多久，但是已經把自己喝醉了，她靠在沙發，眼睛無神地盯著天花板聽我跟她說話。當我告訴她，我才是那個被人想幹掉的目標時，她看起來才稍微振作了一些，但是她並沒有表現出吃驚。丁子說：「其實當你跟我說車禍也許不是意外時，我的直覺就已經開始懷疑這兩次出事兒都是針對你了。」

「我現在也知道了是誰想除掉我。」我看著丁子說，她也抬起頭看了看我，然後起身去冰箱裡拿了兩罐啤酒，把其中一個扔給我，漫不正經心地說：「想殺你的人肯定是某個雇主，這他媽一點都不奇怪，你跟這個社會僅存的聯繫也就是那些雇你殺人的人。

我告訴丁子：「就是上次跟我見過面，安排我殺掉懷孕女歌星的那個傢伙。」

「你確認是他嗎？」丁子問我。

「確認。不過我對他一無所知，也不知道背後主謀是誰，妳說我該怎麼找到他呢？」我問丁子。

「我也不知道怎麼找到他，實在不行就等著他來找你吧。」

我對她說：「讓他來找我，我會被動得就像他媽的一個被豹子捕獵的羚羊一樣。」

丁子沒有表現出太多跟我分析這件事的興趣，只是沉默地拿著自己手裡的啤酒，她對很多事情的反應往往不符合常態，在這種要緊的事上，她還能表現得非常淡漠。我覺得有些掃興，索然無味地從桌子上拿起自己的啤酒喝了一口，心裡想著在這件事上我應該主動出擊，畢竟是因為我導致女同性戀，以及其他與此無關的人被誤害，接下來還有可能進一步連累丁子甚至呂炎。最近這些事真讓我感到特別惱火，這就像是你的平靜生活總是在你毫無防備的情況下被人侵犯，麻煩接踵而至，使你本就可憐的生活更加不堪。

丁子抬起頭，若有所思地說：「那你有沒有想過找個地方躲起來，永遠躲起來，讓他們找不到你。」

「懶得躲。」我斬釘截鐵回答丁子：「我的人生一直都在躲，現在懶得躲了。」

我確實也想到過躲起來，但是馬上就否定了這個想法，一想到自己要為此刻意去東躲西藏，我就感覺很煩躁。在內心深處，我更願意做的是，親手抓住這個戴遠視眼鏡的人，以及他背後的主謀，然後打爆他們的頭。只有打爆了他們的頭我才能重新心如止水，生活才能重新回歸隨波逐流般的平靜。我喜歡那種心如止水而生活隨波逐流的狀態，當你對這個世界還沒有足夠失望的時候，你就無法真正體會到心如止水和隨波逐流的好處，而當你一旦發現了這兩者的好處，你甚至會拒絕再對這個世界有所期待。當然，你也會難以忍受有人干擾你的這種狀態，你會視這種干擾為巨大的侵犯，是觸及了一個人的底線，這是一個人面對這個世界上最後的避難方式。我必須查出他們是誰，然後幹掉他們。

我對丁子說：「我得把這件事解決了，就算我躲起來，也還有可能連累其他人。妳也看到了，對方不擇手段想要幹掉我，他們一定認為我是一個巨大的潛在威脅。如果我躲起來讓他們不知下落，這肯定會使他們更加恐慌，他們為了找到我也許還會對妳和呂炎動手。」

我把這個態度跟丁子說完之後就走了，我本想和她一起吃午飯，可是看她醉酒的狀態我就沒有了這個心情，與其應付一個醉鬼還不如我自己回去想想接下來該怎麼辦，我迫不及待地走了。

又過去好幾天了，大部分時間我都在網上搜集信息。要想把整個事件查清楚，首先要知道是誰會有殺掉那個女歌星的動機，要想知道這一點就必須找到熟悉她的人。我在網上搜索出女歌星的相關信息，把找到的信息先保存下來，等到保存的足夠多了，我再逐一過目，進一步從中篩選出有用的信息來。在這個過程中，我瞭解到了她曾經在歌唱事業上所取得的成績和聲譽，以及她當年一些重要的演出活動，另外，還有一星半點兒的戀愛緋聞。在當一個歌星的路上，她並沒有走得太遠，在獲得了一些聲望，成為了一個小有名氣的二流歌星之後，她又跑去演了幾部影視劇，之後的這幾年裡她的人氣一直在下降，這兩年網上有關她的信息已經幾乎看不到了。

我又搜索了很多她的經紀人信息。在整理信息的過程中，我意識到去找她的經紀人瞭解情況應該是一個好辦法。網上的信息顯示她先後有過好幾個經紀人，最後我在網上一張照片上發現了線索，那是她和其中一個經紀人共同出席某個活動的新聞照片，照片中那個經紀人是一個和女歌星年齡相仿的女人，這個女經紀人正是那天和女歌星一同出現在音樂節現場的人。

接下來我很容易就查到了這個女經紀人的名字，她同時還是另外幾個當紅明星的經紀人，而其中一個明星會在這個週五晚上出席一個自己主演的電影首映式。我認為女經紀人也會到場的，我要做的就是去首映式上找到她。

現在是晚上十點，我從中午到現在已經在電腦前坐了十個小時了，我的耐心已經完全用盡，現在我急需關上電腦出門，到「荒島」喝幾杯酒。我到了街上，坐進了一輛出租車。在車裡我不斷回頭，從後窗裡看看有沒有什麼車在跟著我，並沒有發現異常。出租車後面的車輛不斷更換，沒有一輛車想要跟在我們後面。後來出租車上了環線的主路，由於比較晚了，天氣又冷，還剛下過一場雨，路上車非常少，出租車開得很快，身後一度什麼車也沒有。

我倒是非常希望能看到自己被人跟蹤，這樣會省去我大量的麻煩，我再也不想坐在電腦前查什麼信息了。當初我雇用丁子替我發布殺人廣告就是不想在電腦上幹這種瑣碎的事兒，這就跟我喜歡用槍殺人一樣，越簡單粗暴的方式對我身心健康的損害就越小，反之則令我煩躁甚至憤怒。

等我在「荒島」的胡同口下車時，我恨不得那個想幹掉我的人就埋伏在此。雖然被人伏擊非常被動，但是我也止不住地希望能儘快短兵相接。儘管將近半夜，然而這片胡同裡的人還是很多，可是除了遊客和喝醉的酒鬼之外並沒有什麼可疑的人。

我一路來到了「荒島」，已經有一段時間我沒怎麼來過這兒了。呂炎在吧臺內忙前忙後，看到我進門，他一邊料理著手上的事兒，順便抬頭問我：「怎麼樣最近，查到一些線索了嗎？」

「有一點線索了。」我回答

「有什麼需要我們幫助的嗎？」呂炎關照地說道。

「目前不需要幫助，你們先把酒吧打理好就行。」我坐在吧臺上從他手裡接過一杯啤酒，一飲而盡。

「什麼線索，說說。」呂炎好奇地問。

「也算不上線索吧，就是找到了一些瞭解情況的渠道。」我把空杯子放在桌子上，示意他再給我倒上一杯，敷衍他說：「至於有價值的信息目前還沒有，還需要通過這些渠道進一步去尋找。」

我沒有向呂炎透露太多情況，以後也不打算告訴他事實。最初我對呂炎隱瞞我以殺人為生就是為了避免不必要的麻煩，倒不是出於自身安全方面的考慮，我對自己的安全問題沒有那麼用心，並且我也不認為我的安全會因為呂炎而出現問題，我確信他知道我的真實情況後也不會把我送給警察的。他最多會勸我自首，甚至連這一點也不會，最有可能的情況就是他會替我向上帝禱告，視挽救我為己任，他必將會沒完沒了的試圖幫助我悔過自新，扭轉我的人生航向，我會因此而不堪其擾。而目前的現實更為複雜，女同性戀的死很可能跟我賴以謀生的工作有關，而且我自己也不清楚這一切的真實原因是什麼，哪怕我最終將此事查得水落石出，我也不會把真相告訴他，因為告訴他真相就意味著我需要從頭到尾把我的生活方式向他解釋一遍，也許解釋幾遍都不一定能令他理解和接受。在解釋的過程中我還要面對他的震驚、不解、憤怒、同情以及到最後他一廂情願地挽救我的人生，想想這一切就令人發忧。

還好呂炎沒有再進一步問我更多與此有關的問題，我進酒吧的時候他可能又注意到了我走路不太對勁兒，我因為缺少腳趾，所以步伐有些彆扭，他轉而開始關心我的健康，他問我：「你的痛風好像一直沒有好啊，你走路看起來還是有些不利索。」

「嗯，最近是有些反覆，但都發作得不厲害，沒事兒，影響不大。」我應付著呂炎的回題，然後問他：「丁子呢？」說著話我扭頭找了一圈兒，場地中央酗酒大賽在進行，但是沒看到人群裡有丁子。

一說到丁子，呂炎馬上呈現出一副痛心疾首的樣子，「別提了，她最近吸毒吸得越來越厲害，剛才還在比賽場地那兒，現在八成是躲儲藏室吸毒了。她現在還經常和酒吧裡的客人一起吸。我一直勸她少喝酒少吸毒，可她就是聽不進去，說得多了她還會跟我翻臉。」呂炎無奈地抱怨著。

聽他說完，我點點頭，心裡也有一些不安。過了一會兒，儲藏室的門打開了，丁子和幾個酒吧裡的熟客一起走了出來。經過我時，那些客人跟我打了招呼就走到了別處，丁子留下來在我旁邊坐下，她問我：「怎麼樣了，有進展嗎？」

我對她說：「等會兒再說這件事兒，我看妳最近狀態不太好。」

丁子冷笑了一聲，說道：「什麼狀態不好啊，最近就是吸粉兒多了點兒，這段時間恰恰是我最近狀態最好的時期。」

「妳還帶著客人在酒吧吸毒，妳不擔心引來麻煩嗎？」我問她。

「你怕了？怕警察找上門來，怕自己被警察調查？我告訴你，我不僅在這兒吸毒，我還在這兒接客呢。」丁子似乎情緒不太好，說出的話帶著十足挑釁的意味。

「警察遲早有一天會找到我，早點兒晚點兒對我來說區別不大，我只是覺得不應該給『荒島』帶來麻煩，也不應該給妳自己帶來麻煩，當然還有呂炎，他最無辜。」

丁子轉過頭盯著我，眼眶裡一下子全是淚。她說：「如果你真的在乎『荒島』，在乎我，在乎呂炎，那我們能不能在警察找到你之前，我們三個一起離開這個地方，去一個沒有人煙的海上，找一個真正的荒島，你的理想不是想找一個與世隔絕的荒島嗎？」

「妳記混了，那是妳的理想。當然，我覺得妳這個理想還挺有意思的。」我對丁子說。

「那你想不想去呢？」丁子問我，聲音輕微地顫抖。

「說實話，我沒想過，我始終認為那只是個玩笑。」我對丁子說。

丁子哭出了聲。

丁子哭著對我說，她自己一開始對荒島這個念頭也沒有當真，但自從她第一次跟我提到過這個想法之後，這種想法就越來越強烈，以至於她真的想和我一走了之，以至於她對眼下的生活感到厭倦透頂，無法忍受。丁子說最近發生了這麼多的事兒，讓她經常感到害怕。

我懷疑丁子因為酒精和毒品的侵害導致心理上出現了一點兒問題，如果有必要我會建議她去看看醫生，吃一些抗抑鬱藥什麼的。我沒有就這個話題再繼續跟她聊下去，我想轉移這個話題，還是趕緊跟她聊聊查找真凶的事兒吧。

丁子的情緒穩定了一些，她看我沒有過多回應也就不再說荒島了，只是悶頭喝酒。我把最近查到的信息以及我下一步的計劃跟她簡要地說了一遍。

丁子聽完後長長地嘆了一口氣說：「我最近心裡有點兒糾結，我感覺自己不太想讓你再去查這件事了。一開始我確實想為女同性戀報仇，她是因為我們的事兒才死的，而且她在關鍵時候還救過我們，可是這些天來，我發現報仇的欲望沒有那麼強烈了，這倒不是說我在寬容對手，是因為我對這種事感到厭倦和不安。而且我也不覺得報了這個仇能對我們的現實、對我們的人生、以及對死了的女同性戀能有什麼意義。」

「好像也沒什麼現實意義，只是為了得到心靈寧靜吧。」我對丁子說：「報仇最初都是出於怨恨，可是實際上我覺得時間一長最後連怨恨都會消磨乾淨，剩下的只是一個心理障礙，報仇報到最後只是為了對自己的心理障礙有個交代吧。」

「那我們是不是應該可以考慮一下不要再盲目報仇了。」

「但是現在這件事可不只是報仇那麼簡單，這件事怎麼解決關係到我們所有人的命運。」

「主動去解決它就一定明智嗎？」

「被動地逃避也不一定明智，而且會非常狼狽，我們甚至沒有逃避的能力。」

「那我們怎麼辦？」

「呂炎怎麼想？」我問丁子。

「他十分想查出凶手是誰，然後能使其伏法，可是他不認為這僅僅是在為朋友報仇，他同時認為這是伸張正義。」丁子說。

「先這樣吧，我覺得妳應該好好休息下。」我對丁子說：「別想太多了。」

十六

那部電影的首映式在一家很有名的劇院舉行，這個劇院是剛解放之後建成的，劇院內部面積很大，除此之外，門前還有一個寬闊的廣場，非常適合舉行一些慶典。劇院除了上映電影之外，還經常有各種形式的演出。呂炎是這裡的常客，他經常到這兒來看話劇，他喜歡標榜自己是一個話劇迷，愛跟人聊各種劇目，就好像看話劇是一項多麼了不起的高雅愛好似的。

曾經有一次，呂炎請我和丁子在這個劇院看了一個據說非常火的話劇，號稱是國內文化熱點，一票難求。呂炎通過關係弄到了幾張位置不錯的入場券，拿到票後呂炎還想進一步說明一下自己的品味，他一再向我和丁子強調，其實他並不是特別喜歡來這個劇院看話劇，在這個劇院上演的劇目一般藝術性並不強，比較大眾化。他沒用庸俗這個詞兒，我能聽出來他說的大眾化是經過斟酌之後的措辭。呂炎聲稱自己其實更愛去那些小劇場看那些所謂更小眾的話劇，他說那裡才有真正的藝術。

丁子問他：「你不喜歡來這兒看，幹麼還請我們來這兒看？光讓我們看次品啊。」

呂炎趕緊辯解說：「這可不是次品啊，這個劇的導演和演員還是非常棒的。主要是這個劇的主題和藝術表達形式比較常規，便於妳們理解，通俗易懂，適合老百姓欣賞。」

「你這樣一說我就放心了，我就是老百姓的理解力，太高深的我還不願意看呢。」丁子無所謂地表示。

那部話劇確實容易理解，就是一場從頭到尾為了搞笑而不擇手段的鬧劇而已。演出結束後丁子有點兒失望地對呂炎說：「還行吧，挺好玩的，但也不至於被大家推崇到這個地步啊。」

呂炎說：「是，主要是老百姓喜歡唄，人多力量大，都說好，所以名聲大。」

丁子擠兌呂炎說：「你之前不是一再跟我們說這個劇的導演牛逼，新生代，演員牛逼，實力派，現在看來這些人也就那麼回事兒啊，你的品味跟老百姓也沒什麼不一樣的。我認為這部劇有點兒名不符實，不像說的那麼好。本來之前期望值很高，看完後感覺有點兒落空，就跟做愛時前戲做足了，結果真幹起來不僅高潮沒來，前邊那點兒熱乎勁兒還給降溫了。」

呂炎辯解說：「我也是有點兒被輿論誤導，這個劇確實有點兒沒文化，回頭兒我帶你們去看點兒真正有內涵的作品。」

呂炎好面子，最怕別人懷疑他的品味，在此後的一段時間裡，他頻繁邀請我們去各種大大小小的劇場看話劇，努力證明他對戲劇藝術的審美能力。我們跟著呂炎看來看去的，最後我發現別管什麼主題的話劇，也無論被譽為多麼先鋒的導演，凡是那些被文藝青年所追捧，被媒體所盛讚的話劇，幾乎百分之百的都是喜劇，至少有一半兒以上的喜劇成分，就好像不搞笑就不會有人來買票似的。

那段時間我跟著呂炎看了不少喜劇，但是並沒有培養出對話劇的興趣，因為那些喜劇成分離我有些遙遠。不過我挺喜歡當觀眾的，和很多人坐在一起，濟濟一堂，氣氛融洽。在很多年以前，我還一度非常喜歡去電影院，並不是愛看電影，只是喜歡一個人坐到黑暗的觀眾席上。我只有在這樣一個空間裡，才能夠和這麼多人近距離的相處而不感到焦慮和疲憊。我那會兒那麼喜歡去電影院裡，主要目的也是為了能和很多人坐在一起，有點兒享受那種既能接近人群，還能保持與世無爭、相安無事、互不討厭的狀態。至於大銀幕上演的是什麼，我倒不太關心。所以即使周圍有不文明的觀眾在不停地說話，或者一把接一把地抓爆米花吃，又或者沒完沒了的把手機屏幕弄亮，甚至旁邊有人從頭到尾在抖腿，把我的座椅弄得顫抖兩個小時，這些都與我無關。反而，我會暗自感受這些觀眾的小動作，把這些當成了與人們的一種相處方式，這種相處方式隱蔽而安全，這就像在動物園裡打量一群動物一樣，不會引起對方額外的注意，更不用擔心顯得冒昧，絕對不會產生許多扯不清的聯繫。

我對這個劇院並不陌生，這裡也曾經是我經常來看電影的地方。天剛黑的時候我趕到了那裡，劇院前的廣場為這個首映式進行了精心的布置，到處都是大幅的海報，還有鮮花和五顏六色的燈光。此時離首映式入場還有一個小時的時間，我需要找一個票販子買一張入場券。

像往常一樣，這個劇院門口總是遊蕩著很多票販子，他們見到每一個經過這裡的人都會上前問一句要不要票。除了票販子之外，還有很多影迷聚集門前，他們手裡舉著著偶像的招貼畫，以及那種帶有發光字體的塑料板，板子上面是他們偶像的名字，或者是他們為偶像起的各種愚蠢的暱稱。

我並沒有走到門口，只是站在離門口不遠的地方張望了一會兒，很快就有一個票販子迎上前來問我：

「首映式的票，要嗎？」

我問他多少錢。他報了兩個價格，然後告訴我價格高一點兒的是前排的，便宜一點兒的是靠後的。我問他能看一下前排的票嗎。他從懷裡拿出兩張票，分辨了一下，找出那張靠前排的票給我看了一眼。

我問他：「還有更靠前的票嗎？」

他說：「多靠前？」

「前幾排吧。」

「好，你等一下。」他說完扭身就朝大門的方向走去，找到了他的一個同夥。他跟他的同夥交談了兩句，又從同夥手裡接過一張票返回來，他晃著手裡的票對我說：「第六排的，貴賓席。」

我問他：「還有更靠前的嗎？」

「已經不能再靠前了，再前都是他們自己的工作人員了，再說首映式結束後還有電影呢，太靠前離銀幕那麼近你看電影也不舒服啊。」

「那行，多少錢？」

他又說了一個比剛才報價貴兩倍的價格。我把錢掏出來給他，接過了票。那張票上並沒有顯示價錢，顯示的字樣是贈票。

我還沒吃晚飯，買完票後我打算去劇院旁邊的一家麵館吃牛肉拉麵。在我年輕的時候，別管在什麼麵館，只吃一碗麵就夠了，但是現在需要吃兩碗才行，因為如今碗裡的麵越來越少了，牛肉也只有薄薄的兩片兒，而麵的價格卻越來越貴，真不明白那些開飯館的怎麼好意思把這樣一碗麵端到客人面前，這個世界真的太薄情了。

進了麵館，服務員拿著點菜的小本子過來問我，幾個人。我說，一個人，點兩碗牛肉拉麵。服務員問我，喝點兒什麼嗎。我說不喝，就點這些。服務員面無表情地走了。

我喜歡吃拉麵。兩年前我還不太好意思一下點兩碗麵，我覺得在飯館裡點兩碗麵這種吃法兒看起來會有點兒傻，也有可能會對飯館形成一種冒犯，好像是在明擺著說他們給的麵量太少似的。出於這些原因，我認為就算我硬著頭皮點了兩碗麵，在吃的過程中我肯定也會很焦慮。之前為了能吃飽，我都是點一碗麵，另外再點一些羊肉串之類的東西搭配著吃。其實我不喜歡吃羊肉串，也不喜歡吃麵館裡其它的東西，我只喜歡牛肉拉麵，但是每次為了吃一碗拉麵還要再搭配點兒別的東西讓我感覺非常扭曲。直到後來有一次，那天我太想吃拉麵了，這種想吃拉麵的程度讓我感覺自己受夠了那種搭配的吃法兒，於是我終於鼓起勇氣點了兩碗麵。一個人守著兩碗麵來吃，這對我來說是一次偉大的突破，在這以後，我就不再害怕這樣做了，只點兩碗麵，其它什麼都不要，有時候我甚至會同時點上三碗麵。我認為在我所有的人生經歷當中，敢於點一碗以上的麵來吃是我做過的最有勇氣的事兒。

吃完拉麵差不多到了首映式入場的時間，我拿著從票販子那兒買來的票很順利地進入了現場。現場就是一個很大的電影放映廳。我按照票上的座位號找到了自己的位置，坐下來後開始打量前面幾排工作人員的座位。我一眼就看到了女經紀人坐在第二排靠過道的位置。她的背影我很熟悉，在那個搖滾音樂節上，我為了尋找合適的時機動手，曾經長時間看著女歌星和她的背影。

等到首映式開始後，我拿出一支筆，在買來的門票上寫了一句話，大意是我知道誰殺了女歌星，希望能在首映式結束後和她談一談。我在這句話的後面寫上了自己的電話號碼，然後把這張門票對折起來。我拿著門票離開座位，走到了放映廳的出口處，找到了一個影院的服務員，請他幫忙把這張門票傳給第二排靠過道的那個女士。服務員很爽快地接過門票過去遞給了女經紀人。女經紀人打開看了看，然後挺直身子向全場掃視了一圈，又重新坐好繼續看著臺上正在進行的首映式，臺上的導演和演員們正在主持人的引導下彼此吹捧。我從出口走了出去，一直出了劇院，進了旁邊的一家咖啡廳。我問咖啡廳的服務員有吸菸區嗎。服務員說有，她指點我上到了二層。我坐下點了一杯咖啡，把手機放在桌子上，等著它響。

大概二十分鐘後，女經紀人打來了電話。我跟她說我在旁邊的咖啡廳，如果方便的話可以到這兒來談。她在電話裡遲疑了一下，然後就一口答應了。又過了十分鐘左右，我看到了她上來了，跟著她的還有兩個助手。我向她招招了手，她看到了我，示意她的兩個助手去坐到了不遠處的位置，她自己一個人過來坐在我的對面。

她問我：「你是誰啊？」

我笑了笑說：「誰也不是，我沒辦法跟妳說清我是誰。」

「你說你知道誰殺了她，那凶手是誰？」她接著問道。

「是我。」我回答她。

她聽我這麼一說，表現了一些緊張，扭頭看了一眼兩個助手的座位，她的兩個助手完全沒有表現出對我們這裡有任何關注，他們面前擺著一壺茶，倆人低頭在玩手機。

「你不怕我報警嗎？」她回過頭來問我。

「我沒太考慮這個問題。」我對她說：「我覺得妳不會報警，至少妳現在不會當著我面兒報警。妳更應該過來找我的時候帶著警察一起來。」

她說：「我上來找你之前確實想過報警，但想了想最終沒有給警察打電話。」

「為什麼沒報警呢？」我問她。

她說：「我覺得你也許僅僅是一個知情人，不需要報警，而且我也不希望在首映式上把警察招來，附近有很多記者。」

「但妳帶了兩個人一起來。」

「是的，在這種事兒上我是不會自己過來的，不過他們倆只是我公司裡的小孩兒，他們不知道是什麼事兒，我只是說要見一個客人。」

「嗯，這樣做比較穩妥。」

「你為什麼要殺她？」

「嗯，怎麼說呢，應該是為了錢吧，我就是幹這個的，拿雇主的錢，替雇主行凶。」

「拿了雇主的錢，對一個素不相識的無辜者下手？」女紀經人質問我。

她這種口氣讓我有點兒不愉快，我對她說：「首先，我本身就對這個世界上的人沒有好感，更別說素不相識的人了，在我看來人類就是這個世界上的病毒，我對清除一個病毒沒有什麼心理障礙。其次，在她的這件事裡，沒有誰是無辜的，她被另一個人付很大的一筆錢來除掉，她的所作所為就不可能無辜，她也不會完全清白。」

「你這算是冷血吧，那誰是你的雇主？」

「我也想知道他是誰，這就是我來找妳的目的。」

「你是說，你想通過我找到你的雇主？」

「對，是這樣。」

「為什麼？」

「因為他現在還想除掉我。」

「可是我憑什麼知道誰是你的雇主啊。」

「我沒說妳知道他是誰，我只是希望通過妳找到一些線索，我覺得妳和那個女歌星關係不錯。」

「我和她關係是不錯。」女經紀人比剛才放鬆了一些，她問我：「能抽你一根兒菸嗎？」

我遞給她一支菸，然後給她點上。她吐了一口菸接著說：「我們既是工作上的搭檔也是生活中的好朋友，我們經常一起玩兒，非常親密，我們認識十幾年了，從她默默無聞起我就一直陪著她，可以說我們感情很深，我也一直認為自己非常瞭解她。」

「什麼意思？事實上妳不瞭解她？」

「也許我並不像自己以為的那樣瞭解她，我不知道她那會兒已經懷孕了。」

「那妳都知道什麼？」

「我知道的是，她死之前剛交了一個男朋友，大概也就一個多月吧。」

「這麼說，妳懷疑是她的男朋友雇我殺的她？」

「我以前這麼懷疑過，也提醒過警察有這麼一個人，但是警察排除了他的嫌疑。」

「妳認識她男朋友嗎？」

「我不認識他，正因為我對他完全陌生所以我才會懷疑他，其實我沒有任何懷疑的根據，也許我認識他的話就不會懷疑他了。我只知道他是一個生意人，但我沒見過他本人，僅僅是看過他們兩個人的合影。」

「我去哪兒能找到他？」

「有一次我開車送她去她男朋友家，我把她放在了小區外邊兒就走了。」

「小區在哪兒？」我問女經紀人。

女經紀人說了那個小區的名字。我聽到這個名字有點兒吃驚，這個小區就是我最近一次去幹活兒的那個地方，目標人的廚房裡有非常好用的廚刀。這個活兒預付款很爽快，但是尾款到現在也一直沒付，我的手機裡還存著雇主發給我的兩張目標人的照片，通常情況下我早就會刪除目標人的照片，但是這次因為有一筆錢遲遲未到帳，所以我也沒有刻意去刪那兩張照片。

我把手機拿出來，找出來照片遞給女經紀人看，我問她：「她的男朋友是他嗎？」

女經紀人盯著手機上的照片說道：「沒錯，是他。」

我靠在沙發上有些茫然。我對女經紀人說：「他也死了。」

女經紀人非常驚訝，她小心地問我：「也是你殺的？」

我點了點頭。

「也是有人雇你？」

「是，這麼看來她男朋友確實嫌疑不大，背後另有其人。」我對女經紀人說。

「那你打算怎麼辦？」女經紀人問我。

「接下來妳打算報警嗎？」我問她。我在對女歌星注射青黴毒的時候還不知道可以使用自己的護身符，所以在這件事上我存在著很大的暴露機會，如果她報警，我很快就會被抓住。

「可能不會報吧。」她說道：「你也不知道幕後真凶是誰，就算讓警察把你抓住也不會得到更多的線索。而且我不太信任警察，我隱約覺得這個案子可能沒有那麼簡單，背後的主謀可能有巨大的能量，謀殺她的人絕對不是普通人，警方也許遇到了一些阻力，如果警方全力以赴偵查，應該早就破案了。」

「我會繼續往下查的，直到找出來那個主謀，然後幹掉他。」

「如果我決定報警呢？」

「我還是要查，妳報不報警對我的決定影響不大，只是有可能會影響到結果。」

「你這樣沒完沒了地殺人，我不報警你也會被抓到。」

「嗯，妳也許是對的，長遠來看，我的安全只是暫時的。」

女紀經人撇了撇嘴欲言又止，也許是不知道應該怎麼回應。她的那支菸已經抽完了，我又遞給她一支，繼續問她：「妳看，她和他男友一起被人算計了，妳覺得什麼人會這樣做？」

她深深地吸了一口菸，琢磨著我的話，說道：「你是指有可能是情殺？」

「我覺得至少有這種成分。在她的這個生意人男友之前，或者與他同時期內，她還有別的男人嗎？」

「儘管我們是親密朋友，不過說實話最近兩年我跟她見面的機會也不多，她這兩年在娛樂圈的事業下滑很快，而我有自己的工作，需要經常在出差，所以一年也見不了幾次面。對於她這兩年的個人生活，我知道的不多，至少在她的這個男朋友之前的兩年裡，我沒聽說過她有別的感情經歷，更沒聽說她同時跟兩個男人交往。據我所知她的感情生活還是挺簡單的，當然也有可能她刻意對我回避這方面的個人情況，沒有跟我多說。」

「她在娛樂圈的事業下滑之後，還從事別的工作了嗎？」

「經商，不過也不是真正的經商。她成立了一個投資公司，其實就是做民間貸款的，她把自己的錢和從朋友那兒募集來的錢當作本金，借給那些有資金需求的商人。一年前聽說她的公司已經處於停業狀態了，可能跟房地產調整和鋼鐵行業不景氣有關吧，用錢的人沒以前那麼多了。」

「她有公司合夥人嗎？」

「這個不清楚。」

「妳的錢是不是也在她的公司裡？」

「這類民間貸款最火的那幾年，我確實也把一些錢放到過她公司裡，但數額不大。那時候社會上參與這種放貸的老百姓太多了，身邊的人或多或少都有參與，他們把自己半生積蓄交給這種民間貸款公司去操作，自己收一點兒比銀行高一些的利息。那會兒我也受到這種風氣的影響，覺得自己的好朋友也做這種公司，所以比較放心，就拿出了一部分錢交給她打理。」

「妳的錢都收回來了嗎？」

「收回來了，連本兒帶利收回來了，總共算下來也掙了不少。因為有段時間總看到新聞裡說全國各地的民間貸款公司把小股東們的錢都賠了，還不上錢，老闆乾脆就跑了。其實小股東們就是老百姓，老百姓收不回來本金也找不到老闆，就去堵市政府的大門。這種新聞看多了，我就老是覺得這個事兒不穩妥，所以就找了個藉口把錢都要了回來。其實我的錢在她公司裡就是小錢，不值一提，她也不缺我這錢，她有更大的資金背景，她願意把我的錢也放進公司在某種程度上是幫我忙，替我掙錢呢。」

「她有更大的資金背景，是指什麼？」

「就是說她有更大的資金來源，具體來源是什麼我也不知道。她的客戶裡有一些很大的地產商，這些地產商需要的錢絕不會是小數，另外她公司下邊還有一些合作的下家，就是一些資金並不雄厚的貸款公司，她把錢也放給那些公司去用。」

「有沒有可能是因為經濟糾紛導致有人要殺她？」

「你這麼一說我覺得也有可能吧，只是我對她的公司知之甚少，而且她的公司一年前已經停業了，所以事情發生後我也沒往這方面多想，光顧著懷疑她的新男友了。可能跟我是個女的有關，女人嘛，別看我是個女經紀人，但腦子裡還是感情問題占主導，經濟方面想得少。」女經紀人這樣說完笑了起來。

「也不排除感情問題和經濟問題摻合在一起。」我對她說。

「嗯，是的。」女經紀人看了一眼手錶，把手裡的香菸按滅在菸灰缸裡，然後對我說：「首映式快結束了，我得走了。」

「還有最後一個問題。」

「你說吧。」

我把手機又拿了起來，打開那段車禍視頻。來之前我把這段視頻複製到了手機裡，我在視頻裡找出那個戴遠視眼鏡的男人，將畫面暫停，把手機舉給她，問道：「這個人妳認識嗎？他是一個遠視眼。」

女紀經人看了看說：「不認識，我也分不清遠視眼和近視眼。」

「遠視眼的人戴的眼鏡看起來鏡片特別厚。」

「我印象裡沒有見過這樣的人。」

「好吧，我沒有別的問題了，謝謝妳。」

女紀經人苦笑了一下說：「我該對你說些什麼呢，說不用謝？可是偏偏是你親自動手殺了她，我怎麼覺得如果跟你客氣，對你說不用謝，感覺那麼彆扭呢。」

「妳什麼都不用說了，妳已經對我說了很多了。」

「好吧，那就祝你自己被抓到之前能找到幕後的雇主吧，這也算是你對我沒有報警的一個回報。」女經紀人起身拿了自己的外套準備告辭，她說：「你手機上有我的電話了，如果你還需要瞭解什麼的話，可以聯繫我。」

另外一桌兒上她的兩個助理也馬上站起來穿好了外套，等著女紀經人一起走。女紀經人走了兩步之後回頭很周到地對我說：「我來結帳，連同我同事這一桌兒的一塊結了。」

十七

雖然通過女紀經人瞭解到了很多新情況，但都是些旁雜信息，並沒有得到一條最直接的線索。我的能力非常有限，所以我必須找到一種效率最高而成本最低的方式繼續深挖下去。我去了電話運營商的營業廳，在那裡我排了半天隊，打印了一份最近幾個月的通話記錄。當時戴遠視眼鏡的男人安排我殺掉女歌星時，他是通過電話跟我聯繫的，不過事後我沒有保存他的電話號碼，我只能在打印出來的通話記錄裡，按照當時的日期重新找到那個電話號碼。可是當我撥打這個號碼時，電話裡提示這個號碼已經停機了。

我又問營業廳的工作人員，請他們幫我查一下這個電話號碼曾經的主人是誰。工作人員告訴我說，首先，他們不會對我提供對方的個人信息。其次，這個電話號碼看起來十有八九是一個未經實名驗證的號碼，這是一個最初還沒有強制規定電話實名制之前，那種在大街小巷的商店裡都可以買到的號碼。

我對工作人員說：「那你就幫我把這個號碼輸入電腦確認一下，如果不是實名制的，我也就不費勁去查號碼的主人了。」

工作人員猶豫了一下說：「好吧，我只能幫你確認一下是不是註冊過姓名的電話號碼，別的我不能再告訴你什麼了。他把號碼輸入到電腦裡查了一下，隨後很得意地告訴我，沒錯，這是一個沒有實名制的號碼，我用眼一看就能辨認出來的。」

出了電話營業廳，我又想到既然委託我殺掉女歌星和她男友的雇主有可能是同一個人，那麼也可以試試能不能從她男友這個方向尋找到突破口。只是，在殺掉她男友這件事上我沒有和雇主進行過任何電話溝通，所以我沒有他電話號碼之類的聯繫方式，我和他的交流都是通過網上完成的，而他早就從網上消失了。除此之外，和他還有過的聯繫就是他給我匯過款，於是我又去了一趟銀行，我希望銀行能提供一些匯款帳戶的相關信息。

銀行的工作人員在電腦上查了一會兒，然後告訴我說那是在東南亞某國一個不知名的小銀行，從某個人的帳戶上匯款給我的。我意識這條路走不通了，我沒有能力跑到國外的銀行去查找這個帳戶的持有人，更何況對方做事如此縝密，那個國外的帳戶也很有可能不是他本人所有的。

從銀行出來後我一籌莫展。我覺得有必要再跟女經紀人聯繫一下了，看看她那裡是不是還有進一步挖掘線索的餘地。我給女紀經人打了一個電話，電話接通時她在另一端很小聲地對我說她在跟客戶開會，問我有什麼事兒。我說等妳開完會給我回個電話吧。她說好的。

過了還沒有兩分鐘她的電話就打過來了。她在電話裡對我說：「我從會議室出來了，什麼事兒，說吧。」

「我想問問妳有沒有再想起來什麼有價值的新線索。」

「沒有想起來新的，如果有的話，我會打電話聯繫你。」她有些抱怨地說：「我還以為你那兒有什麼進展呢，所以趕緊從出會議室出來了，原來就是為了問這個啊。」

我對她說：「抱歉打擾妳工作，我主要是還想請妳幫忙提供一些可以收集線索的渠道。」

她問：「什麼樣的渠道呢？」

「能不能幫我去她生前住的地方看看。根據我以前掌握的情況，我知道她是獨居，妳看能不能聯繫一下她的家人，要一把家門鑰匙，就說妳曾經借給過她什麼東西，後來忘在她家裡了，可以嗎？」

「去她家裡？」女經紀人有點兒詫異，她沉吟了一會兒說：「也許不用聯繫她家人，我還真有一把她的家門鑰匙。當初她怕自己在外邊把鑰匙弄丟了進不去門，所以放到我家裡一把備用。這是兩年前的事兒了，你要不提這茬兒我都已經忘乾淨了，等晚上我回去找找鑰匙擱在哪兒了。」

「好的，謝謝，我等妳電話。」

掛了電話後我覺得有些無聊，那是一種無處可去的乏味。我到一家菸酒門市買了兩罐啤酒，然後又買了一包菸。其實我身上還有半包菸，可是我覺得馬上就不夠抽了。我拿著啤酒和菸走到一個過街天橋上，一直上到了最高處的臺階坐下來。

我很快就喝完了一罐啤酒，剛才那種無聊感迅速變得強烈起來，變得不再是簡單的乏味無聊，更多的是感到一種厭倦，甚至是厭惡。這一切有什麼意思呢？我在問自己。以前我認為當個殺手是我力所能及的、勉強有點兒意思的一件事，可是這他媽有什麼意思呢？此刻我是如此厭惡這種事兒，我不想再殺人了。最近我經常動不動就感到深深的沮喪，我決定等找到了那些想殺我的人，把他們殺了之後，我就不再殺人了。我在心裡把這個決定當成一個目標，這是我人生中第一次樹立一個目標。我之所以樹立這麼一個目標，是為了鞭策自己能把這件事堅持做完，如果我不對自己有點兒要求的話，我可能馬上就會放棄了，因為我會覺得沒意思。

第二罐啤酒也很快喝完了，我後悔沒有多買一些啤酒了，因為我現在還想喝但是卻更加不想動，這真讓人感到煩燥，我只好一根接一根地抽菸，好讓自己振作一點兒。最讓我煩燥的是，現在到了下班的時間，過街天橋上的行人越來越多，我坐在臺階上不停地被很多行人的腿或者挎包碰到身上。當然我不怪他們，我坐在這個地方活該被碰到，哪怕有人故意踢我一腳我也覺得是理所應當的。每一次有人碰到我時，我都抬起來頭對他說一聲對不起。儘管這每一聲對不起我都說得發自肺腑，但是我真的感覺惱火。因為我需要不斷地對人說對不起，我甚至還會跟某個明顯不滿的行人解釋一下，我說我真的不想動，只想在這兒坐一會兒，原諒我吧。

有一個人牽著他的狗從天橋底下上來，狗拽著牽狗繩使勁向前跑。那條狗個子很大，主人是個胖子，腳步跟不上他的狗，但他的體重足以使狗無法奔跑。狗的四個爪子在每一級臺階上拚命刨著，使出的力氣足夠一次至少跳上六級臺階，但是因為被胖子拽著，上六級臺階的爆發力只能用在上一個臺階。這條狗的脖子被牽狗繩勒著，嘴巴使勁向遠處伸著。經過我這裡的時候，狗卻意外停了下來，衝我一直狂吠，也許這條狗覺得我不應該坐在過街天橋上吧。我對這個狗說了聲對不起，承認牠罵得有道理。

狗主人氣喘吁吁地上來了，他看到我坐在那裡，表現得比他的狗還要不滿，他一邊想把他的狗拖走，一邊鄙夷地對我說，你這人坐哪兒不行啊非坐這兒，真不嫌自己礙事兒啊。我用一個微笑表示了歉意，可是他的狗就是死活不肯走，不停地扯著脖子衝我叫喚。狗主人已經惱羞成怒了，大聲罵著自己的狗，對他的狗說：「傻逼，別他媽叫了，趕緊走，好狗不擋道。」

看到這種情況，我只好強迫自己站起來，挪到天橋的橋身護欄邊上，這樣他的狗才放過我繼續向前跑了。

我站在護欄邊上看著橋下擁堵的車流。天色已經暗了，亮起的車燈綿延不絕，汽車喇叭聲密集且刺耳，響徹整條馬路。我以前沒注意過馬路上的汽車喇叭聲有這麼密，音量有這麼大，我覺得每個人都坐在自己的車裡發瘋似地按著喇叭，我幻想著自己拿著一把永遠打不完子彈的機槍架在天橋上衝下邊的車流開火。我就是這麼自相矛盾，一分鐘之前我已經對殺人感到厭惡，轉眼我就想把天橋下邊的汽車和車裡的人全都打爛。

我試圖轉移一下注意力，不再看那些車，也儘量不去聽那些喇叭聲。我扭頭去看馬路邊的公交車站，那裡亂作一團，好幾輛公交車被車流堵在路上無法靠邊兒進站，而已經進站下完乘客並且上完人的公交車幾乎不能出站。車站上等車的人和下車的人擠在一起推推搡搡，每個人都在急於擺脫這個地方，這些人的情緒看起來比我還差，儘管他們都知道自己要去的地方，知道自己的下一站在哪兒，這一點對他們來說非常明確，可是他們的情緒看起來他媽的比我還差。

我在想為什麼丁子不給我打一個電話呢，哪怕總是讓人感到討厭的呂炎給我打一個電話也行啊，叫我去「荒島」喝上一杯，聊上兩句。我現在感覺寸步難行，我需要有一個電話帶我走，否則我不知道自己應該到哪兒去。我身上的菸已經快抽完了，我感到不安，如果菸抽完了我還是寸步難行該怎麼辦，我可能會從地上撿菸頭兒的。

天已經完全黑了，天橋上陸續出來了一些擺攤兒的人，有兩個給手機貼膜的，有一個賣襪子的，還有一個像騙子一樣的少數民族推著一個三輪車在賣他們的民族食品，有一個上當的人正打算讓他給稱半斤呢。那個遛狗的胖子又從相反的方向回來了，他的大狗走過來時我正好抽完最後一根菸，我一直把這根菸抽到了過濾嘴兒上。我把過濾嘴兒彈到了天橋下邊，然後蹲下來去撿地上被行人扔掉的菸頭兒。那條狗顯然還記得我，就在我蹲下來伸手的一瞬間，狗一個箭步衝過來，一下咬住了我的右手，把我嚇了一跳。

狗咬得很緊，我用左手使勁掰狗嘴，試圖把狗嘴裡的右手拿出來。可是這條狗力量太大，狗頭來回擺動撕扯著我的手，我幾乎都要被拖倒在地了。我一邊掙扎一邊尋找狗主人，沒有看到他的人影，狗繩子被扔在了地上，周圍有一些圍觀的行人拿著手機在拍攝。我穩住重心，避免被狗拖倒，隨後用左手緊緊抓住狗脖子，拖著狗穿過圍觀人群。我看到狗主人正往過街天橋的步行梯方向跑。他太胖了，跑得不快，我抓著一條大狗幾步就追上了他。

我攔住狗主人，讓他命令自己的狗鬆開嘴。他大聲嚷嚷著說自己根本不認識這條狗，自己更不是狗主人。我氣壞了，他居然不承認自己是狗主人，我使勁踢那條狗，結果被咬得更狠了，我感覺其中一根手指被咬斷了。我攔住胖子不讓他走，然後使出所有能用得上的力氣和技巧去掰狗嘴，猛的一下把右手從狗嘴裡拽了出來，然後發現一根中指不見了，我可以肯定的是，這根中指已經被狗嘴扯下來嚥到它肚子裡了。這可是損失了我一個護身符。

這時圍觀的人群裡有一個人一邊舉著手機拍攝一邊指著那個胖子仗義執言說：「你就是狗主人，我剛才看到你牽著這條狗了。」胖子一臉無賴相地說：「我是狗主人又怎麼樣，是他先打我的狗，所以狗才咬的他，不能怪狗，更不能怪我，我和狗都沒有責任。」

我走到胖子跟前，低下身，攔腰把他抱起，從天橋上扔了下去。我不想讓自己的一個護身符就這樣白白被狗吃了，那實在有點兒浪費，我覺得一個護身符用在這個胖子身上還不算浪費。胖子從天橋上掉下去之後正好落在了一輛剛出站的公交汽車前，公交汽車從他身上軋了過去。天橋上的行人紛紛跑到欄杆邊上扒著頭往下看，那條狗也試圖擠到欄杆處，它努力地擠過人群，把狗頭的一部分拱出了欄杆外，衝下邊的馬路叫喚。我走過去把狗脖子上的拴狗繩繫到了欄杆上，把手上的血在狗身上蹭了蹭，然後我就馬上離開了。我真得去買包菸了。

就在剛剛不久，我還在厭惡殺人這種事兒，然而轉眼就殺了一個胖子。不過經過這麼一通折騰，我的心情比剛才平穩了很多，不再那麼煩躁了，只是對自己感到深深的無奈。我站在之前去過的那家菸酒門市裡，用左手從兜兒裡掏出錢打算買一包菸。我只用一隻手從錢包裡往外數錢，不想讓老闆看到我血肉模糊的右手。這時候右邊褲兜兒裡的手機響了，我現在非常需要有人給我打一個電話，所以必須馬上接，我左手搆不到右邊的褲兜兒裡，只好把右手從上衣兜裡拿出來伸進褲兜裡去掏手機。電話是女經紀人打來的，她告訴我，她找到女歌星的家門鑰匙了，問我什麼時候來拿。我說就現在吧。她想了想告訴我，她還沒吃飯，說那就約在一個飯館吧。

我掛了電話，櫃檯對面的老闆有點兒不知所措地看著我，我衝他擺了擺右手說：「沒事兒，工傷。」我攔了一輛出租車，上車之後馬上點了一支菸放到嘴裡。司機看我抽菸，自己也從身上摸索出了一根兒菸點上。點上菸之後的司機還打算跟我聊聊天什麼的，左一句右一句的東拉西扯，一開始我還勉強配合他，後來我實在不想說話了，就專注地一支接一支地抽菸。司機看我情緒低落態度冷淡也就不再說什麼，就這樣一直到了飯館，就這樣我剛買的那包菸又快抽完了。

我先去衛生間洗乾淨了手上的血，然後找到了等候在那裡的女經紀人。她坐在一張桌子前正在看菜單，我走過去跟她打了招呼之後坐下來。她把菜單遞給了我，問我想吃什麼看著點吧。我伸手接過菜單，她驚呼了一聲：「你的手怎麼了？」

「沒事兒，一點小事故。」我對女經紀人說。

「不需要去醫院麼，我聽說掉了的手指趕緊送到醫院是可以接上去的。」她問我。

我說：「手指找不到了，我也不想接回去，這樣挺好。」

「你是在幹活兒的時候出的事故嗎？我是說，是在殺什麼人的時候嗎？」女經紀人又問我。

「差不多吧。」

「你確定不去醫院而是繼續坐在這兒吃飯嗎？」

「嗯，不吃飯也行，但是我肯定不去醫院。」

「那你能不能去旁邊藥店買點兒繃帶和膠布把傷口包一下，否則我看著你這只手吃不下去飯。」

「好的，我也確實打算包一下的，不過妳可以先把鑰匙給我，我拿了鑰匙就直接走了，不一定非得在這兒吃飯。」

「鑰匙我可以給你，但是我想陪你一塊去她家，這樣她家裡萬一有人，或者碰到鄰居保安什麼的，引起懷疑的話，有我在場，可以圓得過去。」

我想了想說：「也好，我可以先去藥店，然後跟妳一起吃飯也是個不錯的主意，不過我並沒有打算今天晚上去她家，我不想開著屋裡的燈翻東西，這會引起鄰居的注意，帶來不必要的麻煩。」

女經紀人想了想點頭說：「有道理，那你打算什麼時候去她家？」

我說：「白天的時候，明天上午吧。」

說著我站起身準備去藥店買包紮手的東西。女經紀人說：「等一下，還是我去吧，你這手就別出去跟人買東西了。」

我說：「好的，謝謝，順便再幫我買一包菸吧。」我發現就在這坐下後的這一會兒工夫內，來之前買的那包菸不知不覺地被我抽完了。

很快女經紀人就回來了，一隻手裡拿著一包菸，是我平常抽的那種，另一隻手裡拎著一個塑料袋，袋子裡邊除了紗布繃帶之類的東西之外，還有一堆亂七八糟的藥，她指著這些藥說：「有些可以消炎，有些是鎮痛的，在包紮之前抹一些。」

「不用，我這傷口不用這些藥，很快就能好，我之所以包紮一下是為了不影響別人的觀感。」

女經紀人還是堅持這樣建議，並幫我塗上了一些藥。她先用一塊紗布墊在我右手食指和無名指之間，這兩根手指中間是失去中指的那個傷口，然後她用一塊膠布把兩根手指固定在一起，又用繃帶把它們纏住。她做這些的時候她看起來堅定而果斷，就像一個護士似的。果然，她告訴我，她高中畢業沒考上大學，上的是一所衛校，學護理。畢業後也沒去醫院工作，一個偶然的機會進了娛樂圈。她一邊在我的手上纏著繃帶一邊問我：「你這麼淡定是不是經常受傷啊？」

「最近經常受傷。」我說。

「都傷在哪兒了，嚴重嗎？」她問。

「不嚴重，有幾個腳趾沒了，平時走路還算正常，就是在下臺階之類的情況下有點兒不自然。」我對她說。

她搖了搖頭說：「我也不想問你這些都是怎麼造成的了，總之這些事兒都是你自己的選擇。」

「那妳呢，我有點兒好奇妳為什麼選擇不斷地幫助我？」我問她。

她說：「首先我也希望找到殺害她的真凶，我和她除了工作關係之外，更重要的是，我們還是感情很深的朋友。我和她年紀差不多大，這一路走來我們是互相扶持共同成長的，就像姐妹一樣。我能在事業上打下基礎，很大程度上也得益於她。所以，確切地說我也是在幫她做一些身後事。其次，她死的時候我就在現場，事實上是我邀請她去音樂節的，那天晚上臺上表演的歌手也是我帶的藝人，我之所以邀請她去看現場表演，是想讓她幫我的藝人介紹一些贊助商。我知道你們選擇在音樂節上動手是經過精心設計的，因為這種作案手段配上音樂節的現場環境再合適不過了。主謀利用了你動手，也在某種程度上利用了我對她的這次邀請，因此我覺得自己對她的死也是負有一定責任的。所以，如果你不介意的話，我明天上午可以陪你一起去她家，或許能為你提供一些方便。」

我問她：「畢竟我是那個親自動手殺了她的人，妳和我這樣一個人單獨相處就一點兒不擔心嗎？」

她笑了，說道：「我也不知道為什麼，和你接觸之後我並沒有害怕你，可能我並沒有覺得你是一個危險的人吧。相反，我甚至覺得你有一種很虛弱的感覺，沒有一點攻擊性的樣子。」

她撇了撇嘴又接著說：「總之，我常常會忘了你還是一個殺手，你就像任何一家公司裡都會有的那種缺乏競爭力、無足輕重的同事一樣，要不是因為工作上需要接觸，別人都不會意識到你這樣的人在公司裡有什麼存在感。」

「從妳這些話裡我倒是覺得妳充滿了攻擊性。」我笑了一下，對她這樣說道。

「有可能，做我們這行，尤其是對於一個女經紀人而言，必須要有一些攻擊性才能混得開，我應該是具備這種素質的。」她欣然接受了我的看法。

我對她說：「我想提醒妳的是，我現在就是一個身在明處的、隨時會受到攻擊的獵物，妳和我在一起，我不敢保證不會給妳帶來麻煩。」

「沒關係，我不像你對他們那麼重要，我對他們來說沒有什麼風險。你至少還跟對方的人當面接觸過，而我對他們才是真正的一無所知，這麼長時間以來，他們應該早就弄清楚這一點了。而實際情況也是我根本無法給你提供真正有價值的線索，最多也就是給你提供一把鑰匙了，所有的線索還得你自己去尋找。我認為他們不會貿然對我怎麼樣的，因為那樣才容易弄巧成拙，容易露出更多馬腳。」

「妳說得也有道理，我也會儘量做到不讓妳更多地暴露在這件事當中。」

「謝謝，我更希望你儘快解決這個問題，這樣對誰都好。」

「妳說希望我儘快解決這個問題，妳應該知道解決方式是什麼吧，是肯定要殺人的。」

她睜著大眼睛注視著我，點了點頭說：「我知道啊，你是不是有點兒覺得我對這種法外執行的暴力方式滿不在乎？」

「是的。」

「確實沒那麼在乎，我也不會去多想，人活著很多事不能去多想，人生經不起拷問。」

說話的時候服務員把我們點好的菜端上來了，我們一直低頭吃飯，沒有再說什麼。我們很快把飯吃完了。

出了飯館，我問女經紀人明天我們約在哪兒見面。她問我住哪兒，我說了地址。她說她家離我住的地方不算遠，明天上午可以過來接上我。她說她現在還可以開車送我回去。我接受了她的提議，跟她上車，上車之前我向四周環視了一圈。她慢慢把車開出停車位，等車進入主路正常行駛之後，我還扭頭向車後窗看了兩眼。她目視前方，目不斜視地對我說：「你是個警惕性很高的人啊。」

「有一點兒吧。」我說。

「這是職業習慣嗎？」她問。

「可能是吧，主要因為現在跟妳在一起，我自己一個人的時候，倒沒這麼操心。」

「你對我還挺負責。」

「只是不想欠人太多，不想有人因為我而遭受傷害。」

「你傷害過什麼人嗎？」

「哪方面的？」我扭頭看著她問道。

「情感。」她說：「你知道我的意思，情感上的傷害，愛或者被愛之類的。」

「我也不知道。」我回答她。我這樣說的時候不知道為什麼突然想到了丁子。

女經紀人扭頭看了我一眼，然後回過頭繼續目視前方，若有所思地開車，而我有點兒心煩意亂。

我問她：「車裡能抽菸嗎？」

「可以。」她把車窗打開了一道縫，有冷風從車窗吹進來，這已經是深秋的風了，這是真正的冷風，帶著不可調和不容侵犯的硬度和銳度，這已經不再是我熟悉和喜歡的夏夜涼風了。

我拿出一支菸點上，深吸了一口。她把一隻手伸過來，對我說：「你再點一支吧。」那隻手在我面前等待著，她還是面無表情地目視前方。我把點著的這支菸放在她指間，她拿走放在嘴唇裡同樣深深地吸了一口，有些菸灰掉落在她身上。

我重新拿出一支菸點上，聽到她說：「我也曾經有過殺了她的念頭。」她頓了一下，然後接著說：「那時候我們還很年輕，既是搭檔又是好朋友。當時我還有個男朋友，在娛樂圈很有份量的一個人，那時我們已經計劃結婚了。可是後來我發現，我的男朋友在暗地裡和她也保持著性關係，而且保持很長時間了。知道這件事後我非常崩潰，那個時期我在心裡經常詛咒她，甚至想去殺了她。」

「後來呢。」我問。

「後來當然我什麼也沒做，我甚至都沒把這件事跟她挑明，只是關係疏遠過幾年。」她說：「那個時候我也很幼稚，只知道一味地恨她，覺得都是她一個人的錯，認為她無論如何都不應該和我的男朋友上床。」

「她為什麼要跟妳男朋友上床？」

「我認為她是想通過這樣的方式從我男朋友那裡得到一些事業上的幫助。這個原因應該是成立的，她其實是一個為了達到目標挺能豁得出去的一個人。她的家在農村，出身挺苦，經歷也堪稱坎坷，所以性格特別要強，心也硬。只是我不應該只恨她一個人，因為後來我認識到，男人遠比女人虛偽和卑劣，事情過去很久之後我才發現，其實在很大程度上，是我男朋友引誘和欺騙了她，在這種情況下，她對我男朋友其實也是有感情的。」

女經紀人接著說：「女人就是這樣，在這種事上總是更恨另一個女人，其實中間的這個男人才是最可恨的那一個，他會把兩個女人騙得團團轉。我現在覺得男人除了更擅長爭名奪利之外，在其他方面跟女人相比真的是全面劣等。在理智上我是越來越鄙視男人的，可是在感情上又常常難以抗拒他們的花招和手段。同為女人，我覺得她也一樣，在男人面前非常被動，不知不覺被男人精心引誘，進一步被拉入感情的泥潭，起起伏伏，明知危險，卻又無力自拔。」

她扭頭問我：「說到這兒，我心裡突然產生一個疑問，你在調查這件事的期間，有沒有懷疑過是我策劃謀殺了她？」

「沒有。」我對她說：「一定是某個男人讓她去死的。」

她點了點頭，說道：「我也是這麼認為的，男人太無恥了，千萬不能被男人玩弄於股掌，女人想鬥也鬥不過男人，哪怕有一天你想反抗，不再任由他們玩弄，他們還會報復你。」

「妳真的挺仇視男人的。」我對她說。

「有一點兒。」她笑了起來，說道：「我覺得自己以後很可能成為一個極端女權主義者，鄙視男人，把男人當玩具。我說了這麼多男人的壞話你不介意吧？」她扭過頭來問我。

「不介意，我跟妳一樣，瞧不起男的。」我說。

她聽完又笑了起來，她說：「你肯定也不是一個好男人，不知道傷過多少女人心呢。」

聽到她這麼一說我再次想起了丁子，想起她上次哭著勸我放下一切，找個荒島跟她遠走高飛。腦子裡又浮現出這些事真讓人有點兒惱火，我不想再說話了，只想專心地把手裡的這一支菸抽完。

過了一會兒，她又開口說：「我覺得你心情好像不太好。」

我沒說是，也沒否認。我確實很沮喪，我今天從下午一直沮喪到現在，只有跟女經紀人吃飯的時候緩解了一點兒，現在重新感覺萬念俱灰。車開到了地方，女經紀人把車停在馬路邊兒，我在最後一刻鼓起勇氣對她說：「妳要不著急回家，能不能再陪我一會兒。」

她把汽車熄了火說：「可以，我也還想再抽你一支菸。」

我把菸盒和打火機一起掏出來遞給她，然後我靠在椅背上，想閉上眼休息一會兒。我聽見她抽出了一支菸，又用打火機點上，聽見她輕輕地呼出一口菸霧。聽見她說她平時不抽菸，只是每晚睡前都要喝點酒。我又聽見她說，自己今晚又想抽菸又想喝酒。聽見她說如果我不介意的話，可以帶上我的菸，跟著她去她家裡喝點兒酒。

我閉著眼點了點頭。

汽車重新發動了起來，我很睏，想睡覺。我想起了那天在音樂節的各種情景，想起了那天做了關於護身符的夢，我提醒自己現在一定不能睡著，我真的不想再做他媽的什麼夢了。

但是我也不想睜開眼睛，在這情況下為了避免睡著，我只好努力去感受車身的每一次搖晃和每一個顛簸，儘量以這種方式保持清醒。此時女經紀人應該跟我說說話，而她卻一直沉默著。

等到她再次開口說話時，已經進到了她家門裡了。她對我說：「如果你願意的話，也可以留下來過夜。」

我站在原地想著要給她一個什麼樣的答覆。她輕輕地關上了門。

「怎麼過夜呢？」我這樣問了她一句，同時覺得這句話問得傻逼透頂。

她聳了聳肩說：「怎麼過都可以，你可以單純地留下來過一夜，什麼都不幹，等天亮了我們一起從這兒出發。當然，我們也可以一起上床幹點兒什麼，我並不在乎。」

「妳為什麼給我這樣一個建議？」我又問了一句不僅傻逼而且無聊的話。

「不為什麼，可能是因為今晚跟你聊天讓我想起了很多過去的事兒，我現在的情緒和你一樣，有點兒低落，我也想能有一個人陪陪我。」

她又說：「平時我是一個寂寞的女人，以後我還會是一個女權主義者，找一個男人陪陪我，也不是什麼大不了的事兒。」

於是我們抽了一些菸，喝了一些酒，兩個人帶著一身的疲憊上了床，使出最後的力氣大幹了一場。天亮的時候我醒了，她躺在我背後，一隻胳膊摟住了我，輕輕地嘆了口氣。

十八

上午的天空灰濛濛的，太陽在霧霾的阻擋下顯得虛弱不堪，沒有光線，只有一片白茫茫的光暈。在我坐在女經紀人的車裡，閉著眼睛，我不想看見車外毫無生氣的日光。女經紀人開著車一路來到了女歌星生前的小區，她把車停在馬路上的停車位，指著車窗外那片高樓林立的小區說：「這是這兒，我們到了。」

我們下了車，來到小區門口，女經紀拿出一張門卡，刷卡通過了小區的大門。

進到小區內，她稍微辨別了一下方向，打量著周圍說：「很久沒來過了，我確認一下是哪棟樓。」很快，她就很有信心地指著其中一個樓說：「就是那一個，我們過去吧。」

她用手裡的那張門卡很順利地打開了樓門，我們乘坐了電梯，出來後走到一個房門前。她說：「我們先敲敲門吧，萬一有她的家人住在裡邊呢。」她敲了兩遍門，又按了兩次門鈴，等了一會兒，沒有任何動靜，然後她打開房門進了屋。

屋裡的空氣有點兒潮悶，大概是很久沒有開窗通風的原因。女經紀人走到窗邊，把窗戶打開一條縫，她又搬了一把椅子放在窗前，坐下之後說：「你做你該做的事吧。」

我先是裡裡外外地檢查了兩遍房間的情況。家具家電什麼的還在，一些櫃子和抽屜被人清理過，大概是她的家人帶走了一些物品。屋裡剩下的東西還算擺放有序，沒有人在此居住的痕跡。只是書房裡有些亂，四處堆放了一些影碟和雜誌。書房內有一張寫字臺，臺面上散放了一些文件之類的東西。寫字臺旁邊還有兩個很大的木質的文件櫃，設計和做工很考究，放在書房裡具有很強的裝飾性。文件櫃的門並沒鎖住，一拉可以全部打開。櫃子裡邊基本是空的，但是它們前面的地板上堆放著幾大摞文件。我坐到地板上，翻看這些文件。

這些文件絕大部分是抵押房屋產權的借貸合同，合同裡規定房產所有人把自己的房子抵押給女歌星的貸款公司，然後從公司借走相應的錢。這些合同在女歌星生前應該是被鎖在文件櫃裡的，而現在則放在了櫃子外邊的地板上，有可能是警方調查取證的時候拿走過這些合同，用完返還之後，沒有人再費力把這些合同擺放進櫃子裡，只是順手堆在了地面上。

這些合同看起來至少有兩百份，我一本一本的翻看，翻了幾十份之後，我發現了有一個人的名字經常在不同的借貸合同裡出現，我大概已經看到了十幾份以這個人名義簽字的合同。在我快速地看過大概一百份之後，總共挑出了幾十份這個名字簽訂的合同。剩下沒有看完的合同我先放下不管了，它們大同小異，我要去檢查一下別的地方。

我又在寫字臺的小櫃子裡發現了很多文件，這些文件應該也被警察看過，用完後被人隨意地塞回了小櫃子裡。這些文件大多數是房屋過戶合同以及過戶公證書之類的行政手續。在這些文件裡，我又發現了那個人的名字，而在這些由他簽下的合同裡，內容全部都是由於自己無力償還貸款而將房子過戶給了女歌星的公司。我把他簽的這些房屋過戶合同和那些他的房屋抵押合同放在一起對比著看，差不多這些房屋都是在抵押之後的很短時間內，就以無法還款的名義過戶給了女歌星的公司。這意味著，這個人有很大的可能性是在通過女歌星的公司將自己的房產變成現金提走，他採用了這樣一個隱蔽的方式將至少幾十套房子變相出售了。聯想到新聞裡經常報導的一些貪官名下動不動就有上百套房產，我幾乎可以肯定，這個人也是一個官員。

整個上午我都在女歌星的家裡翻來翻去，除了合同，沒有發現更多值得關注的東西。我把那個賣了幾十套房子的名字告訴了女經紀人，希望她能幫我查一下這個人是誰，因為她的人脈更多，通過她來查找這個人會更方便一些。我們沒有一起吃午飯，昨晚上過床之後，我和她都有意地拉開了一些距離。分開前，女經紀人問我要去哪兒，順路的話可以送我。我說我還沒想好去哪兒，讓她先走不用管我。

我決定去「荒島」找丁子和呂炎。不過現在是中午，離酒吧開門的時間還早，我決定不坐車了，一路走過去，估計要走兩到三個小時，那會兒呂炎應該已經在酒吧了。其實要不是因為我的兩隻腳上少了一些腳趾，我應該可以走得更快一些，我希望有機會能多走走路，更多地去適應這兩隻殘缺的腳。

去「荒島」之前我打算先吃完午飯。街邊有一個賣驢肉火燒的小店，我推門進去，要了三個驢肉火燒和一碗驢雜湯。等著上飯的時候我又去隔壁的菸酒門市買了兩包菸。坐回到飯店裡，驢肉火燒已經切好端了上來，湯還沒好，於是我又要了一瓶啤酒。

店裡的客人很少，現在的時間對於午飯來說還有點兒早。開店的是一對兒中年夫妻，他們出來進去地忙前忙後，這讓我想起了那對兒擺餛飩攤的夫妻，還有過去在他們那兒吃餛飩的那些夜晚。尤其是在夏天的午夜，吃一碗餛飩，喝一瓶啤酒，感受著涼風拂過，看著鍋裡的水蒸氣漫不經心地緩緩升起，周圍有一兩桌客人在低聲交談，夜很深，但並不暗。

回想起那些場景，彼時的心境一下子就湧現在心頭上，這種心境並不只是一種心情上的感覺，而是觸覺、味覺、嗅覺和視覺的全面重現，全部回到了心裡和五官之中。這種感覺很奇妙，只是我還沒來得及細細體會，它又轉瞬即逝，當你試圖重新找到並抓住這種感覺時，卻再也無從下手了，就像一條光滑的魚在水裡從你的手掌中逃脫。

我正在吃飯的時候，店主夫妻的兒子中午放學回來了。這個小男孩一副小學生的模樣，他的爸媽看見他進門也沒有過多表示，他的媽媽衝他說了一句，先把外套脫了。他把外套連同外套裡邊的一件校服一起脫下來，露出來一件看起來像是手織的桔黃色毛坎肩和一件貼身的灰色秋衣。

他把脫下來的衣服和書包堆放到牆角的一摞啤酒箱上，很麻利地開始收拾一張桌子上吃完留下的碗筷，他把它們都端進了後邊的廚房。很快他又出來了，手裡拎著塊兒抹布開始擦桌子。這個小男孩又讓我想起了女同性戀的弟弟，那個跟女同性沒有血緣關係的弟弟，不知道他現在過著什麼樣的生活。他太弱小了，以前他除了在家裡會被繼母暴打，我想在學校裡也一定會被班上三分之二的同學沒完沒了地欺負。不過我又想，這雖然有點兒可憐，但誰也不能保證他將來不會變成一個混蛋。作為一個人，在從小長大的過程裡，成為一個混蛋的機率非常大，甚至很多人在他自己還是一個小孩兒的時候就已經成為一個十足的混蛋了。

這就是人類令人失望的地方，因為人太容易成為一個混蛋，不是在這方面混蛋，就是在那方面混蛋。我是說，整體而言，人類太醜陋了，如果萬物有靈，打算評選出這個地球上最卑劣的生物種群，那麼人類一定贏得毫無爭議，因為連人類自己都不好意思拒絕承認這一點。可惜小男孩的姐姐死了，而我跟他也不是朋友，否則我會建議他在將來，依法完成九年義務教育之後，去從事我現在的工作，當一個所謂的殺手。

昨晚在女經紀人家裡，她問我：「做你這一行，應該用什麼樣的心態才能保證工作狀態穩定，或者說，怎麼才能對這種工作保持一顆平常心？」

我說：「別人我不知道，我的祕訣就是做到問心無愧。」

她又問我那怎麼才能做到問心無愧。我回答說：「跳出凡人的視角，要站在一定的高度，最好能達到上帝的高度，把人類視為罪惡的垃圾，這樣就不會覺得過意不去。」我對她說：「上帝甚至不惜把自己創造的人類用洪水淹死，在痛恨人類和毀滅人類方面，上帝是一個典範。」

女經紀人說：「那上帝為什麼還讓自己的兒子去送死，用這種方式為人類贖罪，這不是愛人類麼。」

「愛人類就不應該認為人類有罪，至少不應該因為人類的祖先犯過罪而株連世世代代的人類，更不應該因為人類種種愚蠢的行為就予以懲罰。上帝應該做到像人類不會認為動物們有罪一樣，只是將動物們的行為看成是低等生物的自然屬性，並對此一笑了之。」我對女經紀人說：「上帝是神，祂可以輕鬆創造出包括人類在內的一切事物，祂只要舉手之勞就能創造出一個可以死而復生的、像神一樣的兒子，然後讓他去為人類贖罪，並把這種行為表演得可歌可泣。可是，骨肉親情以及自我犧牲，這一切對神來說，真的成立真的存在嗎？憑什麼上帝要拿這種虛無的父子關係和虛假的自我犧牲去感化弱小的人類？」

「那其它宗教裡的神都是怎麼看待人類的？」女經紀人問。

「基本上凡是主宰世界的神，差不多都把人類看成垃圾，動不動就施以懲罰。」

「那你是不是垃圾？」

「我肯定是。」

「你自己都是垃圾，為什麼還要毀滅別的垃圾？」

「連神都能忍心毀滅人類，我作為一個垃圾更沒什麼可猶豫的吧。」

「難道你還會覺得自己都是正義之舉麼？」

「那倒也沒有。」女經紀人最後這個問題把我問頹了，我的內心恰恰被另外一個想法所折磨，就是她問過我的那個問題，同樣作為一個垃圾，和所有人一樣罪惡，一樣承受著生而為人的痛苦，我到底有什麼理由將其他於我無關的垃圾毀滅掉，並且還告訴自己問心無愧？我這樣做是不是過於垃圾了。退一步想，垃圾是不是應該理解垃圾才對，最好彼此之間再付出一點兒同情心，否則的話，是不是讓上帝看笑話了，我一想到自己的行為有可能成為上帝眼裡的笑話，我就感覺很沮喪。

昨晚和女經紀人聊到這裡的時候，我又想起了她之前說過的話：人生經不起拷問。我立刻告訴自己不要再想了，當即我對女經紀人說，咱們別聊這個了，趕緊幹點兒什麼吧。於是我們就上了床。

現在我吃著驢肉火燒，又想起了昨晚聊到的這些令人沮喪的內容，那種不好的感覺就像潮水一樣淹沒了我，弄得我渾身濕透，疲憊不堪。為了轉移注意力讓自己振作一點兒，我又要了一瓶啤酒。老闆娘打發她的兒子把酒給我送了過來。這真他媽糟透了，我寧可自己去那個髒乎乎的冰箱裡拿，也不願意再看見這個小男孩了，我生怕他像女同性戀的弟弟在「荒島」時那樣靠在我身邊不走，甚至還會提出讓我有空的時候去學校裡看望他。想起這些我就渾身一陣發抖。

我把剩下的啤酒一口氣喝完，決定馬上離開這個小飯館，我一分鐘也不能在這裡多待了。我也不想跟老闆夫婦多說一句話，我趁他們都在廚房的時候，在啤酒瓶下邊兒壓了一百塊錢，然後奪門而出。由於走得太慌亂，出門的時候還撞上了兩個要進門的人，他們氣急敗壞地罵了我一句，我頭也不回地走了。

來到大街上我才感覺好了一些。我最近一段時間有點兒神經質，而且症狀越來越嚴重，這就是夏天的遠去給我帶來的不良後果。要進入冬天的時候，我的身心狀態會隨受之變得越來越差，整個人就跟冬天裡落到馬路上的那一層被無數汽車輾過的，又髒又爛的雪一樣。

我盤算著等解決了目前的這件事，我就足不出戶，每天躲在屋子裡，靠吃外賣過完這一個冬天。去年的冬天我差不多就是這樣熬過來的，那時候丁子時常還來看看我，今年冬天我懷疑她還會不會搭理我，我感覺她在疏遠我。

我在街上走著，天氣挺冷的，我開始猶豫還要不要繼續步行到「荒島」，在這個季節裡走兩三個小時並不是一件很舒服的事兒。我站在路邊拿出一支菸，考慮是不是攔下一輛出租車。現在這個時間段路上空駛的出租車並不少，有一度我幻想著能看到戴遠視眼鏡的那個男人開著一輛出租車出現在我面前，哪怕是全速衝向我也沒有關係，我迫不及待地想儘快解決這個問題，在這樣一個遠離夏天的季節裡，我只希望趕緊解決這個問題。

我給呂炎打了一個電話，想問問他是不是已經到了「荒島」，但是他沒接，應該還在睡覺。自從他開始管理這個酒吧，已經過起了晝夜顛倒的生活。最後我還是決定按原計劃步行，否則我真不知道現在還能去哪兒待著，不知道這一段時間如何打發。

我儘量走得快一點，這樣能讓自己稍微暖和一些。我的速度比大部分行人走得都快，只是我走路的姿勢看起來有點兒彆扭，因為缺失一些腳趾，在速度較快的情況下，腳上缺少足夠的抓地能力，我只能在每一次腳落地時膝蓋稍稍彎曲，蹬地時也不能完全伸直。在經過路邊的一些玻璃櫥窗時，我扭頭看到了自己在窗戶上反射出來的身影，那種走路的樣子就像腳上穿了一雙雪橇。

走了一會兒，我感覺需要上個廁所，剛才吃飯的時候喝了一碗湯，還有兩瓶啤酒，現在這些液體已經轉化成了尿液。我又往前走了一段兒，一路上沒有發現能上廁所的地方。我只好走得更快，用那種有點兒滑稽的步態在行人中不斷地左躲右閃穿梭前行。

終於看到前面出現了一家商場，我拐了進去。商場的廁所一般都在二樓，我感覺尿急，就沒有去找位於商場中央的滾動扶梯，更沒有等電梯間的直梯。我直接推開了安全通道的門，通過步行梯上樓，這樣會更快一些。

剛上到樓梯的一半兒，就是樓梯拐彎的地方，我聽到身後的門又被人推開了。我扭頭看了一眼，看見了一個戴著棒球帽和一副遠視眼鏡的男人進來。我立刻感到一陣緊張，一瞬間我在想，是趕緊往上樓跑，還是和他面對面交鋒。就在我站在樓梯拐彎處猶豫了這一下的時候，他走到了樓梯下面，掏出一把手槍。我迅速向上跑，同時聽見身後響起了幾聲經過消音的槍聲。我跑到二樓進入到商場營業區內，靠在安全通道的門邊判斷了一下目前的情況。我等了一會兒，沒有見那個人出來。又過了一會兒，門開了，裡邊走出一對兒有說有笑的情侶。我隔著這對兒情侶往門裡看了一下，沒有發現其他人，他應該已經跑了。我現在要做的第一件事就是趕緊去廁所撒尿，剛才被伏擊已經讓我有些狼狽，現在我可不想再尿在褲子裡了。

我後悔剛才沒有直接從樓梯上跳起來衝他撲下去，如果撲下去而不是向上跑的話，也許就能抓住他了。當然也有可能會中槍，我只是覺得應該不顧一切地抓住他，因為我真的很想儘快了結這件事兒。我在廁所裡撒著尿還在自責沒有抓住機會，要是他現在闖進廁所的話，我哪怕不提褲子也會衝上去的。我心裡也有點兒佩服他選擇時機的能力，在商場的步行梯上並沒有攝像頭，而且很少有人出現，在這裡可以果斷地開槍而不會暴露自己。就算他失手，他也知道我根本不會去報警，如果他再把彈殼撿走的話，商場裡可能根本都不會有人意識到那裡發生過什麼。

我去水池洗了一下臉，結果摸到了一手的血。我對著鏡子檢查了一下，發現有一個傷口在脖子後面，就是頭髮最下方的邊緣處。用手能摸出來傷口是長長的一道，是被子彈劃傷的，應該還有一溜兒頭髮也被削沒了。還好這個商場還算高檔，廁所裡提供衛生紙，我躲到廁所裡的格子間，扯了一些衛生紙捂住傷口。傷口在不停地流血，有很多血已經順著脖子流到我後背裡去了。我換了很多紙才止住血，我把衣領向上拉了拉，走出了廁所。我擔心傷口離開衛生紙之後還會出血，於是找到一個賣圍巾的櫃檯，買了一條圍巾繫在脖子上。

這讓我堅定了繼續步行去「荒島」的信念，我希望在接下來的路程裡那個戴遠視眼鏡的男人還能再次出現，我甚至放慢了一些速度，我已經不再覺得冷了。快走到「荒島」時我已經用了將近四個小時，但他沒有再出現，我確信他不會在有人的地方出現了。

下午四點多，由於天氣不好，天色已經偏暗了。這一片灰色的胡同浸泡在這樣灰濛濛的天氣裡讓人感覺更加破敗。還好有的店已經早早亮起了門楣上的霓虹招牌，還不至於讓人對這片胡同太灰心。我拐了個彎走進「荒島」所在的胡同，它的霓虹招牌還沒亮起，不過窗戶裡已經透出了燈光，已經有人在酒吧了。

我走到門前舉手推門，但是門沒有推開，像是從裡邊鎖住了。我敲了敲門，過了一會兒門開了，一個我不認識的女人打開了門，她看見我之後衝著酒吧裡操作間的方向喊了一聲，有客人來了，然後她轉身回到了酒吧內。我跟著她進去，看見酒吧裡還坐著幾個人在聊天，這些人並沒有過多注意我，那個給我開門的女人坐回到他們當中去了。

丁子從操作間晃蕩著走了出來，一看是我，她就笑了，笑得東倒西歪的。她跟那些人說，：「是幕後老闆，不是客人。」

聽丁子這麼一說，這幾個人才紛紛把臉轉向我，七嘴八舌地說著一些表示失敬之類的話。

我盯著丁子問：「他們是客人嗎？」

丁子說：「算是朋友吧。」

「朋友？」我問丁子：「什麼朋友？」

「常來的客人，現在經常一塊兒玩。」

「玩兒什麼？」

丁子看了我一眼說：「什麼都玩兒。」

這時候那幾個人站起身說要走了，丁子過去招呼他們出門。我進到吧臺裡倒了一杯酒，看見吧臺裡邊的桌面上胡亂擺放著一些吸毒用的工具。丁子從門口回來說：「有一段時間沒見了，最近怎麼樣，事情辦得順利嗎？」

我從吧臺內出來，把外套和圍巾脫下來放到一把椅子上，又把杯子裡的酒一飲而盡，回答她說：「還行，挺順利的。」

「找到幕後的人了？」丁子問我。

「沒有，今天下午差一點就可以抓到。」

「趁現在沒人，你講講最新的進展唄。」丁子說著話也去倒了一杯酒。

「趁現在沒人，我想跟妳說，妳把一幫人弄到這兒吸毒非常危險，再這樣下去肯定會出問題，妳知道不知道有容留他人吸毒這一條罪名？」我對丁子說。

「我還知道殺人有罪呢。」丁子挑釁地回應我。

我聽丁子這樣說感覺真他媽糟糕，我本來到這兒來是想好好坐一會兒聊聊天的，結果現在我覺得完全是聊不下去的趨勢。為了緩和氣氛，我問她：「呂炎呢，怎麼沒有過來？」

「一會兒他就來了。」

丁子的話剛說完，呂炎就推門進來了，他看到我在，很驚喜，趕緊過來噓寒問暖。我以前特別討厭他那種噓寒問暖，但是今天覺得沒有那麼討厭了，可能是最近我感覺太差了。呂炎很快發現我的右手少了一根手指，他皺著眉驚恐地問我：「你這是怎麼弄的啊？」

我說：「沒事兒，不小心被狗給咬掉了。」

「被狗咬掉了？你騙我呢吧。」呂炎說。

「我沒騙你。」我對他說：「有些事兒雖然看起來難以置信，但卻是真的。」

「哎呀，你的脖子上也都是血，也是狗咬的？」呂炎有了新的發現，又驚呼了起來。

我對他說：「別大呼小叫了，沒什麼大事兒。」

丁子走過來朝著我的右手看了兩眼，又看了看我的脖子。由於醉酒和吸毒使她神情渙散，顯然剛才她跟我說話的時候並沒有注意到我新添的傷。丁子看完之後又坐回到原處，一言不發。

「你去打狂犬疫苗了嗎？」呂炎仍舊急切地詢問我，他那不安的樣子就像是我馬上會遭遇不測似的。我應付他說：「打了打了，二十四小時之內就打了。」我為了轉移了話題問他：「你的『荒野生存』最近怎麼樣，還照常活動嗎？」

呂炎說：「照常活動啊，來參加的人比以前多了，場場坐滿，還需要提前預約呢，要不然酒吧裡可能都裝不下。」

呂炎見我提起了他的互助小組，馬上變得放鬆了一些，他接著說道：「你知道為什麼人多了嗎，因為咱們這個活動被媒體在網上報道了，前幾天來了記者，採訪了我。」

呂炎在手機上搜出了相關新聞給我看，我看完後拍著他肩膀鼓勵說：「幹得不錯，下次活動我也爭取過來看看。」

這時我的手機響了，是女經紀人打來的。她在電話裡問我晚上方便嗎，想見我一面。

我問她：「怎麼了？」

她口氣嚴肅地說：「我查到那個名字是什麼人了，最好當面聊一聊。」

「在哪兒見面？」

「在我家吧。」

「好的，我馬上過去。」

我跟丁子和呂炎說：「我有事兒現在要走。」呂炎說：「什麼急事兒啊，我還說晚上打烊後咱們一起吃夜宵呢。」丁子也問了一句：「一會兒還回來嗎？」

「說不好，晚上打電話吧。」我回答了他們一句，穿上外套推門而出。

現在是下班時間，馬路上的車流又堵得走不動了，狂躁的汽車喇叭聲在耳邊響成了一片。不遠處還有兩輛車並線時發生剮蹭，兩個車主正站在各自的車前指著對方破口人罵。在這個城市裡開車絕對是一件自取其辱的事兒，買車需要搖號，買來車後每週一天被限行，開出去在路上又是沒完沒了的堵車和互相較勁。

現在這個時間段沒有空駛的出租車，即使有，十有八九也會拒載。我只好去坐地鐵，進了地鐵站我就後悔了，整個進站的通道裡全是人，擠得前胸貼後背，黑壓壓的一片望不到頭，就像是被淤泥堵塞的下水道，空氣也是污濁不堪，令人作嘔。我想轉身出去都不可能，因為身後已經迅速擠滿了剛進到通道內的人。人群不容置疑地推著你向前走，我只好跟隨這個沉重的隊伍挪行，心裡想著真應該留在大街上步行到女經紀人家的。在緩慢前進的過程中，果真有人嘔吐了，前方隊伍裡一陣騷動，開始有幾個人吵架，聽吵架的內容大概是在說誰踩了誰的腳。

又過了半個小時我才走到地鐵站臺上，又等了三趟車才排隊到列車門口。車內的人也擠滿了，每次到站停車最多只能上去三四個人，最後我是被站臺上的兩個工作人員一齊發力，使勁推著後背給塞進車廂的。這樣的工作人員總是奔走於各個車門之間，為的是將那些上車上了一半兒進不去，又不願放棄的乘客們推進去，或是拽下來。

地鐵開起來後車廂裡又發生一起打架事件。地鐵裡打架太他媽常見了，如果你每天都要坐地鐵，一週當中的三天你大概都能碰到打架的。只是在擠得無法動彈的車廂裡還能真正打起來的情況並不多見，更讓人沒有想到的是，在打架爆發的一瞬間乘客們拚命向四周躲讓，竟然又騰出了一個大約四平方米的空間供兩個人施展拳腳。我整個人被擠在車門上，臉都要被擠變形了。車到了下一站停住時，那兩個人還沒打完，車門一開我就從車廂裡被擠了出去，摔倒在站臺上。太他媽可怕了，我想我以後再也不坐地鐵了，我甚至不想再出門了。

等我從地上坐起來，面前的車門已經被站臺上候車的乘客死死堵住。站臺上的工作人員安慰我說：

「等下一趟吧，很快就來了，我把你推進去。」我說：「謝謝，我到站了，不坐了。」

我給女經紀人打了一個電話，我對她說：「我想麻煩妳來接我一趟，我找不到一個合適的辦法及時趕到妳家。」我把自己的遭遇跟她大概說了一下。女經紀人在電話裡笑了，她說：「好的，看在咱倆在一張床上睡過，我受累去接你一趟吧，快到時我給你打電話。」

聽她這麼一說我感到有點兒不知所措，好在她馬上就掛了電話。我沒有著急出站。她一時半會兒也過不來，地面上也在堵車，我就在地鐵站裡等一陣子好了。站臺上是有椅子的，但是已經坐滿了人，我只好找了一個靠牆的角落站著。等女經紀人的過程裡，我又看到了一起打架的。

女經紀人再次打來電話時我正準備出去透透氣，我已經在站臺裡待了四十分鐘了，頭暈胸悶，感覺像缺氧。我在電話裡跟她確認了準確的出口之後就來到了地面上，我站在馬路邊等她的車。由於這一帶挨著地鐵口，馬路上臨時停靠著亂七八糟的汽車，在等著人上車或者下車。不一會兒女經紀人的車也擠了過來，我繞過了兩輛車之後上了她的車。

一上車她就對我說：「不好意思，路上太堵，開了很長時間。」

我說：「沒關係，我倒不在乎時間長短，我只是寧可站在原地浪費這時間，也不想參與到這種交通狀態裡來了。」

她笑了笑對我說：「可是你現在仍然參與其中啊，你還拉著我一起參與進來了，我們現在就堵在路上。」

「看起來是這樣的，算我欠妳的人情，我拉妳參與進來無非是想讓自己儘早脫身。」我很誠懇地對她說。

「我也希望你能儘早脫身。」女經紀人說：「你知道你讓我查的那個名字是誰嗎？他是檢察院反貪局的局長，你不會想跟這樣的人攪在一起的。」

「反貪局的局長？」我感到有點兒驚訝，我問她：「妳能確認嗎？」

「我相信是他。」女經紀人說：「我問了一圈身邊的朋友，很快就有人告訴了我這個名字是誰，而且我覺得只有他才有可能有那麼多的房產，而且有理由急於出手，種種跡象表明，這個名字的身分和他名下的這些行為不是巧合。」

「妳說得對，反貪局局長應該是在用抵押的方式，通過借貸來把房子變成現金。」

「只是你認為真的是他操縱你殺人並且要殺你的嗎？」女經紀人問。

「現在還不能確認，但我認為應該是這樣的。至少我現在有了新的調查方向。」我對她說。

在一個路口等紅綠燈時，女經紀人把手機拿出來上網搜索了一下那個名字，然後把手機遞給我，讓我看手機上的照片。

她問：「跟你接頭兒的男人，是他嗎？這就是那個反貪局長。」

「不是同一個人，他不會親自跟我接頭的，這個局長不戴眼鏡。跟我接頭兒的人應該是他派來的手下，心腹一類的角色。」

我問女經紀人之前有沒有聽說過這個反貪局局長和女歌星之間有什麼來往，他們兩人之間合作的這些勾當可以證明他們關係相當密切。女經紀人回答說：「沒有什麼印象，但是她在創立公司的那段時間裡，向我描繪過公司的前景，她似乎提到過她在公檢法系統有一些過硬的關係，可以為她的借貸公司保駕護航。」

「妳幫了我很大的忙，謝謝妳。」我對她說。

「光謝謝就完啦？你打算怎麼還欠我的人情，你們男人不能只是在嘴上說說吧。」她揶揄我說。

「我怎麼還呢？我現在還沒有好想法，要不然免費幫妳殺個人？妳有什麼人想除掉嗎？」我問她。

「沒有。」她說：「自殺我倒是想過幾次。我跟你開玩笑的，你不用還，也沒想讓你還，我之前說過了，你其實也是在幫我了結心裡的一個結。」

「希望能幫到妳。」我說。

「你現在去哪兒？」她突然問我：「事都說完了，你還去我家嗎？」

「讓我想想。」我對她說。

「想想？你這種回答我覺得挺傷人的，你要麼就說去，要麼就乾脆地找一個理由說還有別的事不去了。讓你想想，這算怎麼回事兒啊。」她用一種誇張的口氣表達著她的不可思議。

「我覺得妳的車被跟蹤了。」我對她說。

「跟蹤？」她吃了一驚，趕緊看後視鏡：「你是說後邊的那輛紅色的車？」

「不是，是我這一側相鄰車道的那輛黑色的車。」我對她說：「這輛車從妳接上我開始，已經跟了一路了，也許還有別的車，我暫時還沒發現，我在副駕駛上看的視野有限。」

「你怎麼知道這車就是跟著我的？」女經紀人有點兒半信半疑。

「妳在地鐵口外邊的馬路上停車接我的時候，這輛車是跟著妳過來的，當時它也停下了，在妳後邊隔著一輛車的位置。剛才咱們行駛途中幾個路口拐彎，我從右側後視鏡看到這輛車一直跟在我們車後。」我跟她解釋說。

「那我們現在怎麼辦？」

「讓我判斷一下現在的情況，妳先假裝沒有發現它，往前開吧。」

我告訴她那輛車裡有兩個人，看不清長相，但是可以肯定的是，這兩個人當中沒有戴遠視眼鏡的男人，他們也許是他派來的。不管怎麼樣，得先找機會甩掉他們，然後脫身，我不想帶著女經紀人貿然行事。

我們的車繼續往前開著，我打量著道路兩邊的環境。女經紀人問我：「你覺得我們會有危險嗎？」

「我覺得暫時不會有危險，如果他們想動手早就動手了，他們之所以能找到妳，就說明他們一直在暗中監視著我，他們跟蹤妳可能是在判斷目前的形勢，不過他們的自我保護意識很強，不會在眾目睽睽之下動手的，否則他們也沒必要每天暗中跟蹤。」

我們的車開上了一座立交橋，這座橋錯綜複雜，有很多出口，立交橋上的車輛也很多，車流速度緩慢。我對女經紀人說：「妳找一輛車追尾吧。」

女經紀人看我一眼，然後果斷地把車頭頂在了前車的後保險杠上。我們的車和前車都停在了路中間，前車的司機從駕駛位上一臉怒氣地衝了出來，他衝我們大聲抱怨著。我們跟他道歉說都怪我們，該怎麼賠就怎麼賠，讓他別生氣。我們建議他到最右側的緊急停車帶解決問題。

兩輛車都挪到了緊急停車帶停好。身後的車輛經過我們身邊，向前魚貫而行，我用餘光看到了那輛跟蹤的黑色汽車從我們身邊開了過去，從最近的一個出口駛出。

女經紀人很快和車主協商好了賠償事宜，打發走了那個生氣的司機。我上了駕駛位，她坐到副駕駛位置上。發動汽車後，我在立交橋上找到與剛才黑色汽車相反方向的一個出口開了出去。

我對女經紀人說：「我判斷目前的情況是，只要妳不跟我在一起，妳就不會受到誤傷。他們監視妳最終的目的也是想弄明白我在幹什麼，妳對他們來說沒有意義，妳也不知道他們是誰，妳即使知道一個人名兒，妳也沒有任何證據，更沒參與過他們的勾當，連警察都對他們沒有辦法，妳對他們來說更不是問題，在這一點上他們比妳更清楚，妳不用太擔心。不過，為了保險起見，以防妳萬一受到意外牽連，也為了避免妳每天被人監視著生活，妳最好躲一段時間，妳還有別的地方可去嗎？」

「我還有一套房子，但是租出去了。別的地方就只能是朋友家了，可是我覺得這也不是辦法啊，一是可能會給朋友帶來麻煩，二是我覺得只要在這個城市裡活動，在哪兒都會被人找到吧，除非藏在一個地方與世隔絕，可是你也沒辦法來給我送飯啊。」她苦笑著對我說道。

「那妳在外地有地方可去嗎？」

「外地？我明天一早要去外地出差，這個算嗎？」

「那妳最好今天晚上就走，在他們重新發現妳之前。我現在送妳去機場吧。」

說著我把車開向了機場方向，一路上女經紀人不停地打電話協調這一行程變動，最後她在電話裡把最近的一個航班也訂好了。等她把所有事情安排妥當，我對她說：「最近妳最好先別回來了，等我把所有問題解決了再跟妳聯繫。」

「那我能去哪兒啊，我還有這麼多工作呢。」她為難地說。

「給自己放個假，把工作交給同事，要不然妳出國玩一圈兒。」

「看來只能這樣了，出國是個辦法，本來我也計劃最近出國去跟國外幾個公司落實一些合作計劃的，護照上還有兩個簽證在有效期內，等明晚外地的工作結束後我就走。」

女經紀人又說：「不過我走得也太匆忙了，連件衣服都沒帶，明天一天的會議，也沒時間去買。要不然咱們在沿途找一個商場吧，讓我買兩身明天工作場合可以穿的衣服，現在離我訂的航班還有足夠的時間。」

我看了一下錶，還沒到八點，很多商場確實還在營業。我說：「好的，咱們去市中心之外的商場吧，先從堵車最嚴重的市區開出去，這樣我們可以更好得把握剩餘時間，也不容易被他們發現。」

我對這個城市的商場不熟，在她的指引下，我把車開到了城市外環的一個大型生活區，找到了位於其中的一家商場。我在門前的停車場裡把車停好，下車前女經紀人對我說：「我先去買衣服，另外我還需要再買一個行李箱，這次出門我肯定會用到這個箱子的，但我會儘量快一點兒。」我說：「好的，我也進去轉一下看看有沒有我需要的東西，一會兒咱們在車上會合。」

我去了家居用品的樓層。我在廚房用品專區轉了轉，我需要一把刀，和我的手槍搭配使用。我在一個品牌專櫃看到了一組眼熟的刀具，我馬上想起來了，這樣的一組刀具我在那個富商家裡見過，就是女歌星生前的最後一個男友。我用了他家那組刀具的其中一把，切掉了一根腳趾。這個品牌的刀真是太好用了。

我挑了一把大小適中的刀買下來。我回到停車場，坐進車裡，把刀的包裝拆掉，然後把這把刀放在了副駕駛座位背後的網兜裡，刀把衝著我駕駛座位的方向，這樣在開快車時有衝撞的情況下，不至於被這刀傷到，而且還方便我拿到它，只要一回手就能抽出來。

很快女經紀人也回來了，她拖著一個旅行箱，打開了後排座車門，把箱子直接放在了後排座上。回到副駕駛座位後，她對我說：「我看到你買的東西了。」我點了點頭。

她又說：「讓我抱抱你吧。」我解開安全帶把身子扭過去，她伸出胳膊緊緊抱住我，抱了一會兒之後她鬆開了手，果斷地說：「開車吧。」

到了機場，女經紀人去換登機牌，我站在不遠處的一個柱子前等她。機場大廳裡旅客不如白天多，她很快就辦好了手續，我迎著她走過去，打算告別。她說：「走之前想再抽你一支菸。」我說：「好吧。」

我和她一起出了機場大廳，來到門口的垃圾筒旁邊。我抽出兩支菸，遞給她一支，我自己叼上一支。我們聊著一些無關緊要的事兒，比如一些明星緋聞什麼的，誰也沒再提眼前的這些事兒。外邊的風有點兒大，抽菸的時候深吸一大口，就著冷風，沁人心脾，吸進肺裡的菸通過嘴巴呼出的一瞬間就被風吹散，一支菸很快就抽完了。

女經紀人把菸蒂摁進垃圾筒上專門滅菸用的細沙裡，她站在原地還有點兒意猶未盡的樣子，不知道是想再抽一支菸，還是想再聊聊她們圈子裡的事兒。我說：「早點去安檢吧，我送妳進去。」

這時，我扭頭看到了機場大廳另外一個入口進去了兩個人，他們一進大廳就到處張望。我一下就認出了他們，他們就是我幹掉女歌星那個富商男友之後，在電梯口碰到的那兩個人，他們和我擦肩而過，直接進了富商的家門。由於我使用了護身符，他們根本就沒有意識到我的存在，就像我一是個隱形人似的。

我抓住女經紀人的胳膊對她說：「先別動，他們來找我們了。」

「這麼快？」她驚訝地說。

「可能妳的車上被人安裝了定位跟蹤的設備，他們知道妳的車來機場了。」

「那現在怎麼辦？」

我對她說：「妳在地鐵接我上車的時候他們應該已經記住我了，我去把他們引開，妳從最遠的門口進入大廳，然後直接去登機口。把妳的外套脫下來，這樣他們不容易發現妳。」

我進入大廳，昂著頭，左顧右盼地迎面向那兩個人走過去。他們果真認出了我，我能感覺到他們在我身後停下來，並返回頭跟上我了。我假裝在找人，吸引著他們跟著我在大廳裡轉了兩圈，我看到了女經紀人已經從遠處進入了大廳，然後直接進了安檢區。

我往停車場走去，回到了車裡。我在車裡檢查了一下那把刀是不是依舊放得穩妥，看了看這輛車的各種功能鍵，我有意拖延時間，以保證跟蹤我的人能及時坐進他們的車，並緊緊跟上我。我又給女經紀人打了一個電話，她已經通過安檢，在候機室等候登機。我祝她旅途愉快，她祝我好運。

我把車開出了停車場，在收費口處，我看到了那輛黑色汽車跟了上來。我在高速路上開了一會兒之後，從一個出口出去，開到了輔路，最後拐上了一條不知通往何處的林間小路。這樣的小路在機場附近有很多，連著周圍的一些農村。現在已經晚上十點多了，路上沒有別的車，只有我和後邊跟著我的這兩輛車。這時他們的意圖已經非常明顯了，在這個人跡罕至的地方，我猜他們會對我有所行動。

在一個岔路口我快速地調了一個頭，後邊的車看到我突然往回開，他們的車有些猶豫。我把油門踩到底，從他們的斜前方全速撞了上去。他們的車直接被撞進了路邊的溝裡，側躺在那裡無法動彈。我從車裡衝出去，掏出手槍，先開槍打碎了他們的車窗，然後我把槍伸進車裡。我希望戴遠視眼鏡的男人也在車裡，但是除了那兩個跟蹤我的人之外沒有第三個人，他們剛從安全氣囊裡解脫出來，但是仍然困在安全帶裡。

我用槍指著他們。他們不停地說著別開槍，讓我冷靜，有什麼話慢慢說。

我問他們：「你們是哪兒的？」

他們說：「檢察院反貪局偵察處。」

「為什麼跟蹤我？」

「處長安排的，具體因為什麼事我們並不清楚。」

「你們處長是誰？」我問他們。

他們說了一個名字，這個名字我沒聽說過，也沒在女歌星的那些文件裡看見過。

我直截了當地問：「戴遠視眼鏡的男人是誰？」

「你說的這個人應該就是我們的處長。」其中一個人回答說。

「他在這件事裡負責什麼？」

「我們是偵察處的，處長負責給我們分配任務，至於這件事是什麼，我們真的不知道。」

「那分配給你們的任務裡都是什麼？」

「我們目前接到的指令就是讓我們跟著那個女的，通過跟蹤她，看看她和她接觸的人在一起幹些什麼。」

「那你們為什麼又跟上我了？」

「那個女的跟丟了，我們剛才打電話問處長怎麼辦，他說就讓我們跟著你。」

「他就說了這些？」我把槍頂在了回答我問題的那個人的臉上。

旁邊另一個人趕緊補充說：「處長還說你很危險，要是跟到一個人少的地方，可以對你進行抓捕。」

我又對他們說了那個讓女經紀人查到的名字，我問他們：「你們局長是叫這個名字嗎？」他們說是的。

「那你們局長跟這件事是什麼關係？」

「局長？局長統一部署吧，局長從來沒跟我們談起這件事兒。我們經常會有一些特殊任務，我們這些底下幹活兒的人並不知道事情的來龍去脈，領導讓幹什麼就幹什麼。經常會有祕密監視和祕密抓捕的行動，在這件事上我們的彙報領導是處長，都是根據處長的指令幹活兒的。」

「現在帶我去找你們的處長。」我對他們說：「你們從車裡出來，上我的車。」

這兩個人從他們翻倒的車裡爬了出來。我拿著槍跟在他們身後，讓他們兩個人坐進了前排，我坐進後排。我命令他們繫上安全帶，然後我從座位後邊，一手拿槍，另一隻手分別對他們進行了搜身，把他們身上的槍和手機都掏了出來，然後命令他們開車。

他們做出一副為難的樣子說：「我們也不知道現在處長在哪兒。」

「打電話問，就說抓到我了。」我拿出一個手機扔到前排，手機的主人拿起它。我對他說：「用免提。」

他在電話裡按我的要求跟處長請示了一遍，對方簡單問了一下經過，最後在電話裡說：「先不要回局裡，帶著人到酒店，我一會兒就過去。」

掛上電話後，我問他們：「什麼酒店，為什麼去那兒？」

他們跟我解釋說那其實並不是真正意義上的酒店，是郊外的一個別墅，是他們對調查對象進行看押的一個祕密地點，他們稱那裡為酒店。

我讓他們開車去那兒，車上了路，不過開了一會兒就遇到了麻煩，發動機溫度越來越高，弄得整個車廂都很熱，可能由於車前部經過碰撞，冷卻液漏出了。又堅持開了一會兒，汽車熄火再也無法啟動，停在了前後無人的黑暗小路上。

我用槍對著他們說：「你們想想辦法，我只想見到你們處長，方式方法我不在乎，如果不能讓我見到你們的處長，我就打死你們倆。」

他們倆在車前排座位上開始商量。一個人對另一個說：「要不然給處長打個電話，跟他說車壞了，讓他過來接咱們一趟。」

另一個說：「處長不罵死我們才怪呢，這種事兒可以找到一百個人來接咱們，領導怎麼可能會來呢。」

他們扭頭問我：「要不然我們叫同事過來？」

「不可以。」我否決了他們的提議。

其中一個人說：「要不然叫一輛出租車過來吧，等出租車過來後，我們亮明身分，徵用他的車。」

我想了想說：「你們先給處長打電話彙報一下情況，問他能不能過來，看他怎麼說。」

我之所以讓他們詢問遠視眼鏡男人能不能親自過來接一趟，也是希望有機會可以在這個前不著村後不著店的偏僻地方與他們交鋒，畢竟到了他們的地方之後還不知道那裡的條件對我是否有利，是否有機會能夠占據主動。

拿著手機的人舉起電話撥號，撥完號把手機放在耳朵上等著接通。我提醒他：「用免提！」

他又把手機從耳朵上拿下來，按了免提鍵。在電話裡他說車遇到了故障，問處長能不能過來接一趟。對方聽完之後想了一會兒，說道：「可以，把你們的位置發給我。」

我有點兒意外遠視眼鏡男人會同意親自過來，我猜他可能也是為了在一個在荒郊野地裡馬上解決問題。

他們在發送位置信息的時候我讓他們手機舉起來，整個操作過程我都需要看見。發完之後我開始思考接下來的問題，當遠視眼鏡男人過來的時候，怎麼才能不露出破綻。如果我們三個人在車下等他，我就必須做出一個被他們押解的樣子，可是那樣對我來說有些被動，他們很容易趁我不備從背後對我下手。如果在車上等著呢，首先不能他們兩個人都坐前排，而把我單獨放在後排座位上，這樣不合情理。可是如果讓一個人坐在司機的位置上，讓另一個人坐到後排我的身旁，那同樣對於單槍匹馬的我來說有些難於防範，即使給身邊的人帶上手銬，也不能保證對方在機會出現時不會偷襲我。

這些問題困擾了我一會兒，我決定不再為此費神了，遇到這些麻煩事兒我就喜歡用簡單粗暴的方式解決。我對他們兩個人說：「我殺過很多人，並不介意再多殺你們兩個，但是今天我不打算殺了你們。如果你們瞭解我這個人的話，瞭解我對殺人抱有一種什麼態度的話，你們就會知道我今天沒殺你們就相當於對你們有救命之恩，如果你們不想死的話，你們就要跟我配合好。」

他們說：「好的好的，怎麼配合，都聽你的。」

我說：「等一會兒你們處長快到時，我們一起下車，我假裝已經被你們制服，你們假裝在看押我。等你們處長下車時，一切就會結束。你們就可以回家了。」

他們似懂非懂地說：「好的，可是你說處長下車時一切就會結束，這是什麼意思呢，你是要殺掉他嗎？」

我對他們說：「你們聽著，我並不是你們的一個正常案子，你們處長，甚至是你們的局長，他們想要除掉我，一直在追殺我，因為我的存在會讓他們面臨某種風險，他們有著不可告人的罪行。不過他們一直沒能乾淨漂亮地解決這件事，你們倆的介入只不過是他們為達到目的所動用的公權，他們讓你們抓住我之後，就會想辦法暗地裡幹掉我。所以，基於這一點，我也希望你們倆能配合我，因為你們幫了我，很大程度上也是在幫一個弱者。當然，我作為弱者也並不是什麼好人，但不管結果怎麼樣，至少在這件事裡不會有好人吃虧，因為這裡邊沒有好人。所以，就算你們幫我，也不用擔心對自己的良心無法交待，你們完全可以做到心安理得。當然了，也許你們根本也沒什麼良心，壓根就不關心誰是好人誰是壞人，你們只關心自己的得失，你們自己十有八九也是壞人，也做過很多壞事兒。總之，我現在完全可以殺掉你們，但是這不是我的第一選擇，我更希望能得到你們的積極配合，我希望我們在接下來的時間裡能像朋友一樣互相信任，一起來解決今天晚上這件事兒。」

我差不多算是苦口婆心地對兩人進行了一番遊說。他們兩個表示沒問題，一定會好好配合。他們為了顯示出已經跟我是同一戰壕的搭檔，還對我說了一些表示理解和體恤的話，甚至還說他們自己也不喜歡這個處長，說現在別管是哪兒的領導，拉出去槍斃一點也不冤，說這年頭兒什麼都是假的，只有保住自己才是真的。他們表示怎麼配合都行，讓我放心，一會兒等處長來了，讓我只管放手去做自己要做的事兒。

我和他們聊了一會兒天，還一起抽了菸。其中一個人還把他手機裡存的家庭照片給我看，就是那些老婆和孩子之類的照片。看完照片我讓他打了一個電話，問一下他們處長到哪兒了。電話裡說還有大概十幾分鐘就會到。掛上電話後，我對他們說：「按說我現在已經不需要你們了，我可以把你們打死，把你們屍體擺在車裡的座位上，然後我安安靜靜等你們處長過來之後幹掉他。你們死了對我來說更安全也更省事兒，但是我既然決定了不要你們的命，那我就需要冒很大的風險和你們配合好，你們要理解我的良苦用心，希望你們不要暗中作梗。」

再次對他們進行了一次說服教育之後，我先打開車門，把從他們身上搜出來的手槍扔到了對面路邊的樹林裡，然後我拿著自己的槍，讓他們都下車。我對他們說：「我會背著手坐在地上，就像那些被制服後戴上手銬的嫌疑犯一樣，但是我手裡會拿著槍。你們兩個人就分別站在我身體兩邊，假裝是在看守我，不過你們不能走動，只要你們離開原地一步，我就對你們開槍。」

他們按照我的指令在路邊站好，我背著手，手裡拿著槍坐到他們中間，背對著熄火的汽車，面朝著遠視眼鏡男人將要過來的方向。我打算等他的車一停住就衝過去對他開槍，我甚至沒有考慮再用掉一個護身符，我需要在第一時間衝他開槍，我不能讓他有任何占據主動或是可以喘息的機會。我甚至不能等他下車，那樣保不齊他會直接拿著槍下來對我開槍，就算他沒有對我開槍，也有可能不會被我一槍擊倒，他有機會負傷逃進樹林裡去，然後贏得反擊的條件，這些情況哪怕有百分之一的機率出現，我也會盡力杜絕。我會直接開著槍衝到他的車前，讓他在汽車裡無路可逃，也無法及時做出有效反抗。如果他被打死了，那就讓他去死好了，如果他沒死，我就趁機再多問一些關於反貪局長的問題，但最後還是會把他打死。

只是我不能保證身邊這兩個人能萬無一失的配合我完成這些事，他們也許在車開過來的時候會做出一些暗示信號，來提醒他們的處長這裡有危險。我沒辦法看到他們的頭和臉，甚至連他們的手也看不到。還有可能他們會在我動手的時候從背後襲擊我，那樣我就會腹背受敵，受到前後夾擊。但我顧不了這麼多了，我現在只能儘量動作敏捷，出其不意地突然行動，不等他們反應過來就已經迅速地衝到車前控制住局面。

過了一會兒，公路遠處出現了一點晃動的亮光，在黑暗的夜裡就像一個點燃的菸頭。這一點兒亮光漸漸地靠近、變大，最後分解成為兩個車燈。我心裡有些緊張和激動，我感覺拿槍的那只手已經被汗水浸濕了。

然而出現了一點兒不對勁的情況，那輛車已經開得很近了，但是速度很快，完全是一種保持正常行駛的速度，汽車直到離我們還有幾十米的時候才稍微有些減速，但是似乎沒有靠邊停下來的意思，看起來這輛車更像是要從我們身邊路過。我一時無法判斷這是不是遠視眼鏡男人的車，如果只是一輛過路汽車的話，那我最好別對這輛車舉起槍，否則司機之後報警的話會引起不必要的麻煩。如果這是遠視眼鏡男人的車，可他要是開到我們身後再停車的話，那就全暴露了，他有可能會從後視鏡裡看到我的手並沒有被銬起來，而且還拿著一把槍，那樣他完全可以開車跑掉。

可是我現在來不及多想了，這輛車開至離我還有不到三十米的距離，我從地上一躍而起，我要衝到車前看個究竟。然而就在我衝出去的一剎那，那兩個不講信用的傢伙從背後對我下手了。我感到被人狠狠地推了出去，我猝不及防地被迎面開來的這輛車撞上了。幸虧相撞前這輛車踩了一腳急剎車，我聽見了一聲刺耳的剎車聲，同時汽車還猛拐了一下車頭，整個車身橫在了路中間。要是沒有剎車和轉車頭，我肯定會被撞得很慘，即使這樣我還是被車頭的甩動撞飛了出去。我落地後趕緊一連翻了幾個滾兒，讓自己滾到路邊的溝裡隱蔽一下。

我看到那兩個人跑到了馬路另一側的小樹林裡去找他們的槍。還好我手裡的槍還在，我本能地緊握著它沒有鬆手。我現在顧不上那兩個人了，我從溝裡爬起來，舉著槍衝到那輛車的車窗前，我要看看裡邊到底是誰。我剛跑到車門前就聽見兩聲槍響，這輛車副駕駛一側的車窗玻璃被打碎了，與此同時我看到駕駛位上的司機被打中了頭。那是一個二十出頭的年輕人，他的腦袋劇烈地抖動了一下，然後又垂了下來，無力地靠在旁邊的車窗上一動不動了，只有臉上往下滴著血。

這是那兩個混蛋在對我開槍，我趕緊蹲下身子用車體擋掩護，同時判斷著他們在什麼位置。他們的槍聲安靜了一會兒，但是只要我一露頭，他們的子彈馬上就會打過來。我感覺他們似乎在逼近我，為了把他們壓制回去，我把槍伸到車外開了兩槍，彎腰跑到前方十幾米外女經紀人的那輛車後，在這個位置我更容易看到他們，我躲在車後繼續跟他們對射，他們只能又退回到樹後邊去了。這時我看到遠處又有一輛車開了過來，但是這輛車遠遠地停住了，在看到前方有人交火後，汽車迅速調頭開走。

那一定是遠視眼鏡男人的車，他在局勢失控且不明朗的情況下謹慎地溜了。我錯失了抓住他的好機會，我付出的信任被那兩個混蛋利用了。我這把半自動手槍裡的子彈大概還剩下六顆，我得想個辦法幹掉他們。

我向他們又開了兩槍，阻止他們接近我。然後我打開了女經紀人汽車的後排車門，副駕駛座位的背面放著我買來的刀。我把刀抽出來，身體挨著汽車躺到地上，把手伸到汽車底盤下邊摸索著。我找到了汽油濾清器的位置，我要把車裡的汽油通過濾清器和汽油管的連接處放出來。

以前我曾經接過一個活兒，需要在對方的車上做些手腳，把他車裡的汽油排空，我專門練習過怎麼拆掉濾清器。不過，現在的情況比較緊急，我正被兩個人開槍射擊，所以正常拆卸肯定來不及，只能把這個位置的零件破壞掉。我用那把刀插到濾清器和油管的連接處，用力地連捅帶撬，再用手使勁拉扯了幾下，汽油一下湧了出來。為了加快汽油的排出速度，還需要回到駕駛位，把車鑰匙擰到接通電源的位置上。把這些事做完之後，我又從脖子上解下來今天中午在商場買的那條圍巾，我用它擦了擦滿手的汽油，然後把它揣進了外套兜裡。這時我看到漏出來的汽油已經在車底下四散溢開了。

我需要誘使那兩個混蛋從樹林裡出來，引到這輛漏油的汽車後邊，所以我讓出了這個位置。我衝他們躲著的地方開了兩槍，手裡拿著刀又退回到了剛才那輛倒楣的過路車後邊。我靠著輪胎坐下來，不再開槍，我要給他們一點時間接近我，女經紀人的那輛車對他們來說是這條馬路上最好的掩體，他們會上套兒的。

我打算用掉兩個護身符，我在思考著用掉哪兩個，以及怎麼用。關於護身符的夢裡明確地告訴我，使用護身符時必須要當著對方的面兒才有效。在眼前的這種條件下，如果要切掉腳趾的話，就很難實現「當面」這一硬性規定，而相比之下，切掉手指的可操作性更強。我把左手伸開，看著小手指和無名指，我決定切掉這兩根手指。我看著這倆手指的時候，感覺就像一個屠夫打算從羊群挑出兩隻羊待宰一樣。

在我考慮使用護身符的時候，那兩個人已經抓住了我留給他們的時機，跑到了女經紀人的車後，他們在那裡衝我這邊開了兩槍，大聲喊著讓我投降。我左手除了小手指和無名指外，其餘三個手指我用圍巾纏了幾圈，以起到保護作用。我的右手裡握著刀，慢慢地把兩隻手從車頂上方伸出來。他們看到有兩隻手伸了出來，大概以為我這是做了一個投降的動作。他們喊著，讓我先把刀扔了，再把槍也扔出來。我拿著刀，舉著胳膊，從左手小手指開始，帶砍帶削。這個品牌的刀真的非常鋒利，三下五除二就把兩個手指弄掉了。那兩個人大聲罵著，讓我別發瘋，讓我趕緊他媽的投降。

我把那個沾滿了汽油和血的圍巾從手上解下來，用它包住刀，又從身上摸出打火機，把包著刀的圍巾點著，朝女經紀人的車扔去。圍巾碰到了車身落在地上，地上的汽油迅速燒成一片，連帶著也引燃了汽車。那兩個傢伙本來藏在車後，突然看到腳下的地面和面前的汽車著火了，嚇得趕緊從車後跳了出來。這是一個好機會，我舉起槍衝出去，對準他們開槍，他們應聲倒地。

我跑到車前把那把被圍巾包著的刀用腳從火裡踢了出來，我還想要這把刀，它真的是太好用了，儘管刀把兒有些燒壞，但是那不算什麼。我把刀撿了起來，揣進外套內側兜裡。我看到其中一個人還沒有死，他身上已經被火引著了，大概是從鞋底和褲子開始燒著的，兩條腿已經泡在火裡，火苗正在往上身躥。他衝我有氣無力地喊道，撲滅火，叫救護車。我沒理他，我絕對不會再給他們任何機會了。

我回到那輛過路車前，把那個年輕人的屍體推到了副駕駛位置，我想借用一下他的車。我今天已經走了一下午了，又折騰了一晚上，我不想再從這兒步行出去了。而且現在是半夜，四下無人，我在路上步行也有被遠視眼鏡男人在半路伏擊的風險，誰知道他有沒有真的逃走。不過我也不想把這個年輕人的屍體扔在路上，讓他坐在車裡一塊兒走吧。

我發動了汽車，我太他媽需要趕緊離開這裡了，需要回去好好休息一下，這一天真累。我飛快地開著車，一直來到了通往城市的大路上。我把車停下來，不能再開著這輛傷痕累累的車進城了，我把車扔在了小路邊上。現在我需要打一輛出租車，我希望這會兒能順利地打上一輛車。

十九

事與願違，我站在路邊大半天了也沒有等到一輛出租車，這個地方是郊區，空駛的出租車在半夜很少會經過這裡。我又冷又累，還要警惕著遠視眼鏡男人是不是會返回來，畢竟現在大路上也是車少人稀。我覺得不能再盲目地等下去了，我決定給呂炎打一個電話，讓他想想辦法。

電話剛一響馬上就接通了，還沒等我開口，呂炎就在電話裡叫了起來：「我正要給你打電話呢，丁子出事兒了，她昏迷了，可能是吸毒過量，也有可能是因為喝酒太多，剛才她在參加酗酒大賽，從桌子上掉下來就不省人事了。」

呂炎問我要不要過來一趟，我說我肯定要過去看看，只是我現在被困在了離機場不遠的地方，打不到出租車，連城都進不了。呂炎說那可怎麼辦啊，我也不能過去接你，丁子身邊還需要人。我說我不管，你趕緊想想辦法，你讓你的上帝趕緊給我派一輛車過來。呂炎想了一下，問我手機上有沒有那種約車軟件，就是可以約私家車出來拉活兒的。我說沒有，我對他說你要有的話就趕緊他媽的替我約一個。

他非常無奈地說：「好吧，我試試吧，不知道你那附近這會兒有沒有人願意出來接單，你發個位置信息給我吧。」

「我不會發什麼位置信息，你跟司機說在大概什麼位置，把我手機號給他，讓他沿著路邊找，整條馬路只有我一個人站在這兒。」我對呂炎說。

「好吧，等我約好了再打電話給你，現在救護車來了。」呂炎說完匆匆掛了電話，我聽見他那邊一片亂糟糟的。

這一天實在太糟了。我坐路邊抽了支菸，打火機還在，剛才槍戰時我用它點完火後竟然沒弄丟，這對我來說是個安慰。菸抽了一半兒，呂炎打電話過來說：「約好了，價格也談好了，我已經用手機幫你把車費付了。我讓司機直接把你拉到醫院來，他就在機場附近住，大概二十分鐘就能到。」

在這二十分鐘裡我抽了半包兒菸，那個傢伙終於來了。上車前我把外套脫了，卷起來拿在手裡，上面都是血污。坐進車後司機和我淡淡地打了一個招呼，我疲憊地回應了一句。車裡很暖和，我感覺舒適了一些。司機跟我打過招呼之後沒有再說話，一直等汽車上了高速之後，他從前邊遞過來一瓶水，說了一句：「喝瓶水吧。」

我對他說了句謝謝。他說：「不用謝，反正這些水也是我從單位白拿的，拉活兒時碰上順眼的乘客就給一瓶，就當是做客戶關係了，我有一些回頭客。」

我對他說：「我估計以後沒有機會再坐你的車了。」

司機無所謂地擺了擺手，他像是自言自語地說著話：「我也拉不了多久了，我媳婦兒快死了，撐不過這個月了，等她不再用錢了，我就把這車賣了還債，好好歇一陣。你知道這麼晚了我為什麼還接你這一單活兒嗎，不光是為了掙錢，是因為你要去醫院。」司機自顧自地說著：「我對要去醫院的人都感覺親切，都覺得是朋友。」

司機還在自言自語地說著什麼，他看起來像是有氣無力地沉浸在自己的世界裡。後來我在車上睡著了，我總是容易在車上睡著，比在任何地方入睡都要容易。在半睡半醒時我還在想，真希望這輛車一直開下去，而我永不下車。我做了一個夢，夢見我被反貪局長派出的一群人追殺，人很多，為了消滅他們，我手上腳上剩下的護身符都不夠用了，於是我在夢裡一意孤行，大開殺戒。後來夢醒了，我感覺車停了下來。我睜開眼往外看了看，外邊是醫院的大門口。

又夢到了護身符，我有些茫然，心跳也很快。我在車裡坐著緩了一會兒，把剩下的水喝完了才下車。我本來想把身上的錢都留給司機當作小費，但是我猶豫了一下沒這麼做，只是把那個空水瓶留在了座位上。下車後我又有點兒後悔，我留著這些錢幹麼用呢，難道真要攢錢買一個荒島麼，躲到一個荒島上就能躲開人生的荒蕪了嗎。我有點兒生自己的氣，我一度以為自己是沒捨得身上的這些錢，後來我才意識到，不是錢的問題，完全是出於我對人不信任的問題，我一點都不瞭解這個司機，就因他遞給我一瓶水，還帶著一臉可憐相，難道就能證明他在別的時候不是一個垃圾了嗎。這樣一想，我心裡就沒有那麼自責了。

我給呂炎打了電話，告訴他我到了。呂炎跑出來接我，他說丁子已經醒過來了，情況也趨於穩定，醫生說是吸毒過量，讓留在醫院再觀察兩天。

我跟呂炎來到病房，看見丁子躺在床上發呆，她看見我進來第一句話就說：「你快去找個地方幫我買瓶酒，我不可能在這兒乾躺兩天，我至少需要喝點兒酒。」

呂炎跟我抱怨說：「她已經跟我說了半天了，我沒同意，她都快跟我急眼了。」

我跟丁子說：「現在是半夜了，我也沒力氣動了，明天天亮了我給妳買來。」

這時候護士急匆匆進了屋，她對我們說：「現在已經過了探視時間了，因為你們是急診，所以讓你們多留了一會兒，但是現在除了病人之外，其他人都要離開病房了。」

護士不耐煩地擋在我們身前趕我和呂炎出門，就差用手推我們了。呂炎隔著護士對丁子說：「看到了吧，買了酒也沒辦法給妳送進房間了，妳先好好休息一晚上吧。」

「你早幹麼去了，趕緊走吧，別回來了。」丁子生氣地對呂炎埋怨著。

呂炎說：「好的好的，走了走了。」

我對丁子說：「好好睡一覺吧，明天再說。」我跟著呂炎往門外走。

我走到門口時，丁子突然對我說了一句：「我剛才昏迷的時候做過一個夢。」

我看著丁子，點了點頭說：「我也做夢了。」說完這句話之後我出了門。呂炎在走廊裡等著我，他說送我回家。我想了想對他說：「你別送我了，我就在醫院走廊裡的椅子上過一夜吧，反正用不了多長時間天就亮了。」

呂炎說：「沒事兒，你還是回家休息吧，明天一早我過來就行。我看你的樣子特別疲憊，你就在家多睡會兒吧。」

我沒有答應他。我怕這個時間和呂炎一起走到大街上會遭遇風險，如果被人暗算，可能會連累呂炎。我對他說：「沒錯，我特別累，所以懶得再去路上折騰了，就想馬上躺椅子上睡會兒。你走吧，不用管我。」

呂炎大概認為我是在跟他客氣，他沒有放棄，拉著我胳膊往前拖著，說道：「走吧走吧，折騰不了多長時間，現在後半夜，馬路上車少，一會兒就能到家。」

呂炎一直拉著我走到電梯口，他前一段時間剛買了一輛車，為了有資格買一輛車，他在網上搖了兩年的號才中簽。他拉著我的胳膊跟我說：「你還沒坐過我買的車呢，今天正好帶你感受一下。」

「我受傷了，需要去找醫生治療一下。」我使勁兒把胳膊從他手裡抽出來，把剛剛失去兩根手指的左手伸給他看。

我這樣做也是為了在呂炎注意到我的左手之前，主動向他展示傷情，這是為了避免他在某個時間突然看到我的手後會嚇得大呼小叫，他的大呼小叫也會把我嚇一跳的。與其冷不丁的把他嚇壞了，不如提前在大家都有些思想準備的情況下明示給他。呂炎看到我的左手又少了兩根手指差點就瘋了，他抓著自己的頭髮驚恐地看著我。他壓抑著自己的慌亂的聲音問我：「你到底出什麼事兒了，一天之內少了這麼多手指頭？」

「沒什麼大事兒，以後再說吧。你先走吧，我留在醫院裡治療一下。」

「我不走，我陪你吧。」呂炎堅決地說。

「我不需要，也不想你讓陪著我，我就想讓你趕緊走，我很累，不想再說話了。」我粗暴地拒絕了呂炎。

呂炎看見沒辦法說服我也就不再堅持了，他說：「那好吧，那你就在這兒休息一下吧，明天早上我會再過來，記住不要給丁子買酒。」他臨走前還把外套脫了遞給我，說晚上可能會冷，讓我睡覺時搭在身上。

在我看來，呂炎有時候確實真他媽有點兒像天使呢，他為你所做的一些事的確讓人受用，儘管很多時候他在付出好意時看起來有那麼一點兒虛偽，但這並不是說他的好意是假的，而是說他付出好意的動機並不是真正指向你的需求，而是指向自己的。他通過付出關心與提供幫助來取悅你，最終是為了讓自己招人喜歡以及贏得信任。他為你做的這些事，最根本的目的並不在於解決你本人的需求，他更多是為自己的存在感而服務的。

甚至我猜，呂炎在取悅他人的同時，還在通過這些行為悄悄地取悅上帝，用愛心和行善去滿足上帝對信徒的期望和要求，甚至是將這些當成義務一樣去履行。但是，除去那些有點兒虛張聲勢或假模假式的關心與幫助之外，呂炎偶爾也確實會表現得像個天使，只不過就算他是個真正的天使，他也總是讓人感到厭煩和不快，大概是因為天使也是上帝的產物吧。不過用天使與上帝相比的話，天使還沒有那麼令我難以忍受，因為上帝才是個十足的偽君子，他正是按照自己的樣子創造了人類，所以人類是什麼樣兒，上帝就應該是什麼樣兒。我倒是認為那個墮落的天使造福了人類，讓人類不再那麼的愚蠢和無能，他至少讓人類具備了智慧，變得像上帝一樣可怕和虛偽，從而使人類避免成為像是上帝的寵物狗一樣毫無獨立能力和自主人格的種群。而那些沒有墮落的天使，則活成了上帝與人類之間的無聊懦弱的中產階級。

呂炎走了之後，我在醫院裡四處尋找能躺下睡一覺的地方。所有的椅子都被特意設計成了只能坐不能躺的形式，每兩個椅子中間都帶著不懷好意的扶手，每兩排椅子之間的距離也絕對不會允許你把腿伸到對面的椅子上去，所有椅子的靠背也短得無法讓你的腦袋能夠靠在上面。在這些椅子上確實也坐著一些病人的家屬，有的人耷拉著腦袋睡著了，有的人在玩手機。還有一個中年婦女呆坐在那裡流眼淚，我真的無法原諒這個婦女，我不反對流眼淚，我只是看不慣她流了這麼長時間的淚卻連擦也不擦一下。最後我實在看不下去了，於是走過去對她說：「對不起，妳在流眼淚，麻煩妳擦一下吧。」

她抬頭看我一眼又低下了頭，沒有任何表示。我在她身邊坐下，打算好好跟她說一說這個問題。「妳這樣只流淚一直不擦的話會讓人覺得妳在裝可憐，至少是放任妳的可憐。也許妳很可憐，比周圍這些人都要可憐，但是妳不能這樣滿不在乎地展示妳的可憐，因為人並不可憐，只是可悲而已。」我和她並排坐著，並沒有看著她，只是目視前方跟她說著話。

她也沒有看我，而是一言不發地站起來，走到窗戶前，她打開了其中一扇。醫院的窗戶就跟椅子的設計一樣經過了深思熟慮，它的大部分結構和功能就是了杜絕人們對它有過多的需求。那個窗戶只能打開二十厘米寬，人們是無法從中擠出去的。不過這個女的具有全部將它打開的決心，也許這扇窗戶本身就是豆腐渣工程的一部分，她雙手抓住窗框，使勁推了兩下就把窗戶拆了下來，然後自己爬上窗臺跳出了窗外。

在那一刻，我原諒她了。

在聽到她墜地的一聲悶響之後，我感到胃裡一陣痙攣，翻江倒海似的，但是除了湧上來一些帶著驢雜湯味道的胃液之外，什麼也沒吐出來。我意識到自己從午飯後一直到現在還沒吃過東西呢。有些人衝向窗口往樓下看，一片騷亂。我站起來向走廊另一個方向走去，那邊的角落裡有一個自助食品售賣機。

售賣機旁邊有一男一女打著地鋪，他們兩人一邊一個沿著牆根兒靠著販賣機，坐在鋪著褥子的地上。他們分別吃著兩碗方便麵，吃得很專心，看起來對不遠處的騷亂沒有什麼興趣。我也想吃方便麵，可是售賣機裡並沒有方便麵，裡面只有一些飲料和零食之類的東西。我問他們兩個人：「你們還有方便麵嗎？我可以從這機器裡買一些飲料跟你們換，當然你們想要錢也行，我可以買你們的方便麵。」

那個男的嘴裡含著一口麵條警惕地看著我，不知道該如何反應。那個女的不像那個男的那麼木訥，她說：「我們不需要飲料，醫院裡有開水，我們也不想要你的錢，剩下的方便麵我們還想留著明天早上吃。」

「那你們看看這裡有沒有其它你們願意要的東西，我可以拿別的食物跟你們換。」我指著自動販賣機裡的零食對他們說。

女的扭頭往售賣機裡看了看，然後指著其中一樣兒童食品說：「那你買兩包這個吧。」

我把販賣機裡他們指的那個兒童食品都買空了，然後跟他們換了一碗方便麵，他們也不想占我什麼便宜，就給了我一根劣質火腿腸。我要找一個值班的護士要一些開水把麵泡上，可是護士沒有在崗位上，估計是跑去跳樓的那個地方了。不過護士的辦公桌有一個暖壺，我拿起暖壺給方便麵倒了水。

我就坐在離食品售賣機不遠的地方，席地而坐，靠在牆上。在等著泡麵的時間裡我先把火腿腸剝開吃了。我感覺有些難過，心裡想著要是能有點兒酒就好了，我剛才真應該想辦法去買酒的。有時候我也會像丁子一樣喝很多的酒，有時候我喝很多的酒就是想流出一點兒淚。我經常希望那些進入到體內的酒水能夠轉化或是置換出一些淚水。我不知道怎麼形容，我認為酒應該具備這種功能，只是我不確認自己還會不會流出眼淚，悲傷的時候我最多只會乾嘔兩聲，如果我能流出一點兒眼淚的話，我也不會去擦，就像剛才那個跳樓的婦女一樣，我要讓它好好地流一會兒。

吃完火腿腸我又下樓到門口抽了一支菸，抽完菸後上來方便麵已經泡好，我幾口把麵吃完，然後就坐在那兒睡了。我實在太累了，走廊另一端的窗戶附近仍然人聲嘈雜，但是這些聲音沒有真正吵醒我。當我再次清醒過來的時候已經到了早上，我是被搶救危重病人的聲音吵醒了，護士和醫生往病房奔跑，病人家屬在哭喊，走廊裡一時充滿了人，他們一起向我這邊兒湧來。我從地上站起來，給他們讓路。昨晚吃麵剩下的空碗還在身邊，我把它撿起來，連同我的髒外套一起扔進垃圾箱。我穿上呂炎昨天留給我的那件外套，順便又下樓去抽了一支菸，我最近抽菸越來越多。

早上醫院正式辦公之前還有一段時間可以探望病人，天還沒有亮透，已經有很多病人家屬陸續來到醫院。我在等呂炎過來，我不太想一個人面對丁子，我想等他過來後一起去丁子的病房。菸還沒有抽完呂炎就打過來了電話，他說他已經到了停車場，問我在哪兒。我說就在樓門口。

呂炎提著一個背包大步走來，我們一起上樓進了丁子的病房。丁子已經醒了，拿著手機在看，看得非常專注。她用餘光看到我們進來，也沒有正視我們，只是有氣無力的說了兩個字：「酒呢？」

呂炎嗔怪地說：「喝什麼酒啊，身體都這樣了一大早還要喝酒。昨晚睡得怎麼樣啊？」

「在醫院你永遠別想睡好，除非你死在這兒。」丁子惱怒地抱怨著：「你們回去吧，沒有給我帶酒我也不需要你們在這兒。」

呂炎說：「沒帶酒但是我給妳帶了很多好吃的呀。」他一邊說著一邊從包裡往外掏各種零食，擺了滿滿一桌子。

丁子說：「你們這是在虐待我，我今天就要出院，一會兒醫生來了我就要辦出院手續。」

呂炎說：「著什麼急啊，再觀察一天，昨天妳都沒有心跳了。」

「聽醫生的，再住一天吧。」我也插了一句話。

丁子堅決不從，她說她一定要出院，她說在這兒生不如死。呂炎這時候從包裡拿出了一瓶酒，他嘻皮笑臉地對丁子說：「看我給妳帶來了什麼？我家裡存的好酒，我把酒給妳，讓妳喝一點兒，但是作為交換條件，妳在醫院再待一天，怎麼樣？」

丁子被呂炎的小花招逗笑了，她對呂炎說：「你要不是個同性戀的話，我一定嫁給你。」

呂炎說：「我是同性戀妳也可以嫁給我啊，反正夫妻間又不需要性生活。」

「原來你除了會噓寒問暖之外也會講笑話啊。」丁子擠兌呂炎。

他們兩個人在一起聊的挺熱鬧，我在一旁不知道能說點兒什麼，感覺有些尷尬。這時候醫生們來查房了，場面有些混亂，有量血壓的，有抽血的。我感覺鬆了口氣，這種忙亂的場面緩解了我的尷尬。查完房護士又開始趕人，告訴家屬們病房不可以久留，現在都必須離開了。

被下了逐客令我感覺完全地解脫了。我跟丁子說：「下午我再過來看妳。」丁子現在心情很好，帶著略顯誇張地興致說道：「不用來看了，你們誰都不用來了。明天我自己就直接出院去『荒島』找你們喝酒了。」

呂炎最後小聲地囑咐丁子說：「給妳的酒藏好啊，別讓護士發現。」

我和呂炎出了病房，走廊裡有一群人在鬧事兒。好像是剛才被搶救的病人沒有救活，家屬們正在圍攻一個醫生。那個可憐的醫生被家屬們推得站不穩，只能躲回到辦公室，他想關上門，可是家屬們一腳就把門踹開了。我們進電梯的時候，聽見身後傳來了「打人啦，打人啦」的喊聲。

我坐著呂炎的車出了醫院。白天在市區我並不擔心會被襲擊，追殺我的人是不會在大庭廣眾之下暴露自己的。而且以我的推測，昨晚的事發生之後，對方可能陷入了某種進退兩難的境地，鬧出這麼大動靜對他們來說也很危險，因為不管是遠視眼鏡男人還是他的主人，並不知道在我的調查下他們已經完全暴露，或者說他們並不確認我掌握了他們多少線索。他們或許仍然認為自己隱藏得很深，他們對我進行追殺的根本目的也是為了自保，他們不會本末倒置，他們不僅仍會向以前一樣謹慎行事，甚至還會更加收斂一些。

我讓呂炎把我送回家，在路上我問呂炎：「你這輩子有沒有幹過什麼見不得人的事，那些不光彩的，難以啟齒的事。」

呂炎笑著問我：「為什麼問這麼奇怪的問題？」

我說：「因為我總看到你做各種好事，我就想問問你做過什麼壞事嗎？」

「嗯，太大的壞事沒做過。」呂炎想了想說：「但是也做過一些不好的事兒。」

「比如呢？」

「小時候考試作弊，偷過同學的東西，為了考試的名次，在考試前往同學的水杯裡放過瀉藥。」

「長大後呢？」

「工作後撒過無數謊，為了升職把自己競爭對手與同事的婚外情在公司內偷偷曝光，自己出櫃之前把其他同性戀朋友的身分在朋友圈裡傳播，組織朋友出去玩兒的時候貪污過大家的錢。可能還有一些，一時想不起來了。」

「你是需要一個懺悔的地方。」

「那你呢，做過什麼壞事兒？」呂炎反過來問我。

「罄竹難書，為了避免說起來掛一漏萬，我一個都不說了。」我對呂炎說。

「那你也需要一個懺悔的地方。」

「這就是我和你的區別，我不需要。」

呂炎開始給我講一些諸如懺悔對自我救贖的重要性，以及天堂地獄什麼的，我統統沒有聽進去。我只是在得知連呂炎這種算是善良的人也做過一些卑劣的事情後，心理感覺平靜了一些。我越能確認大部分人都不是好人，我的心情就越能得到安寧，就好像我找到了歸屬感，就好像減輕了我的罪惡感。

呂炎把我送到家之後就走了，他要去採購一些酒吧需要的東西。我先洗了一個澡，又吃了點兒東西，最後睡了一覺。醒來時已經是下午了，我換了一身乾淨的衣服，然後返回醫院。

我到醫院看見呂炎已經在那兒了。一個護士正在準備給丁子換到普通病房去，呂炎提著東西，丁子跟在他後邊，護士走在最前邊帶路，一行人正要出門。由於重症監護室使用率非常高，沒什麼大事兒的病人需要趕緊讓出地方，所以丁子今晚就要搬出這個房間。事實上，丁子最多也只能在醫院再待一天了，哪怕是普通病房，就算她想再多住一天都不行，醫院會在第一時間把那些能湊合回家的病人都趕出院的，一是因為床位實在太緊張，二是有很多門路過硬的人還在等著住進來，至於他們能住多久就看自己的背景有多強大了，總之丁子肯定是會被儘快趕出去的。

丁子的普通病房還不錯，是一個兩人間。護士說正是因為丁子明天馬上要出院，所以可以給她住一晚上兩人間，今天這個房間恰巧有一個床位空出來，要是再多住一天的話，這樣的房間都輪不到她，她只能住到四人間去。護士還說原本今天這個床位已經安排了另外一個病人入住，可是這個病人臨時有事兒改到明天入住了。丁子對護士說，這差不多是我有生以來最走運的一次。

同屋裡還有另外一個女病人，我們搬進來時她正準備回家吃晚飯，看到我們進來就跟我們搭起話來。看起來她正是那種有些門路的人，她說她白天在這兒住院，晚上回家吃飯睡覺。還說自己在這兒住了一個星期了，是因為跟鄰居發生了爭執，被對方推倒摔了一個跟頭。

「其實沒事兒，就是受了點皮外傷。」這個女人不無炫耀地這樣說了一句，言下之意是誰要動她一指頭，她就會在醫院一直住下去似的，直到把動她的那個人訛到底。臨出門前她一直喋喋不休地說：「你們運氣確實不錯，晚上我不在這兒睡，床可以空出來，你們家屬陪床的就有地兒睡覺了，這裡有很多病人連床都沒有，只能躺在走廊裡。你們運氣太好啦，有什麼需求就跟值班的護士提，就說是我要求的。」

我們表示了足夠的感謝她才心滿意足地閉上嘴走了。丁子說：「你們去超市裡給我買一瓶酒，然後也可以走了。」

「上午給妳的那一瓶已經喝完了？」呂炎驚訝地問道。

「喝完了，中午前就喝完了，多虧了你那瓶酒，要不然我根本都沒辦法這個破地方睡上一覺。」我對丁子說：「妳要是願意的話，我們可以一起到旁邊找個飯館吃晚飯，順便喝點兒酒。」

丁子說：「好啊，好主意，咱們現在就去。」

醫院旁邊有一家火鍋店，裡面坐滿了病人和家屬。我和丁子要了一瓶白酒，呂炎要開車再加上他是一個娘娘腔的同性戀，所以他給自己點了一杯鮮果汁。

很快火鍋就沸騰了，鍋裡的湯開始翻滾，冒著水蒸汽，猛然間我覺得好像又回到了夏夜裡的餛飩攤旁邊，準確地說，是我在餛飩攤吃宵夜時那種愜意的心境又被激活了。更重要的是，此時丁子和呂炎就坐在我身邊，就彷彿我和他們又一起回到了那些夜晚。這種心境格外飽滿、有力，由很多種心情混合而成，在此刻之前，我甚至完全不記得其中一些細膩的感覺曾經在我心裡存在過，而一經浮現又是那麼得強烈和熟悉，只不過這些感覺仍然是稍縱即逝和難以捉摸，就像在茫茫人海中突然看到了一張親切的臉，還未來得及仔細分辨，這張臉轉瞬又淹沒在人海裡。

我們仨已經很久沒有一起吃飯了，久到坐在一起甚至有了一些陌生感，我們只好聊著一些無關痛癢的話題。丁子和呂炎沒有特意問起我這邊調查的進展，可以說壓根就沒有提起。在這種情況下，我主動地提了一句，也只是一句話帶過，大意是有了一些亂七八糟、不明真假的線索，但也沒有實質性進展。我這樣含糊其辭地解釋了這件事，他們沒有過多追問。

這頓飯我們慢慢地吃了很長時間，丁子連酒喝得也沒那麼猛了，三個小時後那一瓶酒才被喝完，丁子喝了有三分之二，剩下的是我喝的。呂炎的那杯鮮果汁還剩了六分之一，他一飲而盡之後對我說：「差不多了，你陪丁子回病房休息吧，我到酒吧去一趟，這會兒晚上九點多，開門營業不算晚。」

「夠勤勞的你。」丁子說。

「就是不想讓它閒在那兒，門一開，燈一亮，就覺得給了它生機。」呂炎說。

「我理解你的感受，就跟妓女似的，不接客就跟荒在那兒似的，好像沒有了生命力。」丁子一邊笑一邊指著自己說。

我聽到了生命力這個詞，在今年的夏天裡，我曾經跟丁子認真地提起過這樣一個詞。半年過去了，現在聽起來恍如隔世。

「我跟你一起去，你一個人忙不過來吧。」我對呂炎說。

「今天不是週末，冬天本來客人就少，能夠應付。」呂炎說：「你照顧丁子吧，她喝得有點兒多了，讓她一個人在這兒不定又出什麼事兒呢。」

我也不好堅持離開，只好陪丁子回病房。由於喝了不少酒，丁子躺在床上還沒說幾句話就睡著了，發出了輕微的鼾聲，再跟她說話也沒有了回應。我把窗戶推開了一道縫，站在窗前抽菸，抽了兩口又聽見丁子含混不清地跟我說著：「你的護身符快不夠用了。」說完後又沉沉睡去。

我把一支菸抽完後躺在另一張床上，很快睏意也來了，我在睡著之前又一次提醒自己，不要再做夢了。

我睡了一個不知身在何處的覺，感覺睡了很長時間，可一看錶才兩個小時。喝完酒後一覺醒來很容易失眠，我躺在黑暗裡感覺無比清醒，不遠處的丁子此時無聲無息。我伸手去摸兜裡的菸和打火機，想再抽一支菸。這時我聽見丁子說：「給我一支。」、

「妳沒在睡麼？」我問她。

「醒了半天了。」她說。

我起身下床給她一支菸，我把打火機打著湊過去給她把菸點上，問她：「在房間裡抽菸不會被值班護士發現吧。」

丁子深深地吸了一口，她說：「護士估計現在都睡著了，就算發現了也不要緊，大不了被她說兩句，反正明天就出院了，不用看他們的臉色了。」

「我勸妳去戒毒。」我對丁子說。

「我不去。」丁子非常乾脆地拒絕了我的建議。

「妳這樣下去會毀了自己。」

「不這樣下去也照樣會毀了自己。」

「可是妳這樣會毀得太快。」

「可是這樣讓我感覺很好。」丁子提高了一點音量說：「如果你覺得自己不管怎麼著都不對勁兒都不舒服都特別消沉，只有吸毒能讓你感覺好一點兒的話，那你就沒必要拒絕它。我什麼都不圖，什麼對我也不管用，我僅僅就想用點兒毒品讓自己的人生好過一點兒，只有它對我有作用，我就是有求於它，就像有的人依靠別的什麼亂七八糟的東西來讓自己感覺舒適一點兒一樣，這有什麼不可以的嗎？我不在乎它給我帶來的損害，我願意用一些健康換來一點兒精神上的舒適。」

「那妳是不是同時應該去看看心理醫生。」我又給了她一個建議。

丁子說：「我不看心理醫生，難道自己騙不了自己了，就去再找一個騙人的專家，幫著自己一塊騙自己麼？」

「也不一定就是騙啊，也可能是說服和安慰，或者是採用一些訓練方法，幫助妳正確理解和處理問題。」

「拉倒吧，哪有什麼正確不正確，正確都是別人植入到你腦子裡的，在我這兒標準很簡單，那就是我願意不願意以及能不能的問題。」

「丁子，妳這樣下去真的不行。」我嚴肅地對她說。

她聽我這麼一說有點兒被激怒了，她說：「你管好你自己吧，你這樣下去就行麼？你看看你那些令人作嘔的手和腳，你看看死了多少人，你看看自己能逃到哪兒去。我這樣下去怎麼不行了，我只不過也是一個幫你一起殺人的混蛋，我怎麼樣下去都不過分。」

她說得讓我無言以對。丁子最後哭了起來，她央求我說：「別幹了，停手吧，就這樣吧，咱們好好經營酒吧，把『荒島』當成家。」

我對丁子說：「恐怕到了現在這個地步是停不下來的，他們也不會罷手。再說，如果這件事兒不徹底解決，妳和呂炎跟我在一起時，對你們來說存在隱患，會被連累。」

「那要不然你先找個地方藏起來，時間長了他們找不到你沒准事情就過去了。」

「如果我藏起來，他們發現我不見了，那他們肯定會不擇手段地通過妳和呂炎來找我的，我必須在他們的視線內。」

「要不然咱們一起躲起來，一走了之，重新找個地方生活。」

我對她說：「能躲到哪兒？可以躲多久？我們跑不出他們的能力範圍，即使跑出了，那也不在我們的生存能力範圍內，即使我們有能力生存，我也會厭惡那種為了安身立命而處處需要忍辱負重的生活。這樣的生活狀態我從小就經歷過，絕對不想重來一次。到目前為止我的人生已經夠不堪了，我實在沒辦法允許自己再去躲躲藏藏了，這會讓我非常憤怒。」

「就算你沒有躲躲藏藏，難道你就會擁抱世界，就會熱愛生活嗎？」丁子反問我。

「即使我不擁抱我不熱愛，我也不喜歡被迫流離失所，更不喜歡面臨那些因此而產生的，一系列令我抓狂的問題。」我回答丁子說：「我不在乎跟他們對著幹，我所做的這一切完全是因為我不在乎這一切。」

我又提到了呂炎，我對她說：「況且，把呂炎帶入這種逃亡生活對他來說也不公平，這對他來說代價太大了。他跟咱們倆不一樣，他屬於這裡，屬於正常生活，我們不應該讓他的人生無緣無故地陷入到這種無常的局面裡。」

丁子聽完又哭了起來，哭得很壓抑，她在儘量克制自己的嗚咽不會變成號啕大哭。我走過去又遞給她一支菸，她狠狠地抽下去一半兒，稍微平靜了一些。我看不清丁子的臉，但是我可以感覺的到，她面無表情，出神地望著窗外的夜空。沉悶的房間內只有兩隻菸頭兒在安靜地亮著，不時地一明一暗，彼此欲言又止。

丁子沒有再說話，我等她把那支菸抽完後跟她說睡覺吧。丁子聽我說完這句話，默默地躺好，輕輕地拉上被子，默默地睡去。

第二天一早，呂炎及時地趕到了醫院，他的及時到來很大程度上緩解了我和丁子之間的無言以對和不知所措。在做完了一系列檢查之後，丁子被通知可以出院了。我們辦好了出院手續，呂炎說要把丁子送回家休息，丁子表示反對，她說她要去「荒島」喝一杯。呂炎說好吧，那一塊兒去坐坐喝點兒東西也行。

我對呂炎說：「你們去吧，我還有事兒不跟你們一起走了。」

呂炎：「你都多久沒到『荒島』去過了，什麼事兒也不差這一兩天的。」

「等忙完了電話聯繫吧。」我揮著手表示不去了，頭也不回地朝大門口走去。

二十

一連幾天過去了，我沒有想出什麼好辦法接近遠視眼鏡男人和他的主人。我不知道他們的行蹤，連他們平時開什麼車也不知道，他們對我來說無跡可尋。我也不可能跑到檢察院去找他們，那裡警戒很嚴，無法進入，就算進去了也無異於自投羅網。

自從那次我在郊外幹掉他們的手下以後，他們好像就沉寂了下來，大概是在分析當前的形勢，或者在預謀新的計劃。我需要搶在他們採取新的行動之前儘快把他們幹掉，越快越好。在醫院的那天晚上，經過丁子哭求之後，我的這種緊迫感更加強烈了。

兩週以來我終日泡在「荒島」裡，我甚至還有兩次被呂炎拉來列席了「荒野生存」的小組活動。來參加活動的人比夏天的時候多了兩倍，三四十個絕望者垂頭喪氣地把整個酒吧擠得滿滿當當的，當他們的活動一旦開始，現場很快就是一片哭哭啼啼的聲音，而到了某個活動環節結束時，大家還會在呂炎的帶領下悲壯地喊出那句可笑的口號：身處荒野，堅持不懈。

任何一個局外人都不會想到在一個酒吧裡還會有這樣一種氛圍，我倒不認為這種氛圍有什麼不好，誰也沒規定酒吧必須是什麼樣的，相反，我覺得像「荒島」這樣的酒吧裡能坐進來這樣一群人非常好，這讓「荒島」看起來卓而不群。一個痛苦的酒吧才是一個豐滿的酒吧，充滿歡笑的酒吧太淺薄了。我們的酒吧在活動現場為這些絕望者提供的飲料是烈酒和咖啡，這是丁子的主意，她希望這兩種飲料能給他們一些動力。很多人在酒精或咖啡因的作用下會感覺好了很多，當然有一些人會因此表現的情緒過於激動，那也是一種心理上的宣洩。我還意識到幾個曾經在夏天經常來參加活動，而且表現突出的人再也沒有來過。呂炎說其中兩個人死了，有一個目前病情嚴重下不了床，還有一個消失了再也聯繫不上。

酗酒大賽我每天都會旁觀，因為晚上九點之後我肯定都會去「荒島」度過半個晚上。每到入夜，酒吧就會被一群瘋子占據。丁子仍舊在每晚召集比賽，有些瘋子不一定會去參加酗酒大賽，但他們卻會做其它瘋狂的事情，比如參加酗酒大賽的人每喝一輪酒，他們就脫一件衣服什麼的，或者他們也會主動脫一件衣服來鼓勵參賽者再喝掉一杯酒。

另外還有組織其它比賽內容的瘋子，比如吃東西大賽。酒吧裡供應漢堡，有些人會在酗酒大賽開始時，再開闢一個副賽場，酗酒選手們每喝一輪酒，他們就吃掉一個漢堡，看誰能吃得最多。救護車經常來這裡，有時候是拉走酒精中毒的人，有時候是拉走被漢堡撐壞的人。

最近丁子還經常建議我參加酗酒大賽，以前她很少這樣做，最多只是隨意地問我一句，你玩嗎。她瞭解我不習慣那種狂熱的場面，到後來基本上連問我一句都省了。現在她卻似乎很想把我拉進到他們的生活方式裡，不過我從未接受過她的邀請。可是說實話，我挺願意看他們這樣玩兒的。丁子在這幾天裡好像沒怎麼碰毒品，只是喝酒喝得更凶了，也許她在試圖用這種方法來代償毒品的缺失吧，她在參加酗酒大賽時不管最終是否能得冠軍，她都會把自己喝到不能自理為止，就算她在桌子上喝到無法站立，也會從桌子上下來坐到一邊繼續喝。

今天是週末，「荒島」來了很多人，很多客人都沒有座位，人挨人的站在酒吧裡等著晚上酗酒大賽開始。我收到了女經紀人的一個短信，她問我還好嗎。我出門給她打了一個電話。她說她已經在國外了，國外的業務進展很順利，每天和很多人在一起工作。她還說這些天也沒見我跟她聯繫，還以為我遭遇了不測。我說我挺好的，只是她的車已經報廢了。她說，沒事兒，反正也想換車了，只要你沒報廢就行。

她最後問我什麼時候她才可以回國。我對她說，這個我也說不好，我還沒有想出好辦法來解決這件事，因為我現在無法接近他們，但我表示會儘快解決。她笑著略帶調侃地說：「無法接近？我覺得你一直是在被追殺啊，能躲開就不錯了，而不是無法接近的問題。」女經紀人後來又解釋說自己並不是著急回去，僅僅是想瞭解一下現在的情況，以便安排接下來的計劃，她想在結束了國外的這次工作之後，制定一個環遊世界的計劃，她會把接下來的工作先交給助手，她說她從來沒有好好給自己放過一個長假。

打完電話我回到酒吧裡，丁子正站在桌子上和一圈參加酗酒大賽的人痛飲。我把酒吧裡的人全部掃視了一遍，自從被反貪局的人跟蹤過之後，我的警惕性提高了很多，我需要看看有沒有什麼值得懷疑的人混了進來。打量著全場，我又想起了剛才女經紀人在電話裡調侃我一直被追殺的那句話，看著正在喝酒的丁子，我突然又記起來上次我問過丁子的問題，怎麼才能找到他們。丁子當時回答我說的是，你可以等著他們來找你。

讓他們來找我，這確實是一個思路。之前我並沒有往這方面多想，現在看來，如果沒有更好辦法的話，我確實應該做點兒什麼，設計一個圈套，誘使他們再次出手。

對於他們來說，最初想幹掉我的最大原因可能就是擔心有一天我會出事兒，會被抓住，他們擔心我會向警方交待的太多，這對他們來說是很大的風險。雖然在除掉女歌星那件事情裡，遠視眼鏡男人已經盡了最大努力來隱藏他們自己，甚至連作案工具都是由他準備好，並且親手交給我，但是畢竟我跟他見過面，知道他長什麼樣子。而且他們也無法確定事後我是否將他們提供的針管和藥物妥善處理了，或許他還會懷疑我在跟他通電話時錄過音，這也許就是為什麼他在安排我殺掉女歌星的男朋友時，堅持只用網上打字這種方式進行聯繫的原因。在他們的心裡，那些不確定的因素都有可能成為找到他們的線索，以及成為證實他們犯罪的證據。從另一方面也可以說，我對他們的信息掌握的越多，他們就越會迫切地想要除掉我，所以我現在需要讓他們認識到一點，也就是他們最擔心的一點，那就是，我已經知道他們是誰了。

我忽然想到了一個最簡單的辦法，去檢察院門口守著他們，這足以使他們明白我知道他們是誰。當然我並不是為了在門口把他們抓住然後幹掉，首先我很難辨認出他們是不是坐在某輛汽車當中，其次，就算他們兩個人同時步行出入檢察院大門，我也沒有把握將他們一網打盡，大概還沒等我把護身符切下來就已經被警衛制服了。我在檢察院大門口是為了身在明處，讓他們看到我，看到我在這裡，在他們的單位門口守著他們，引起他們的恐慌，亂了他們的陣腳，迫使他們倉皇出手。當他們對我再次動手的時候，我會對他們反戈一擊。

確認了這個思路後，我感到了一些輕鬆，又讓呂炎給我倒了一杯酒。丁子比賽結束了，搖晃著走到吧臺坐下來，也向呂炎要了一杯酒，她扶著我的胳膊說：「別光自己喝啊，來，我陪你一起喝。」

呂炎緊攔著丁子說：「妳別再喝了，妳已經喝得夠多了。」

我說：「來吧，呂炎，你也倒一杯，咱們仨一起乾一杯。」

呂炎看著我語氣堅定的樣子，問道：「我怎麼覺得你今天晚上有點兒不同尋常啊。」

我對他說：「你別廢話了，趕緊倒上吧。」

呂炎只好莫名其妙地把三個酒杯滿上，我拿起酒杯跟他倆用力地碰了一下，說了一句「友誼地久天長」，然後一口氣喝完了杯子裡的酒。

喝完酒，呂炎又轉身去招呼酒吧的客人了。我對丁子說：「我找到辦法了，我知道怎麼幹掉他們了，順利的話，這件事用不了多久就可以解決。」

丁子搖了搖頭說：「不想聊這個，我現在頭疼。」看到丁子沒有興趣，我也不再繼續這個話題了，我之所以提起這個，是想寬慰一下她，告訴她這一切很快就會結束。不管她對這個話題有沒有興趣，接下來我必須馬上付諸行動了。

週一上午一大早我就來到了檢察院。我圍著檢察院轉了一圈，它的正門非常大，幾十米寬的樣子。另外還有幾個側門，也不小，每個門都有持槍武警的把守，對進出的所有人和車輛都會進行身分核實。我需要確認哪些門口是工作人員使用率比較高的。

整個上午我都圍著這些不同的門口轉來轉去的，最終確定正門以及東西兩個側門在早晚上下班時間和中午休息時間會有大量人員以及車輛進出。我並不知道遠視鏡男人和他的局長平時會走哪個門，我只有先憑運氣蒙著來了，我決定在這三個流量比較大的門口輪流守候。

我儘量靠近門口，將自己暴露在比較明顯的位置，這可以使他們更容易發現我。但是很快，我的存在引起了門口值勤武警的注意，其中一個人過來對我進行了一番盤問，問我在這兒站著幹麼。我對他說，我想上訪，向檢察院的反貪局反映領導的腐敗問題。武警態度生硬地告訴我，檢察院門口禁止逗留，也不歡迎這種堵門式上訪，他讓我按照法律流程反映問題。最後他勒令我馬上離開這裡。

我只好站得離大門遠一些，我退到了武警管轄區之外的人行道上，武警看了我兩眼，沒再過來找麻煩。但是由於離門口較遠，這無疑會增加遠視眼鏡男人看到我的難度，不管怎麼樣，碰碰運氣吧。我計劃每天都來這裡，總有一天他們會看到我的。後來我又分別在東西兩個門口站了半天，不過只要在門口停留的時間一長，就會有人過來對我進行盤問，並把我趕到離至大門遠一些的位置。

第二天一早我按照計劃又來到了在檢察門正門，發現那裡站著一群真正的上訪者。以前在很多場合也見過類似情景，一些人拉開一條為上訪營造聲勢而製作的橫幅，橫幅的標準樣式是白底黑字，農村葬禮風格，上面的字不是印刷出來的，而是自己拿著刷子寫的，歪七扭八、墨跡斑斑，透著一種走投無路的倔強。

這裡的戒備非常嚴格，守衛人員對於出現在門口的上訪者馬上就會採取措施，那些人剛把橫幅拉開，就被大門裡衝出來的武警搶走沒收了。武警和他們之間還發生了一些推搡，後來還來了一些警察，最終上訪的人還是被趕離了門口，他們站在離我不遠的地方，忿忿不平地咒罵著。其中一個人向我走過來，問我是不是同樣來上訪的。我說我不是上訪的。他又問我，你是截訪的？我說我也不是截訪的，我就是看熱鬧的。他放鬆地說，那就好。他摸出一盒菸來，遞給我一根兒，告訴我他們剛才就注意到我在這兒站著了，一開始還擔心我是他們縣城派來的截訪人員。他說他們幾個人能跑到這兒來，差不多是使出了渾身解數才躲過了負責監視和阻截他們的政府人員。他們是趁天黑扒上長途貨車跑出來的，汽車和火車之類的公共交通工具他們壓根就沒辦法上車，那裡總會有一群人在車站等著把他們攔下來。「就跟逃犯似的從自己家裡跑出來的，」跟我搭訕的那個人說：「連家門口外邊都有人盯著你。」

我可不想和這群人離得太近，我的身影都被他們擋住了。在跟這個上訪的人聊了幾句之後，我就往遠處走了走，跟他站開了一些距離。看我沒有興趣再聊下去，他就悻悻地回到他的隊伍當中。這時候突然在路邊停下來兩輛麵包車，從車裡衝出來一夥人，他們把這群上訪的人全部抓住或者摁倒，最後塞進了車裡，其中兩個反抗劇烈的人對著這夥人破口大罵，指名道姓的，看起來他們之前打過交道。這兩個最有反抗精神的人被他們進行了電擊，失去了反抗能力，最後也被扔到了車上。

我想大概這是他們縣城派來的人吧，一路追過來的。我很高興上訪的人被他們抓走，沒有這些人聚集在這裡更有利於我實施自己的計劃。只不過我獨自一人在這裡一守就是一整天，確實有點兒無聊，而且天氣還很冷，加上空氣污染嚴重，造成我的鼻腔疼痛不堪，我不得不一直用手捂著鼻子給它保溫，這樣才會好受一些。我是真的不喜歡在冬天做任何事，這要是在夏天，我可以在這個門口守上三個月，哪怕在最悶熱的時候，也比在冬天裡更好過。我決定再有針對性地採用一些輔助措施，以加快這件事的進度。

晚上我去了「荒島」，我到操作間裡找了一個裝酒的紙箱子，我把箱子裡邊的酒都拿出來，從箱子上撕下一面紙板來。晚上我把這塊紙板帶回了家，用一支粗筆在紙板上寫了兩行大字，第一行是兩個字：舉報。第二行寫的是反貪局長的名字。

吃過早飯後，我就帶著這樣一塊紙板到了檢察院門口。現在正是上班時間，有很多車輛進入，我背對大門站著，把紙板舉在胸前，面向上班而來的車流和行人，擺出一副申冤的樣子。背對檢察院大門這是為了防止門口的武警過早地發現我，我要盡可能多地停留一些時間。

很多駛入檢察院的汽車看到我都減慢了速度，有一些步行來上班的人甚至停下來問我因為什麼事兒，還有不少人拿出手機拍我。我沒有搭理這些，只是想能儘量在這兒多站一會兒，我知道很快就會有人過來進行干預。

大概過了不到十分鐘，從大門裡跑出來兩個武警，一把將我胸前舉著的牌子搶走，然後把我拖進了門口的來賓登記室。屋裡還坐著一個穿著西裝，頭髮梳得一絲不苟的傢伙，一副部門小領導的氣質，他的神態隨時隨地都在注意塑造出威嚴感。看樣子他是專門在這兒等著我的。他質問我說：「你有什麼問題？為什麼要舉報反貪局長？舉報也要按流程來，你站在大門口搗什麼亂。」

我說：「我並不是舉報他，我只是希望能見到他，找他反映其它問題，我只是沒有門路見到他，所以才用了假裝舉報這種辦法。」

小領導生氣地說：「胡鬧，你這種做法涉嫌違法，你的身分證呢？」

我不可能給他身分證的，我瞎編了一句說：「身分證被老家派出所給扣了，他們怕我跑出來上訪。」

他又問我老家是哪兒的，我隨口說了一個周邊縣城的地名兒。這一套說辭對他奏效了，他看起來相信了我說的話，或者他即使不信，但是也不願意跟我有過多糾纏，也許他見多了花樣百出的鬧事者，且對此疲於應付。總之他在對我進行了一番與其說是警告不如說是恐嚇之後，並沒有怎麼為難我就讓我離開了。

剛才在被武警從路邊帶走時，我還擔心他們會把我粗暴地扣押下來呢，這不是沒有可能，如果我真被他們控制住，再把我的情況通知給反貪局長的話，我差不多就等於羊入虎口了。

我的這種做法確實有些冒險，而且，如果事情能像我計劃的那樣進行的話，接下來的情況還會更加冒險。我隨時都有可能被突然襲擊，因為肯定已經有目擊者把我在檢察院門口舉牌的事情告訴反貪局長了，接下來我會面臨更多不可預測的風險，我只有考慮周全再加上一些運氣才能成功。不過我還是有一些信心的，因為我知道，我人生的全部好運都體現在當一個殺手這件事上了，我也知道，在認識了丁子之後，這種好運得到了強化。

再次想到了丁子，我的心又收緊了，因為她現在反對我繼續完成這件事，她為此總是表現得非常痛苦和憤怒，這讓我有點兒揪心。或許丁子是有道理的，只是她的道理對於我來說沒有那麼大的作用，因為她的道理對我來說沒有什麼意義，我也都不在乎，我只是想掃清這一切。

不過，有時候我也會懷疑自己，我這麼做，到底是想掃清這一切為了消滅敵人和保護朋友呢，還是我根本就不想停下來，這會不會就像一個殺人狂，找到了一個差不多說得過去的正義之名以後，就覺得自己有義務承擔起某種責任，從而大開殺戒。再比如一個殺人狂成為了一個前線的士兵，他認為自己對敵人開槍是抵抗侵略，所以他在戰場上表現得異常堅決和殘酷，其實他僅僅是想把更多的人打死而已，抵抗侵略只不過是他心理上的通行證，是他掩藏真正心理動機的迷彩服。在本質上，他就是喜歡幹殺人這樣一種工作，更主要的是，他根本不想停下來。

其實對我來說，最大的阻力是季節，現在不是好時候，沒有在我最具生命力的夏天，我時常會有力不從心的感覺。要是在往年的冬天，我可能早已經停下來讓自己好過一點兒了，只是現在，我也不知道為什麼，我只想一直幹到底，而且在我的身體裡總會產生一股爆發力不斷地驅使我幹下去。

離開檢察院後，我靠在路邊的一棵樹上抽菸，我再次想起了女經紀人那句話，人生經不起拷問。這句話在我第一次聽到時就覺得特別溫暖特別親切。甚至在我心裡產生了一種類似幻覺的印象，我覺得這句話有可能是我自己說出來的，或者曾經在我很年輕的時候，我就這樣提醒過自己，並且將這種認識一直貫穿在我的人生當中，由於這句話融入我太深太久，以至於我自己都渾然不覺這話其實是我曾經說過的。

我正在出神，手機響了，是呂炎打來的，他說丁子再次吸毒昏迷了，在「荒島」，讓我過來一趟。

我趕到「荒島」時救護車已經在場了，正往車上抬丁子，丁子處在休克狀態沒有一點意識。呂炎開車帶上我跟著救護車去醫院，在車上他告訴說，昨晚酒吧打烊後他比丁子走得早，丁子說最後由她來鎖門，第二天上午呂炎到「荒島」去接一批酒商送來的貨，結果一進門發現丁子趴在桌子上不省人事，她身旁還擺著一些吸毒用的東西，於是呂炎趕緊叫了救護車又給我打了電話。

整整搶救了一天，一直到晚上丁子才醒過來。呂炎看到丁子醒了，有些誇張地做出一副很賭氣的樣子對丁子說：「好了，妳又活過來了，現在沒事兒了，我走了。」

丁子疲憊地笑了笑說：「你還不如讓我死了呢。」呂炎聽丁子這麼一說，本來佯裝要走的他馬上接住了這個話茬開始對丁子進行了一番嚴厲批評，說了一大堆諸如與責任、珍惜、熱愛、樂觀以及信心之類的話，聲情並茂地表達著怒其不爭哀其不幸的心情。

丁子打斷他說：「好了，你可以走了。」

呂炎說：「走就走，酒吧裡一團糟還沒來得及收拾呢。」呂炎轉身想對我說你好好勸勸丁子之類的話，但是話只說了一半就作罷了。他痛心地嘆了口氣說：「你也起不了什麼好作用，你倆總是這麼自暴自棄。」

呂炎走後，我認真對丁子說：「妳必須戒毒，妳去那種專業的戒毒醫院去住院戒毒吧。」

丁子閉著眼冷冷地說了一句：「不去。」

「妳這樣下去會死的。」

「那又怎麼樣，我認識你之前就已經想死了。」

「妳要死了還怎麼去找一座荒島過妳理想的生活。」

「去荒島的目的也是為了活膩了之後跳海。」

「可是妳還說過咱們可以一起去荒島上生活呢。」

「可是你會去嗎？」

「就算我不去，妳也可以和呂炎一起去啊。」

「你是個混蛋。」

「我知道我是。」

「那你還跟我廢什麼話，還跟我提什麼荒島。」

「我的意思是說，妳還是對生活有憧憬的，不要這麼對待自己。」

「我對生活的憧憬與你有關你難道不知道嗎？」

聽丁子這樣說完，我沒有再說話，我不知道說什麼好。丁子說：「我認識你之初就是想雇你幫我跳樓的，我之所以拖了這麼久還沒死也是因為認識了你，我對一座荒島產生了憧憬還是因為身邊有你。」丁子咬牙切齒地盯著我說：「我覺得這就是愛了吧，你認為呢，你認為這他媽是什麼呢？」

「妳要是因為愛，想和我去一座荒島，那我不會去，這對妳和我來說都不是一件好事。愛情本身都不能算作一件好事，我不愛任何人，我也不會愛上任何人。」

「對，很好，那你就少他媽管我，我願意怎麼樣就怎麼樣。」

「可畢竟我們是最親的人，我們甚至會做同樣的夢。」

「最親的人？同樣的夢？夢見的內容都是你而已，你只會按照你的方式去生活。」

「那我還能怎麼樣，我不這樣生活我就無法生活。」

「可是你這樣生活終究還是失去生活。」

「可是那他媽我能怎麼樣，我該怎麼辦？」我也有些惱火。

「我也不知道。」丁子的情緒平穩了一些，確切地說是有些頹唐，她流著眼淚低聲說：「我只是不希望你再繼續做你在做的事兒了。停止吧，這些事兒你沒有必要再做下去了，每次見到你，都會發現你身上又增加了新傷，再這樣下去我真受不了，我覺得自己的生活都在不斷地出現殘缺。我擔心有一天眼睜睜地看著自己的生活中失去你，那種情況對我來說不可想像，我沒有辦法面對這個。」

「如果我答應妳，不再做這件事了，到此為止。作為交換條件，妳會不會去戒毒，去住院，隔離戒毒？」我鄭重其事地問她。

她抬頭盯著我看了一會兒，說道：「好，如果你向我保證你能做到，那我也答應你，如果你停止，我就去住院戒毒。」

「我向妳保證我會停手，妳明天就去戒毒醫院。」

「好，明天就去。」

我又在醫院的走廊上過了一夜，一夜未眠。我不知道是不是真的可以停下來，即使我想停止，也不知道能不能躲的過遠視眼鏡男人和他主人的繼續追殺，畢竟我已經在檢察院門口以最矚目的方式暴露了一次。即使他們沒有親眼看見我，他們也會從別人那裡得知這個消息，甚至還會看到我被他們同事拍下來的視頻，他們不會放過我的，只是這些後續問題我還沒想好怎麼應對。

但是我知道自己是不會停下來的，事以至此，我沒有辦法阻止這件事，也不甘心就這樣結束。或者說，我壓根就沒想停下來，我暗暗期盼著對方儘快出手，好讓我和他們面對面較量一下。假如我用的那個上訪的辦法沒有奏效，我也知道自己還會繼續尋找新的辦法。而當務之急我必須先找到一個辦法讓丁子同意去戒毒，我以此作為交換條件。

第二天早上，呂炎到了醫院，我把丁子要去住院戒毒的決定告訴了他。他很高興，趕緊幫著收拾東西。丁子進行完例行的常規檢查之後，就去辦了出院手續。呂炎聯繫好了一家專業的戒毒醫院，我們先帶著丁子回家拿了一些衣服和生活必須品，我和呂炎沒有讓丁子在家過多停留，怕她改變主意，哪怕她想改變入院的時間都不行，不能再給丁子任何沒有約束的環境了，哪怕是讓她獨處一個晚上都有可能令她死於吸毒。我和呂炎帶著丁子直奔那家戒毒醫院。

這是一家私立醫院，條件不錯，來這兒戒毒的人也相對體面一些，這裡竟然還住著一個曾經參加過「荒野生存」互助小組的人，呂炎就是通過這個人知道的這個地方。我們和丁子分別之前，呂炎還有點兒酸楚地對丁子說：「把妳一個人扔到這個地方我覺得妳真可憐，祝妳早日成功啊，我們會經常來看妳的，妳要照顧好自己。」

丁子也有點兒動情地使勁擁抱了一下呂炎，然後馬上又拿出刻薄的腔調擠兌呂炎說：「你可別可憐我了，你一個愛滋病毒感染者先照顧好自己吧，你這個毒想戒都戒不掉。」呂炎聽了嘿嘿笑了兩聲並不介意。

丁子轉身也給了我一個擁抱，她在我耳邊惡狠狠地說：「記住，你可是答應我了，你不能騙我。」

撒謊是我最早掌握的一項生存技能，我從小兒就擅長這一點。在我小時候，由於年幼，經常無法控制好情感，撒謊時往往在心理上過於投入，造成自己都會十分動容。但是隨著年齡的增長，當我成為了一個殺手而又慢慢疏遠了人群時，這項生存技能就逐漸被我摒棄了，後來我基本上不撒謊了，用不著也沒必要。由於太長時間沒騙過人，以至於現在騙丁子時還感覺有點兒生疏和不自然，甚至還出現了一些結巴。總之我又對丁子進行了一次保證，我告訴她說：「雖然在別的問題上我可能有一些讓妳覺得模棱兩可的地方，但是在這件事上，我一定說到做到。」

離開戒毒醫院之後，我讓呂炎先把我送回家。我要做一些準備，以便把接下來的事兒乾淨利索地做完。臨下車前呂炎對我說：「丁子不在的這段時間，你來幫我一起打理『荒島』吧，咱們照常開門營業。」我猶豫了一下。呂炎接著說：「這是丁子的要求，她希望她不在的這段時間內，『荒島』能繼續保持活力，她讓我務必叫上你一起開門營業。」我對他說：「好吧，晚上見。」

晚上七點我到了「荒島」，呂炎正在主持「荒野生存」的小組活動。酒吧裡照樣坐滿了絕望而又不甘心放棄的人。我進來的時候活動已經開始了，我沒有像往常一樣坐在吧臺那裡，而是順著牆邊繞到了這些人後邊的一個角落。那是丁子經常坐的一個位置，如果丁子在，她就會坐在那裡，安靜地聽這些人說話。

我坐下後並沒有聽他們說話，我在心中盤算著我的計劃。我打算把遠視眼鏡男人吸引到「荒島」來，讓他在酒吧對我動手，這樣我也不至於太過被動，假如是在其它地方，能夠允許我利用作為自我保護和反擊的條件太少。我隱約覺得他很快就會找上門，只要給他創造一個合適的機會，他就會來到我的主場。

「荒島」雖然是一個酒吧，但在此刻，我坐在這裡分明感覺得到，這裡已經是一個可以供我停靠的港灣，到了晚上，酒吧窗戶裡投射出的燈光，以及在一片灰暗房頂上方亮起的耀眼的霓虹招牌，就像燈塔一樣指引著我的去向。而我就像海裡一艘破損的船，我失去的護身符越來越多，在逐漸傷痕累累的過程中，我越來越能感受到航行的疲憊，我也越發渴望能在這裡得到暫時的喘息。我甚至覺得，在我被夢境告知自己擁有護身符的那一刻起，我同時還和「荒島」產生了密不可分的內在聯繫，這或許是夢裡沒有對我明示的一部分，我能感覺到我與「荒島」之間也許存在著強大聯繫，對於我來說，護身符和「荒島」是同時到來的，如果說護身符可以保障我在風浪中的安全，而「荒島」則是我受到創傷之後的回歸之地。

我敢肯定「荒島」對於丁子和呂炎來說也意義非凡，他們早已厭倦了在各自的苦海中沉浮，這裡更像他們賴以棲息的海灘，他們每天都要來這裡上岸，在此相聚，在此狂歡，或者在此沉思。在這裡，他們屏蔽了那些無法去除的痛苦，他們為「荒島」投入了巨大的感情和精力。我有時會想，如果有一天這個酒吧不復存在，他們大概會感覺到溺水般的窒息。如果真的發生了這樣的事，我猜我會邀請他們，為我們三個，再創造一個這樣的地方。我甚至考慮過去一個真正的荒島，丁子夢想裡的那個真正的荒島，它似乎並非遙不可及。對我來說，我之所以始終拒絕參與丁子有關荒島的夢想，大概是因為我早已把這樣一個荒島當成了自己迷失於汪洋大海之後，遠遠看到的一線生機。只不過這是一線無法觸碰的生機，我害怕自己從抓住它的那一刻起，一切都將開始瓦解和破滅，那種由內向外的，或者由外向內的，再或者是裡應外合的瓦解與破滅。我就像一個厭食症患者拒絕食物一樣拒絕這一切，為這一切感到強烈不安。我差不多知道，在那個真正的荒島上，一切終將變質。

我前面的人們紛紛起身，「荒野生存」的小組活動結束了，而我卻坐在椅子上無法動彈，我陷入了泥濘不堪的情緒當中，就像一艘船擱淺在這裡。我甚至無法說出話來，當呂炎走到我面前時，我只能無助地看著他。

呂炎問我怎麼了，我張了張嘴沒有發出任何聲音。他點著了一支菸塞到我的嘴裡，又起身幫我去拿了一杯酒。我抽完了這支菸才緩過神兒來，我喝了一口酒，問呂炎：「你還記得丁子以前曾經對你提起過的荒島嗎？」

「我記得啊，那次我在機場，她在電話裡跟我說的。」呂炎說。

「如果將來找到了這樣一座荒島，你願意去嗎？」我問他

「如果你們倆非要拉著我去，我就會去。」呂炎反問我：「你會去嗎？」

「我不知道。」

「你為什麼會不知道呢？」

「因為我知道那座荒島會繼續荒蕪，我們仍然會空蕩蕩的。」

呂炎笑了，一副欲言又止的樣子。

我說：「你別跟我說上帝那一套，上帝才令人絕望呢。」

呂炎笑著說：「好，我不說，你趕緊起來幫我收拾一下吧。酒吧要營業了，十點之前是酒水打折的歡樂時光，十點之後是酗酒狂歡。」

呂炎將「荒島」門口的牌子翻到營業中，酒吧陸續地進來不少客人。很快酒吧就熱烈地喧囂起來，就如同在寒冷的冬夜裡生起了一盆碳火，酒吧裡的每一個人似乎正在酒精的浸泡下孜孜作響地燃燒。

酗酒大賽的時間到了，沒有丁子在，一些熟客自己組織了起來。有兩個參賽的女選手非要拉著呂炎一起參加，她們說要有酒吧老闆參賽才更帶勁兒。呂炎百般推辭，說自己晚上還要開車不能喝酒。他轉而鼓動我說，你去玩吧，你還從來沒參加過呢。他拍著我的肩膀對那兩個女選手說：「他也是老闆，妳們拉他，妳們拉他吧。」

她們轉過來要拽我上去參賽。我想了想說：「好，我去。」

我酒量並不好，而且酒精過敏，雖然平時也願意喝點兒酒，但就算把自己喝到吐也不需要多少酒水。我上去只喝了五杯短軟，然後就感覺酒勁兒已經難以抵擋，我想要認輸。剛才拉我參賽的兩個姑娘起哄，不讓我從桌子上下來，她們說我這麼快就認輸了大家會贏得沒有成就感。我說真喝不動了。

她們大聲說：「你每喝一杯，我們也喝一杯，同時再脫一件衣服，看看你最後能不能把我們脫光。」

她們這麼一說，觀眾們興奮了，每個人都不允許我認輸，攔著我不讓我從桌子上下來。我只好說：「好吧，那我再試著喝兩杯吧，能脫多少算多少。」

我又拿起了一杯酒，站直身體時無意中看到了窗外有一個人影，他遠遠地晃了一下，一閃而過。外面光線很暗，無法看清這個人的細節，可能他還在面部進行了一些遮擋。但是我仍然認出了他，我敢肯定，他就是戴遠視眼鏡的那個傢伙。

我意識到今晚就要短兵相接了。我又喝了兩輪酒，每喝一次，那兩個姑娘就脫一件衣服，所有人都亢奮地手舞足蹈和大喊大叫，酒吧內熱浪滾滾，空氣就像是看不見的火焰。我用眼角觀察著窗外，沒有再看到他出現。我一直喝到兩個姑娘身上只剩下了內衣，在我彎腰伸手去拿下一杯酒時，站立不穩從桌子上掉了下來。人們有哈哈大笑的，有失望地嗷嗷直叫的。呂炎過來把我攙出了人群，比賽繼續在剩下的選手當中進行，我去廁所裡讓自己嘔吐，儘量多地把剛才喝的酒都吐出來。在廁所吐完後，我一副醉態地回來坐在吧臺前，我希望遠視眼鏡男人能在窗外的某個角落裡看到我已經喝得酩酊大醉。而我坐在這裡，正在努力恢復清醒。

午夜之後，客人漸漸稀少，快該打烊了。呂炎說：「一會兒關門了我開車送你回家。」我對他說：「不用了，我想自己在這兒待一會兒，你先走吧。」呂炎又問：「你行嗎，喝了這麼多酒。」我說：「沒問題，你放心走吧，我就是想一個人在酒吧裡坐坐。」呂炎說：「好吧，你也別太晚，早點兒回去休息。」

最後一桌客人走了，呂炎也收拾好了自己的東西，我把送他送到門口，跟他說明天見。

我透過大門向外看了看，街上寒氣刺骨，空無一人。黑色的天空中飄起了小雪花，其實也算不上雪花，只是一些雪粒。我已經很久沒有見過真正的雪花了，現在下的雪很少有大片花瓣的樣子，甚至很少下雪了，有時候整個冬天只會有那麼兩場零星小雪，連地面都鋪不滿。這也是我越來越厭惡冬天的原因，它除了刺骨的寒冷之外一無所有。當我還是個小孩兒的時候，每年冬天都會下至少兩場鵝毛大雪，真正的大雪，整個世界就像用白色的棉被包裹起來一樣。其實在那種大雪覆蓋的冬天裡，還是能尋找到一些溫暖厚實的感覺的，而如今冬天的雪，稀薄凜冽，落下之後只有骯髒。

送走了呂炎，我把「荒島」的門重新關好。我看了看冷清的酒吧，到處都是狂歡過後的痕跡，音響裡的歌聲還在賣力唱著，彷彿還有聽眾。桌子上仍有燃燒的蠟燭，它們懶洋洋地漂浮在燭杯裡的水中，似乎明白人群已散。我把其中一個蠟燭從杯子裡拿出來，放到了吧臺。我坐在吧臺的高腳椅上，看著空空蕩蕩的吧臺裡邊，想像著呂炎和丁子在這裡忙碌的情景。蠟燭就在我的身旁，火苗輕輕地抖動著。

我把手槍放在胸前的檯面上，喝了一杯水，我希望自己能更清醒一點兒，剛才的酒喝得實在有點兒多。我在想，還有什麼情況比現在更利於遠視眼鏡男人動手呢，胡同裡人菸稀少，酒吧裡除了我一個喝多了的人之外，再沒有其它對他的不利因素。

蠟燭的火苗突然劇烈擺動了起來，我知道這是酒吧門被人推開了一道縫，應該是輕輕地推開的，大概是想試探一下門有沒有鎖。我把槍拿在手中，集中注意力，在酒吧的音樂聲中仔細聽著門口的動靜。門在我左側差不多平行的另一端，我儘量用眼角的餘光看著那個方向，然後又端起一杯水喝了。

門突然被撞開了，戴遠視眼鏡的男人衝了進來，與此同時他衝我這裡開了兩槍。我在聽到門響的那一刻就從高腳椅上倒向地面，我在倒地的過程中也對他開了槍。我不知道有沒有打中他，但是交火還在繼續，他藏到了遠處一張桌子後面，而我爬到了吧臺的側面。我們沒有說一句話，只有槍聲你一言我一語地詛咒著對方，音響裡的那個歌手唱得更起勁了，像是在為此助興。

就在音響切換下一首歌時，槍聲也出現了幾秒中的沉默。這時酒吧門口又衝進來了一個人，手裡拿著一個車載滅火器，是呂炎。

呂炎進門後張望了一下，很快發現了遠視眼鏡男人藏身的位置，他低著頭彎著腰向前衝了兩步，用滅火器對著遠視眼鏡男人的方向猛噴。槍聲又響了，呂炎倒在了地上。

遠視眼鏡男人的周圍一片白霧，我抓住時機從吧臺衝出來繞到那張桌子旁邊，然後對著他開了兩槍。我儘量避開了他身上的要害位置，我沒有想馬上要他的命，我還有話要問他。我這把半自動手槍的殺傷力還不錯，他失去了反抗能力，趴在地上扭動著。我走到他身前把他掉在地上的手槍踢到遠處，然後又狠踹了幾下他的頭，他趴在地上不動彈了。我又迅速搜了一下他的身上，沒有別的武器，我從他身上找出了一把手銬，我用這把手銬把他的雙手反銬在屋裡的一根立柱上。

我跑過去看呂炎，呂炎的胸口中了一槍，仰面躺在地上大口地喘著氣。我在他身上翻找他的車鑰匙，我得趕緊把他送到醫院去。呂炎抬起一隻手來，他想阻擋我的手。

呂炎說：「我身在上流血，別把病毒傳染給你。」

我把他的手推到一邊，繼續翻找，同時厲聲質問他：「誰他媽讓你又回來的！」

呂炎睜開眼扭頭看了我一眼，喘著氣說：「我走了之後，覺得你晚上不太對勁兒，不放心又回來了，停車的時候看到裡邊好像有人在開槍。」

「你這個傻逼，看見開槍你他媽還要進來。」我找到了車鑰匙，把他背起來，往酒吧門口走。

呂炎說：「我想幫你。」

「誰他媽用你幫啊，你這是找死。」我把呂炎背到了門口，恨不得抽他的耳光。

「你就當作是上帝讓我來救你的吧。」呂炎說。

出門後我在臺階上摔了一跤，臺階上有點兒結冰，由於腳趾不全，我沒有控制好重心。我費了很大的力氣又把呂炎重新背到身上。費力的原因一是因為我少了幾根手指，抓力不足，二是因為呂炎的身體越來越沉重，他好像已經使不出一點力氣了。再次把他背好後，我咬牙切齒對他說：「上帝一直捉弄我，上帝讓你來救我也是他捉弄我的一部分，你他媽要是死了那我做的一切都失敗透頂。」

「沒關係，你不用擔心我，我可以上天堂。」呂炎的腦袋垂在我的肩膀上笑著說：「要是換成你就不一定了，沒準兒會下地獄。」

「你閉嘴吧。」我制止了他。

呂炎的車就停在酒吧門口，我把他從背上放下來，往車裡塞。呂炎搖晃著腦袋說：「別費勁了，我感覺不行了，你自己保重吧，記得天亮後去醫院做一個愛滋病毒阻斷。」

我沒有停下來，一直把他完全塞到了車後座上。我正要從車廂抽身去開車，呂炎又抓住了我的衣服。他說：「別浪費時間了，趕緊處理你的麻煩吧，我真的不行了，我沒有騙你，我剛才已經看到天堂了。」

呂炎還在試圖說什麼，不過已經說不出話了。我使勁想從他手裡掙脫，他抓我衣服的手太緊了，他大概使出了他臨死前的所有力量。我從車裡往外退，呂炎仍然抓著我的衣服不放，他的上半截身子都被我帶出了車外。我大聲喊著，你他媽的放開我，趕緊放開我！這時候呂炎的身體完全軟了下來，他最後的一點力氣也用完了。我又把呂炎推回到了車座上，可是我剛一鬆手，他就像一堆泥似癱軟地滑到車座底下。車座上積了一灘從他身上流出的血，車外的地上也流得到處都是。我伸手摸了摸他的脖子，沒有了跳動，鼻孔裡也不再有氣息。

我靠著車輪坐在地上，腦子裡一片空白，心卻跳得厲害。我坐了幾分鐘，神智有所恢復，我感覺能夠站起來了，於是起身把車門關好，返回「荒島」內。遠視眼鏡男人已經清醒過來，他坐在立柱前正在扭動著身體想要從手銬裡掙脫開。我走過去揪著他的頭髮讓他抬起了頭，他的肚子和胳膊分別中了一槍，看樣子一時還死不了。我用槍頂著他的臉問他：「說說吧，你們為什麼要殺我？」

他看了我一眼低了下頭，像是完全認輸了，他慢慢地說：「你幹這行太容易出事兒，我們怕有一天你被警察抓了會供出我們的事兒。」

我又問他：「你們為什麼要殺了那個女歌星？」

「她是我們局長的情人，她的公司跟局長還有一些經濟上的合作。最近這兩年來她一直逼他離婚，不停地向他要錢。後來她懷孕了，還拿肚子裡的孩子要挾他，所以局長決定除掉她。」

「那為什麼你們後來又安排我殺了她的新男友？」

「這個說起來有點兒複雜。」

「儘量簡短地說。」我又把槍頂在他的額頭上。

「實際上她懷孕時已經跟局長決裂了，後來馬上又跟那個被你殺掉的男人搞在了一起。她的新男友其實是她之前通過我和局長認識的，他是一個房地產商人，私下裡我們之間有生意上的合作，他掌握了我們很多祕密。後來因為一些利益上的矛盾無法解決，他和我們反目成仇，他勾結了一些局長在官場和生意上的競爭對手，打算合夥搞垮我們，一直在暗中舉報我們。」

「所以你們也想除掉他？」

「一開始並沒有想殺了他，雖然我們打心眼裡希望他能消失，但是不到萬不得已，我們也不願意輕易再鬧出人命。不過他咬定是我們殺了他女朋友，所以不斷向警方反映過這個情況，這些是我們私下通過自己的一些渠道在警方那裡瞭解到的。警察也在一些商業文件中發現局長和他情人的公司有經濟來往，警方也因此問詢過局長，但是因為直接沒有指向殺人的證據，再加上我們也利用一些資源干預了警方的辦案，所以在這一條線索上，警方沒有進展。」

「你們又開始擔心我會給你們帶來真正的麻煩。」

「是的，我們已經被人懷疑了，我們的對手也在想方設法利用一切資源想搞垮我們。所以局長開始擔心你會因為別的案子被抓之後交代出我們的事兒。你幹這一行太容易出事兒，你的存在對我們來說風險太大，這是致命的風險，所以我們打算除掉你。」

「你是說你之所以安排我去幹掉她的男友，完全是為我設計了一個圈套兒？」

「是一個一舉兩得的圈套兒。因為她那個做房地產的男友對很多官員都有行賄，反貪局決定憑藉這一點對他立案偵察，對他的行蹤進行監控，在他家實施監聽。這樣做的目的只有一個，就是再雇你一次，讓你去上門去殺掉他。」

「殺完他之後你們再把我抓住？」

「是的，由我們負責監控的人把你當場抓住。抓到你後，我們會想辦法私下除掉你。這樣即能借刀殺人，還能消除你這個潛在的風險。你在他家動手時會暴露在我們的監聽中，他家的小區內，地下車庫裡都有我們布控的人，他們會聽到他家裡出事了，會第一時間向我彙報情況，我會在你動手之後命令他們上樓抓住你，這樣你就會落入到我們手裡，這樣我們就會有一百種方法解決你。」

「聽起來是一個不錯的主意。」

「只是我們的人最後不知道你是怎麼脫身的，他們撲空了，並沒有發現你。而且，你很幸運，後來幾次對你下手，你都躲過了。」

「只有你和你的局長兩個人操縱這一切嗎？」

「只有我們兩個人，其他的人，包括我們的工作人員都是在不知情的情況下被利用的。」

「我怎麼才能找到你們的反貪局局長？」我問他。

他問我：「我要是告訴你，你能不殺我嗎？」

「不能。」我直截了當地對他說：「你必須死。」

他又問：「那我為什麼要告訴你？」

「因為你不告訴我，我會讓你一點兒一點兒地死。」我回答他。

他喘了一口粗氣，絕望地說：「好吧，那我就告訴你吧，反正這件事早已經失控了。」

「快點兒說。」我命令他。

他說：「局長有一個生意夥伴開了一家俱樂部，局長會經常去那兒玩，你在那裡可以找到他。」

我拿出手機，對他說：「把俱樂部的名字告訴我，還有你們局長的車牌號。」

他說出了俱樂部的名字和車牌號，我記到了手機裡。我對他說：「你知道你的人為什麼會撲空嗎，因為這個。」我說著脫下了一隻鞋，襪子也扒了下來，把腳踩在一張椅子上，我拿起槍，對著其中剩餘的一個腳趾開了一槍。看到這一幕他一臉的不解，疑惑地盯著我，像是在等一個答案。我對他說：「你現在可以去死了。」我對著他的額頭扣動了板機。

外面雪下得越來越緊，還刮起了風，我走出「荒島」，又看到了呂炎的車，他的屍體還躺在裡面。我坐在門口的臺階上，精神恍惚得連一支菸都點不著。我被難過和憤怒的情緒淹沒了，難過是因為呂炎的死，憤怒是因為命運好像總在跟我作對。我真想馬上找到那個反貪局長對他開上一百槍，可是我又覺得即使這樣也遠遠無法平息我的悲憤，因為你沒有辦法去找命運算帳。

我不知道接下來該怎麼辦了，就把這裡的一切留給警察來處理吧。呂炎死在了「荒島」門口，「荒島」將不復存在，我感覺到巨大的沮喪和失重般的無助。我想給丁子打一個電話，她應該正在睡覺，會被我的電話吵醒，但是我顧不了這麼多了，因為現在我倍感孤獨。

電話只響了一聲丁子就接了，一時間我不知道該怎麼跟她說發生的這些事兒。我語無倫次地問她是否說話方便。丁子說方便，她說自己正在失眠。我說我有一件事要跟妳說，她警惕地問我出什麼事兒了。我把發生的一切告訴了她，她開始號啕大哭，歇斯底里地問我為什麼答應她不再繼續做這件事了卻說話不算數。丁子發瘋似地在電話裡衝我大喊大叫，說我是個騙子。丁子根本容不得我說話，她完全崩潰了。後來我聽到丁子電話那邊有醫院工作人員出現的聲音，他們問丁子怎麼了，丁子沒有回答，她一直在痛哭。

我默默地掛上了電話。

丁子的哭聲就像在我身體內刮起了寒風又下了一場雪，我感覺涼透了，彷彿孤單一人置身於天寒地凍的曠野中。我得找一個暖和的地方睡一覺。我朝一個地鐵站走去，再過半小時地鐵就開始運營了，那裡暖和，那裡人也多。

我進了地鐵站，跳進一輛首發列車，找了一個座位坐下閉上眼，很快睡著了。這是一輛環線的列車，我睡得昏昏沉沉，列車圍繞著這個城市一圈一圈地開，我能感覺到周圍的人越來越多，漸漸擠滿了車廂。我身邊的人不斷地進來又出去，不斷地更新，我只是一直睡著，從始到終沒有看清過他們任何人的一張臉。

我被一個工作人員叫醒了，我睜開眼發現車廂裡的乘客只剩下了我自己。這輛車跑夠了圈數，要回總站了。工作人員告訴我需要下車，可以在此出站，也可以換乘下一趟車繼續朝前走。

哪兒有什麼繼續朝前走，只是繼續輪回而已。只是我無處可去，我還是選擇了下一趟車。又到了早高峰時段，上車時我被那些衝著車門發起衝鋒的人們擠到了人群之外，最後還是在一個站臺工作人員的幫助下，推著我後背，把我塞進了車廂。

為了避免像上次一樣在列車到站開門時被人擠下車，我使勁往車廂裡邊鑽進去一點兒，在這個過程中好幾個乘客對我表達了不滿。有一個人很暴躁地推搡了我一下，我對他笑了笑，表達歉意，對他的粗暴表示理解，因為要是在這種情況下換成我的話，我會有開槍殺人的念頭。

列車進入了郊區，車上的人沒有在市裡那麼多了，還空出了一些座位。我整理了一下身上的衣服，這時我才發現衣服上到處都是乾透的血跡，所幸我一直保持著穿深色衣服的習慣，這些血跡並沒有被周圍的人看出來，只不過這再次提醒我昨晚發生過什麼。

因為剛才睡了一覺，我現在感覺稍微好了一點兒，身上也不冷了，相反還被人群擠出了一身汗。不過我仍然感覺精神恍惚，恍惚得曾經有一度我幾乎忘了昨晚發生的事，還誤以為此時自己在地鐵上將要去什麼地方去辦一件什麼事。事實上我根本不知道接下來要去哪兒，也根本沒有心情去做任何事，要是這輛列車永遠不會停下來就好了，我大概會永遠坐在這裡。

丁子昨晚的痛哭給我帶來了很大的心理衝擊，我從來沒見過她這樣情緒失控。我確實騙了她，我不僅沒有停手，而且還推動了這件事進一步發展，以至於到了現在這種地步。當然我可以自我安慰地說樹欲靜而風不止，告訴自己即使我什麼都不做，這件事也不會因此停下來。可是，假如沒有我主動地去推動這件事的話，也許結局還不會如此讓人無法接受，這一切真是遭透了。

我得去跟丁子說聲對不起，我要告訴她，我決定了，什麼都不做了，過去的一切就他媽這樣吧。我要讓她帶我走，除此之外什麼都不做了。也許將來會有那麼一座沒有人菸的荒島，丁子要把我帶到那裡，在島上過著與世隔絕的生活，哪怕用不了多久這種生活就會變質，就會失去最初賦與它的想像和意義，但那也不會比這裡更糟了。

做了這個決定之後，我打算馬上就去戒毒醫院找丁子。我換乘了另一趟列車，幾經輾轉，出了地鐵站我又打了一輛車，到了戒毒醫院時已經接近中午。我告訴前臺的工作人員我要找丁子，工作人員往病房打了一個電話後，然後對我說，丁子找不到了。

很快從病房裡來了一個護士，她過來對我說丁子一大早就出去了，有人看見她收拾了自己隨身的東西就出門了，然後一直沒回來，給她打電話也沒有人接。

我馬上掏出手機撥通了丁子的電話，電話接通後一直響到忙音還是沒人接。我又打了一個，響了幾聲就掛斷了。我又打，電話裡提示已關機。

我問護士：「她沒跟妳們說她去哪兒嗎？」

護士說：「沒有，她是悄悄走的。」

我問護士能不能帶我去她的病房看看。護士把我領到了丁子的病房，丁子的衣服和常用品都不見了，只剩下了一些零食和一個空菸盒，看起來她沒有打算再回來。

我茫然地問護士：「這該怎麼辦？」

護士說如果可以的話，你可以試著聯繫一下賣給她毒品的人。護士說這話的時候做出了一種無奈而又自信的表情。

我從來不知道她在哪兒以及從誰那兒買的毒品，而且我也肯定這不是她離開戒毒醫院的原因，沒有這麼簡單，她就算再去吸毒也不會不接我電話的。

我離開了戒毒醫院又直奔丁子家，敲了半天門沒有人答應。然後我又跑到了「荒島」，也許丁子會去那兒。然而那裡只有警察和拉起警戒線的死亡現場，甚至現場都清理乾淨了，連圍觀的人群也早已散去，只有警察在「荒島」的門裡進進出出。

我又在附近的街道轉來轉去尋找，仍然沒有看到她。我把能想到的她有可能去的地方都找了一遍，還是一無所獲，她的手機也再沒有開過機。天黑的時候我又回到了她家門外，在敲了十分鐘門沒有人回應之後，我失去了全部耐心和謹慎，我拿出手槍對著門鎖開了幾槍，門打壞了，但是鎖很堅固，並沒有損毀，我又使勁在門上踹了幾腳。期間有鄰居把自家屋門打開了一條縫向外張望，我一步衝過去把他的門全部推開，指著丁子的門口問他這裡有沒有人回來過。鄰居受到了驚嚇，驚慌失措地說他沒有注意。我問他家裡有沒有鐵棍什麼的，他說沒有。我說別的東西也行。他回屋給我找出一把錘子。

我用這把錘子摧毀了門鎖最後的抵抗，打開了丁子的家門。屋裡沒人，而且似乎也沒有過丁子回來過的痕跡，地板和沙發上還攤放著一些她去戒毒醫院之前回家取東西時翻出來的各種雜物。我用腳把地板上的東西踢開，走到沙發前疲憊地坐下。我完全頹了，我覺得丁子的這次出走非同尋常。

二十一

好幾天過去了，仍然沒有找到丁子，我每天都會去一些我認為丁子有可能會出現的地方找她，每次都失望而歸。我猜她也有可能去別的地方了，已經離開了這個城市，雖然以前丁子外出旅遊時也時常音信無全消失幾天，但是她最終還是會出現的，而這次給我的預感更像是一去不復返。從我確認她這次是真正出走的那一刻起，就產生了一種非常遙遠的距離感，遙遠得就像在某個未知的大海中有一座孤獨的荒島。

一個月過去了，我不再漫無目的地去找她，但是我每天仍然會去「荒島」酒吧的那條胡同。我不並接近「荒島」，只是暗自站在遠處，置身於人流中遠遠地看著那裡。「荒島」早已被它的主人遺棄，門上方的霓虹招牌不再亮起，落上了一層厚厚的塵土，原本耀眼奪目的「荒島」兩字變得像這裡所有的平房一樣灰暗沉舊。酒吧大門緊閉，原來深棕色泛著亮光的木門現在看起來甚至有些乾裂，唯一醒目的是門框上從左到右攔著一條警察貼上去的警戒帶。

我心裡仍然抱有一絲希望，我總覺得某一天丁子還是會出現在「荒島」門前，我期盼著能在這裡看到她。

冬天已經過得差不多了，春天在慢慢的接近，空氣還是很冷，但沒有那麼硬了。有時還會刮起在這個城市裡常見的風沙，等到完全進入春天之後，還會經歷更加嚴峻的沙塵天氣，在那之後，就可以看見夏天了。我不知道到了夏天還能不能再見到丁子，我心裡一點兒底都沒有，我有著非常悲觀的預感，我覺得就算再次見到丁子，她也跟我沒有任何關係了。我甚至對她是死是活都有了不確定的疑慮。

我去了丁子家附近的那個公園，在去年夏天的傍晚，我和丁子一起在這裡的亭子下喝過酒，看到過一些野貓。那個亭子還在，裡邊坐著一對兒談戀愛的少年。那些野貓也還在，也許還增加了幾隻，整個冬天只下了兩場稀薄的小雪，除此之外都是天寒地凍，沒有任何降水。我一直弄不明白那些野貓在這個城市是怎麼過冬的，我是說，它們去哪兒喝水，難道要去冰封三個月的河面上把冰舔化嗎。

進入了三月，中央政府召開了每年一度的全國性會議，在這些天裡，所有媒體都在連篇累牘地報道這次大會。整個城市都進入了緊張的高壓狀態，到處都是警察和武警，以及胳膊上帶著紅袖章的治安志願者，大概還有無數便衣警察混在人群裡。這段時間我很少出門了，大多是在床上睡覺，或者站在窗前發呆。

窗外刮起了大風，中午我喝了一些酒，一直睡到黃昏。在醒來之前我又做了一個無比清晰的夢，夢見我在街上看到了丁子，我大聲喊她，可是任憑我使出全身的力氣，喉嚨裡就是沒有任何聲音發出。我抬腿去追她，可是每邁一步就會跌倒。夢裡所有的感覺都在告訴我，丁子不會再回來了，永遠離開了我。這個夢讓我醒來時精疲力盡，悲傷的情緒緊緊抓住了我，使我無法呼吸。

我確認丁子還活著，因為我能夠強烈地感知到，丁子剛才也做了一個同樣的夢。此時，在某個不為人知的角落裡，丁子也剛剛醒來，因為做了這個夢，她在心裡無比清晰地意識了一點，那就是，她和我有關的一切都結束了。

我木然地坐在床邊，整個人被黑暗籠罩著，感覺非常壓抑。我順手打開了電視，希望屋子裡有點兒動靜。我走到窗前點著了一支菸，外邊已經是萬家燈火。我耳朵裡忽然就聽到了電視裡的新聞正在說著本市檢察院反貪局的工作。我扭頭看電視，裡邊出現的人物正是反貪局長，畫面上的文字標注著他同時還是檢察院的副檢察長。在電視裡，他正在神采奕奕地接受記者的採訪。我坐回到床邊看著電視，手不由自主地從床頭拿起了手槍。整整一夜，我都沒再放開這把槍。

第二天我給女經紀人打了一個電話，我告訴她，準備回來吧。女經紀人在電話裡愉快地說，說實話真有點兒不想去回去了呢，玩上癮了。最後她問我想要什麼禮物，她可以從國外給我帶回去。我說什麼都不要，如果可以的話希望她能再幫我一個忙。她說什麼忙你說吧，力所能及的她都幫。我問她能不能給我一個銀行帳號，我轉給她一筆錢讓她替我保管。她說，多少錢啊，保管多久。我說多少錢我也忘了，但是不會多得嚇人，保管多久我也說不好，這錢妳可以隨意支配，如果妳將來碰巧能遇到一個叫丁子的人，可以把這筆錢給她，妳就跟她說這錢是為了幫她買一座荒島的。女經紀人問我，你要去哪兒。我對她說，去哪兒都有可能。

我要去那個俱樂部，遠視眼鏡男人告訴我的那個俱樂部，它離我的住處沒多遠，步行一小時就可以到。每天下午我會出門，一路走到那裡，然後就守候在停車場。我身上除了帶著槍之外，還揣著那把非常鋒利的廚刀，我不知道自己會遇到多少抵抗，也不敢確認一次就能成功地幹掉反貪局長，所以我會帶上刀以便多做一些打算。

這是一家非常豪華的俱樂部，集多種功能於一身，以接待高不可攀的達官顯貴聞名。每到入夜，停車場都會停滿了車，很多找不到車位的車只能停在人行道上。只有幾個離大門最近的，標明是內部停車位的位置偶爾會空著，以示能在此停車的車主身分不凡。

我總是會守在停車場入口的路邊，這裡能看見所有進入停車場的車。馬路邊還會停著一些出租車，有一些等活兒的司機從車裡出來，聚在一起抽菸閒聊。我所在的地方離他們不遠，他們大概以為我也是某輛出租車的司機吧。他們大多時候都是興致勃勃地東拉西扯聊著各種內容，國內外大事、明星、女人，以及各種牢騷。這個俱樂部也是他們常常提及的話題，我聽到過不同的司機繪聲繪色地講述俱樂部老闆的身世及其江湖傳聞。他們口中的這家俱樂部背景深厚，老闆能量很大，在黑白兩道上都能呼風喚雨。

偶爾會有某個司機給圍在一起的同行遞菸，同時也會招呼我一聲，順手給我也扔過來一支。大部分情況下我的注意力不在他們身上，聽見有人衝我打招呼時，我只是本能尋著聲音看過去，總是無法及時反應過來那個聲音其實是在叫我。在我的人生經驗裡，這種人群中招呼同類的聲音通常來說與我無關，以至於對方扔過來的菸落到了我身上，又掉在地上，我都沒來得及看清是哪個人扔給我的。我衝他們所有人點頭說聲謝謝，撿起地上的菸放進嘴裡。

反貪局長的車牌號我已經熟記於心，但是一直沒有看到他的車來過這裡，也沒見到他從別人的車上下來。我並沒有灰心，或者說並沒有抱著很快就能見到他的期望，我只是照例每天都會這裡等候，就如同停車場的看車人一樣，簡單而機械地過著每一天。只不過夜裡的溫度還是很低，我經常感覺非常冷。

晚上出門之前下了今年頭一場雨，雨下得很大。由於這兩天有點兒感冒，一整天我都在頭疼，在我打算冒雨出門時，頭疼得更厲害了，我只好坐下來想想有什麼緩解的辦法。我沒有藥，除了酒之外沒有任何能讓身體產生一些反應的東西。我只好喝了一瓶啤酒，指望著適當的酒精能讓我感覺好一點兒。我已經很長時間沒喝酒了，因為喝酒的時候我總會想起丁子，這種反應無法控制，就像喝多了酒必然會心跳加快一樣。

我喝這瓶啤酒的過程中果然抑制不住地想起了很多和丁子有關的情景，不過想起這些並沒有讓我感覺很傷心，只是這些回憶緊緊拽住了我，使我的整個精神都無法從中掙脫。其實如果可以的話，我更想奮力置身於這些回憶當中，只是當我自己努力去體會彼時的感覺時，那些回憶又開始變得飄忽不定和不可捉摸，這讓我非常失落，這讓我進退兩難。

為了讓自己振作一些，我決定馬上出門，到外面去。外面還在下著雨，一直等我走到俱樂部我才意識到自己忘了帶把傘，不過這不是什麼大不了的問題。只是我的全身都濕透了，就像剛剛被人推進過水裡似的。路邊照例還有幾輛出租車在等活兒，因為下雨，司機都坐在車裡，除了我沒有人站在雨天裡。俱樂部的停車場依舊有很多車，還有更多的車在繼續到來。我用手擦了一把臉上的雨水，這時我發現了那個車牌，那輛車正停在俱樂部的內部停車位上。

我徑直走到俱樂部門口，在大門口我把鞋和襪子都脫了，光著腳朝大門走去。門口的一個保安把我攔住，問我要找誰。我指著門口的那輛車問他，車主去哪兒了。他問我，你是誰。我對他說，誰也不是。保安一時無法判斷該如何處理，他衝俱樂部大堂裡的一個工作人員招了招手，又指了指我，這個人很快出來了。他自稱是大堂經理，問我有什麼事兒。我說了反貪局長的名字，我對經理說，我就要找他。他聽我說完後拿起了手裡的對講機想要跟裡邊核實情況。我一把奪過他的對講機扔到了遠處的雨水裡，另一隻手把槍掏了出來對準他，我命令他說，帶我進去。

我用槍頂著他後腦勺，把他推進了門。周圍看見這一幕的人都有些驚慌失措，沒有人敢輕舉妄動。我跟著他穿過大堂，進了電梯，來到三樓。電梯門打開，我用槍推著他走出電梯門，這一層看起來像是一個桑拿洗浴的貴賓休息區。他帶我來到走廊中間一個包房門口，示意我人就在這裡。

我把門踹開，看到這裡是一個按摩房。按摩床上趴著一個人，聽到門口的動靜他抬起了頭，正是我要找的人。他大概是剛剛按摩完，光著背，腰以下只搭了一條浴巾。他趴在按摩床上，在他身旁還站著一個女按摩師，正在給他拔火罐。在他又厚又肥的後背上，從肩膀到腰上已經豎立著兩排火罐了，女按摩師一隻手裡還拿著一個將要被放上去的火罐，另一隻手拿著一根正在燃燒的棉棒僵立在原地。反貪局長和女按摩師驚愕地看著我，我把大堂經理推出了房外，然後關上門。我從懷裡抽出廚刀，蹲下來，手起刀落砍掉一根腳趾。

我站起身，把刀重新揣好。這時反貪局長從床上跳了起來，他身上搭的浴巾掉到了地上，一身的肥肉上下亂顫。他光著身子一把將嚇傻的女按摩師拉過來擋在身前，他藏在女按摩師身後，用胳膊勒住她的上身使她動彈不得。我一時沒辦法開槍，他利用這個時機，一手抓過旁邊的一把陶瓷茶壺，把它在桌子砸碎，手裡只剩下一塊帶著壺把兒的瓷片。他用這塊瓷片抵在了女按摩師的脖子上，警告我只要上前一步，他就會割開她的脖子。

面對這些我有點兒猶豫。他讓我把刀和槍都扔在地上。我對他說，我不扔，你殺了她吧。聽我這麼一說他把手裡的瓷片在女按摩師的脖子上扎了一下，有一道血流順著脖子蜿蜒而下。看到這一幕，我舉著槍又上前逼近了一步，他看我沒有退縮也有點兒不知所措，大概他也不敢輕易毀了手中的人質。

這時候我身後的房門突然又被人踹開了，我趕緊往內側一閃，這時那個女按摩師突然從反貪局長手裡掙脫了，她朝門外跑去。女按摩師剛衝到門口就聽見門外一聲槍響，她中槍倒地。我背貼著牆蹲下，舉起槍朝門口射擊，門口有人貼著牆躲了起來。反貪局長抓住了這個機會，他一下子把那張按摩床推到我身上，嘴裡衝門外大喊了一聲別開槍，然後衝出門外。他的動作敏捷，一瞬間只給我留下了一個兩排火罐的背影，好像一條肥胖的食肉恐龍。

按摩床把我撞得很重，我被擋在了牆角。門外槍聲又重新響了起來，子彈紛紛打在按摩床上。幸虧按摩床做得普遍結實，而這一張又是一個高檔貨，除了厚實的床板，下邊還有一個代替床腿的、可以用來儲物的四四方方的寬大底座。我迅速調整了一下身體的姿勢，把這張按摩床猛地推出了門口，緊接著我也跨出兩步，跳過去躲在床後。

躲在這張按摩床後邊讓我看清了外邊的形勢，走廊裡有兩個人都拿著手槍，為了壓制我，他們拚命對我射擊。我把一隻腳從床後伸出去，當著他們的面開槍打掉了兩個腳趾。他們的子彈似乎打完了，看到我有按摩床作為掩體，他們想轉身跑到一個包房裡，我在他們進去之前開槍打中了他們。

我剛要從床後站起身來去追反貪局長，又看到從樓梯口衝上來了幾個人，我一時數不清到底有幾個，但他們都拿著槍。我趕緊又躲回到床後，情急之下我把雙腳伸到了床外，顧不上準確的數字了，我把剩下的所有腳趾全都打飛了。

我重新裝上一個彈匣，低著頭彎著腰推著這張按摩床向樓梯口逼近，在這個過程中我又命中了三個人。反貪局長已經不知道跑到哪兒去了。我把按摩床一直推到了樓梯口，我發現樓梯上還有幾個人等著我，我仍然沒有機會數清具體是多少人。為了節省子彈，我又抽出廚刀，把左手放在地上，右手拿著刀把左手剩下的手指全都砍掉，然後又拿起手槍擊倒了最前面的兩個人，其他人撤回到了二層的樓梯處。我把按摩床從樓梯上推了下去，我計劃下樓的時候可以接著利用它作為掩護。

我在下樓梯時摔倒了，一直滾倒了下邊的樓梯拐角，我忘了自己一個腳趾都沒有了，只剩下兩個光禿禿的腳掌，因為下臺階太快以至於對重心完全失去了控制。不過這樣也好，反倒加快了我下去的速度，我正好又摔到了按摩床後，在它的掩護下，我命中了樓道內的兩個人，其他的人都向下邊的一樓跑去。

俱樂部裡的客人已經意識到這裡發生了槍戰，許多人都在向外跑，二層尤其人多，因為這裡是個餐廳，人們正在此就餐。這裡還有兩個俱樂部的槍手混在人群裡向我開槍，有幾個客人被誤傷。身邊響起的槍聲讓人們像受驚的鹿群一樣四散奔逃，還有很多人趴到地上，這為我留出了一些射擊空間，我開槍擊中了這兩個正準備逃跑的槍手

我一直追到了一樓的樓道口，沒有再遇到有效的攻擊，有一些人拿著砍刀和斧子之類的東西向我扔過來，都被我用胳膊擋開了，除了胳膊受傷之外並無大礙。我打完剩下的子彈又換上一個彈匣，換彈匣的時候遇到了點兒困難，因為左手沒有手指了，我只好用手掌把槍壓在身上配合著右手完成了裝彈。我已經沒有更多的護身符可用，但這不重要了，雖然剩下的右手還有一些手指，但我還需要拿槍，況且我也沒有足

夠的辦法再去弄掉右手上僅有的這些手指了。

在一樓我又開槍打倒了他們其中的幾個人。槍聲停住的一個瞬間，不知從哪兒竄出來的幾個客人向門外跑了出去。這時候我看到了他們身後還有一個裸體的胖子，後背上是那兩排火罐，就像一個食肉恐龍。他跑得不夠快，被人們擠到了身後。我對他開了兩槍，可是只打碎了背上的兩個火罐，不過他因為被擊中而摔了一跤，很快他又爬了起來，跑到了停在門口的車前。我追了出去，他已經坐進了駕駛位，車門還沒來得及關上。我跳上了車頭，對著擋風玻璃後邊的他連開幾槍。他死的時候從車門歪了出去，頭和上身重重地栽倒在地上，兩條腿還留在車裡。

整個過程還算順利，雖然遇到很多麻煩，可是最終沒有讓他跑掉。我的鞋已經找不到了，就算找到了我也沒有辦法繫上鞋帶，我左手手指全部沒有了，只有右手還剩下四個手指，我肯定無法用這一隻手上的四根手指把鞋帶繫上。沒有鞋這不重要，我可以光著腳，我只要走到馬路上去找一輛出租車就行。只不過因為我兩隻腳上的所有腳趾都被弄掉了，雙腳完全失去了抓地能力，每邁一步都很彆扭，就像踩著一對兒特別長的雪橇在走路。

儘管剛才在俱樂部裡用掉了這麼多護身符，我敢肯定也沒有我打死的人多，用掉的這些護身符不足以完全保護我了。我感覺到好運在離我而去，就像丁子離我而去一樣。我在回家的路上有一陣兒特別想念丁子，一進家門我就趕緊躺在床上睡了，我強烈地想要通過做夢感知到一些丁子的存在。

在家裡我差不多有一個月沒有出門，悄無聲息地生活著。每天只吃一點東西，吃空了冰箱裡的東西後我便不再吃飯。屋裡的垃圾堆得到處都是，有一些容易腐敗的垃圾我就把它們凍進冰箱裡。晚上我從來也不開燈，天一黑就睡覺。我從來沒有如此渴望做夢，即使無法夢見與丁子有關的事情，我也希望夢境能給我度過的每個黑夜帶來一些光彩。哪怕是一場惡夢呢，只要能動人心魄就好，因為在我醒著的時候，就無法清晰地感知到周圍一切的存在，感知不到這一切存的意義和樂趣，我甚至無法感知到自己還有意識，我只能進入到夢中，讓光怪陸離的夢境喚起我感知的功能，就像休克的人需要電擊一樣。

偶爾我也會夢見丁子，但那並不屬於和丁子共同做的靈犀相通的夢，我能準確地分辨出這其中的區別，在這些夢裡僅僅是屬於我自己的回憶，這些回憶也並不是從前的情景再現，而僅僅是在時間上我回到了過去的時光，回到了以前的那些夏天。在夢中的那些夏天裡，我和丁子、呂炎常常聚在一起，做了很多實際上當時並沒有發生的事情，我們有時高興，有時難過，我夢見了自己開懷大笑，我還夢見了自己哭，但從不痛苦。

忽然我在睡夢中感到豔陽高照，恍惚之中我以為夏天到來了，我掙扎著讓自己醒過來，發現太陽正照在我的臉上。我決定出去散散步，我要看看夏天離我還有多遠。

我走得很吃力，走路的樣子也很奇怪，引起了一些行人的注視。我在上一個斜坡時有些東倒西歪，最終摔了一跤，旁邊有一夥人在笑我，我把右手握成一個拳頭衝他們揮了揮，其實是想對他們豎中指的，只是右手的中指已經不在了，一隻狗吃了它。他們中的一個人過來又把我推倒在地。

我決定去買一個輪椅，電動的那種，我想坐著它散步，想去「荒島」看看。我不知道丁子是否去了一個對於我來說遙遠未知的荒島，但我覺得她最終會回來看看我們曾經共同擁有過的這個「荒島」。

我找到了一個經營醫療器械的商店，進去買了一輛可供高位截癱的病人使用的電動輪椅，我用一隻手握著一個把手，就可以很容易地操作它。

我每天都坐著輪椅去看「荒島」，遠遠地把輪椅停在一個牆根兒下，那裡總有一夥人在下象棋，我就把輪椅停在他們旁邊。這裡能看見「荒島」的大門，門頂上「荒島」的招牌還在，已經蒙上了一層污漬，根本無法看出原有的色彩。門旁邊的那扇窗戶也失去了光澤，最上邊還有一塊玻璃碎了，要是呂炎在，肯定早把這塊壞玻璃換好了。那條攔著大門的警戒帶有一頭兒已經從門框上脫落，無精打采地垂在地上，提醒著我這裡再也無人問津。

天氣漸漸暖和了，這片胡同裡的遊客也越來越多，每天川流不息。附近又有一些民房被拿出來出租，新開了一些酒吧和商店。「荒島」所在的這條胡同已經不是鬧中取靜的地方了，它開始變得嘈雜。來來往往的行人遮住了我的視線，我特別想離「荒島」近一點兒，於是我坐著輪椅穿過人群，來到「荒島」門前。面對這扇緊閉的大門，我的心跳開始加快，因為太快以至於我感覺渾身都在顫抖。這麼近的看它，讓我難以承受，為了讓自己能夠平靜一點兒，我調轉輪椅，背靠著「荒島」的牆，然後掏出一支菸點上。

天空中傳來了幾聲沉悶的雷聲，有很大的雨點兒落了下來，天空烏雲密布。胡同裡的行人加快了腳步，急匆匆地尋找著避雨的地方。人群在我眼前左右穿行，我突然看見了一個熟悉的身影從我面前經過。我大喊了一聲，丁子！她像是沒有聽見似的很快朝前走去，我趕緊啟動輪椅去追她。行人太多了，輪椅行駛在人群中總是被不斷地阻擋，我坐在輪椅上很難看見她。

我從輪椅上站了起來，跑著去找她，就好像腳上穿著雪橇一樣笨拙地跑著。我用一隻手指不全的手和一隻沒有手指的手掌不斷地推開擋在面前的行人。那個熟悉的身影在人群中時隱時現，我大聲呼喊著丁子，但是她沒有任何反應，更沒有停下來，我幾乎快看不到她了。

前方迎面走來了幾個人把我的路攔住了，我想去推開他們，但他們抓住了我的胳膊，把我掀翻在地。這些人命令我不要動，告訴我說他們是警察。

我的身體被他們壓在地上無法動彈，頭和臉也被狠狠地按在地上，連嘴都張不開。我不再呼喊丁子了，我希望她走得越遠越好，永不回頭。

雨下得如此痛快，我趴在地上除了雨聲什麼聽都不見，無數白色的水花在地面上爭相盛開，又轉瞬即逝，還有無數人的腳步在我眼前一晃而過。我聞到了雨水裡帶有夏天的氣息，已經到了一年之中最好的時候。

釀文學267　PG2725

好時候

作　　者　田佳霖
責任編輯　陳彥儒
圖文排版　陳彥妏
封面設計　蔡瑋筠

出版策劃　釀出版
製作發行　秀威資訊科技股份有限公司
114 台北市內湖區瑞光路76巷65號1樓
電話：+886-2-2796-3638　傳真：+886-2-2796-1377
服務信箱：service@showwe.com.tw
http://www.showwe.com.tw
郵政劃撥　19563868　戶名：秀威資訊科技股份有限公司
展售門市　國家書店【松江門市】
104 台北市中山區松江路209號1樓
電話：+886-2-2518-0207　傳真：+886-2-2518-0778
網路訂購　秀威網路書店：https://store.showwe.tw
國家網路書店：https://www.govbooks.com.tw
法律顧問　毛國樑　律師
總 經 銷　聯合發行股份有限公司
231新北市新店區寶橋路235巷6弄6號4F
電話：+886-2-2917-8022　傳真：+886-2-2915-6275

出版日期　2022年6月　BOD一版
定　　價　320元

讀者回函卡

國家圖書館出版品預行編目

好時候/田佳霖著. -- 一版. -- 臺北市 : 釀出版,
2022.06
面； 公分. -- (釀文學 ; 267)
BOD版
ISBN 978-986-445-666-6(平裝)

857.7 111006349